FORTUNE·LOVER Ⅱ

변경에서 숲속 동물들이 밭으로 내려오는 이상 사태가 발생!
임무로 현지에 가게 된 카타리나는….
➡ 사건 해결을 위해 화려하게 행동한다.
➡ 오랜만에 먹는 일식에 매료된다.
➡ 게임 속편의 파멸 대책을 위해 ■■■■의 ■■를 한다.
➡ 새로운 농업 스킬을 얻는다는 예감으로 ■■■■한다.

여성향 게임의 파멸 플래그밖에 없는 악역 영애로 환생해버렸다… 14

STORY

야마구치 사토루

NOVEL PURPLE

일러스트레이션

히다카 나미

contents

여성향 게임의 악역 영애로

카타리나 클라에스

클라에스 공작의 외동딸. 독하게 보이는 외모를 지녔다(본인 말로는 '악역 얼굴'). 전생의 기억을 되찾은 뒤, 제멋대로인 영애에서 야성미가 넘치는 문제아(?)로 방향을 바꿨다. 단순하고 잘 잊어버리며 곧잘 까불거리는 성격이지만, 올곧고 솔직한 기질을 지녔다. 학력과 마력은 평균 혹은 그 이하 정도 되는 실력. 마력은 흙.

니콜 아스카르트

국가 재상인 아스카르트 백작의 아들. 인형처럼 반듯한 외모를 지녔다. 동생인 소피아를 끔찍이 아낀다. 마력은 바람.

★ 라나 스미스

마법 도구 연구실의 부서장.
카타리나의 상사.
유능하지만 괴짜다.

★ 사이러스 란체스터

마력, 마법 연구실의 부서장.
성실하고 고지식하다.
게임 속편의 공략 대상이다.

★ 라파엘 월트

마법성에서 일하는 청년.
성격이 온화하고 유능하다.

★ 듀이 퍼시

월반해서 일반 학교를 졸업하고
마법성에 들어온 천재 소년.
게임 속편의 공략 대상이다.

★ 세자르 달

에테넬국 왕의 동생. 용병이었던
과거가 있다. 갈색 피부의 미남으로,
게임 속편의 공략 대상이다.

★ 가이 앤더슨

마법성 직원. 근육질의 마초지만
마음은 소녀다. 자칭 로라.

★ 료 카부라기

이웃 나라인 살마의 변경백 가문 아들.
사이러스의 소꿉친구.

★ 하루 카부라기

이웃 나라인 살마의 변경백 가문 영애.
료의 동생으로 일본풍 미녀다.

소라

불과 어둠의 마력을 지닌 청년. 마법성에서 근무하며 직장에서는 스미스라는 성을 쓴다. 게임 속편의 공략 대상이다. 카타리나를 마음에 들어 한다.

★ 제프리 스티아트

왕국의 제1왕자. 항상 웃음을 띠고 있는
온건한 인상의 인물.

★ 포치

어둠의 사역마.
평소에는 카타리나의 그림자 속에 있다.

★ 앤 셰리

카타리나의 시중을 드는 메이드. 카타리나가
여덟 살이었던 때부터 모시고 있다.

파멸 플래그밖에 없는 환생해버렸다…

인물 소개

키스 클라에스

카타리나의 의붓동생. 마력이 높다는 이유로 클라에스가의 분가에서 데려와 집에 들이게 되었다. 색기가 넘치는 미남. 마력은 흙.

앨런 스티아트

디올드의 쌍둥이 동생이자 제4왕자. 야성적인 풍채의 미남으로, 유아독존 스타일의 왕자님. 악기 연주를 잘한다. 마력은 물.

디올드 스티아트

왕국의 제3왕자. 카타리나의 약혼자. 금발에 푸른 눈을 지닌 정통파 왕자님이지만, 음험하고 성격이 조금 뒤틀려 있다. 그 어떤 것에도 흥미를 느끼지 못하고 지루한 나날을 보내던 참에 카타리나와 만난다. 마력은 불.

마리아 캠벨

'평민'이지만 '빛의 마력을 지닌' 특별한 소녀. 여성향 게임의 원래 주인공이며 노력가이다. 특기는 과자 만들기.

메리 헌트

후작가의 넷째 딸이자 앨런의 약혼자. 귀여운 미소녀. 사교계에서는 '영애 중의 영애'로 알려져 있다.

소피아 아스카르트

백작가의 영애이자 니콜의 여동생. 하얀 머리카락에 붉은 눈동자를 지닌 탓에 주위 사람들에게 매정한 말을 들으며 자랐다. 조용하고 온화한 기질을 지녔다.

★ 사라

어둠의 마력을 지닌 검은 옷의 여성.
어둠의 마력과 관련된 사건에 얽혀 있다.

♣이 작품의 내용은 모두 픽션입니다♣

여성향 게임의 파멸 플래그밖에 없는 악역 영애로 환생해버렸다 … 14

I was reborn as a villain daughter

제1장

파티에서의 만남

나, 카타리나 클라에서는 소르시에 왕국에서 살고 있는 어디에나 있을 법한 평범한 공작 영애였지만…… 여덟 살 때의 어느 날 성에서 넘어져 머리를 부딪치는 바람에 전생의 기억을 떠올려버렸다!

그것은 전생에 일본이라는 나라에서 평범한 오타쿠 여고생으로 살았던 기억이었다.

여덟 살의 머릿속으로 그 기억이 단숨에 되돌아오는 바람에 열이 심하게 났지만, 나는 그 후에 더 중대한 일을 깨달았다.

놀랍게도 이번 생에서 살고 있는 이 세계는 전생에서 죽기 직전까지 했던 여성향 게임 『FORTUNE LOVER』의 세계였다는 것이다.

다시 말해 나는 여성향 게임 속 세계에 환생해버렸다!

이로써 여성향 게임의 세계에서 멋진 연애를 할 수 있다면 아무런 문제도 없었겠지만…… 나, 카타리나 클라에스는 『FORTUNE LOVER』에서 주인공을 괴롭히다가 끝내 파멸하는 악역이었다.

주인공이 해피 엔딩을 맞이하면 국외로 추방당하고 배드 엔딩이면 사망하기 때문에 파멸밖에 없는 악역, 그것이 바로 카타리나 클라에스라는 인물이었던 것이다!

엄청난 불운이다. 그러나 나는 포기하지 않았다.

어떻게든 파멸을 회피하기 위해 밭을 일구고 검술을 배우고 진짜라고 착각할 만한 뱀 장난감을 완성했다. 그리고 틈틈이 공략 대상이나 라이벌 캐릭터들과 친구가 되기도 하면서 노력을 거듭했다.

그리하여 나는 게임의 무대가 되는 마법 학교에 입학해 주인공인 마리아와 친구가 되었고 학교에도 밭을 만들어 일구었다. 그 밭은 완성도가 훌륭했다.

이러한 내 노력의 성과가 열매를 맺어서 무사히 파멸을 극복할 수 있었다.

해냈어~ 이제 나는 자유의 몸이니 즐겁게 지낼 수 있다고! 그런 마음을 가슴에 품고 올봄에 무사히 학교를 졸업해서 친해진 주인공 마리아와 함께 마법성에 취직했다.

그런데 그곳에서 새로운 비극이 벌어진 것이다!

이번에는 그 마법성에서 『FORTUNE LOVER』의 속편인 『~마법성의 사랑~』이 시작된다는 것을 알게 되었다.

심지어 그 속편은 무사히 국외로 추방된 줄 알았던 카타리나 클라에스가 되돌아와서 다시 악역으로 활약하는 엄청난 내용이었는데…… 주인공이 해피 엔딩이면 투옥되고 배드 엔딩이면 사망하는 등, 전편보다 업그레이드된 파멸이 기다리고 있었다.

모처럼 한 번 파멸을 극복했다고 생각했는데……. 크게 한탄하면서도 어떻게든 파멸을 극복하기 위해 이리저리 궁리했지만 내 의사와는 상관없이 『어둠의 사역마』나 『어둠의 계약의 서』 등등 악역 아이템이 차례차례 손에 들어왔다.

그런 상황에서 가끔 꾸는 신기한 꿈 덕분에 게임에서 남은 기간이 앞으로 반년이라는 사실을 알게 되었다.

앞으로 반년, 앞으로 반년만 이겨 내면 파멸을 회피할 수 있다!

카타리나 클라에스는 파멸 따위에 지지 않는다! 반드시 승리해서 어디에나 있는 평범한 공작 영애로 돌아올 것이다!

마법성 한쪽에 펼쳐진 훌륭한 밭을 바라보며 머릿속으로 여태까지의 인생을 애니메이션 주인공 느낌의 영상으로 재생해 보았다. 밭일을 하다가 휴식할 때 하는 약간의 놀이다.

마지막에는 눈동자 속에 반짝 빛나는 별을 넣고 별 지팡이를 높이 들어 올려 보았다(내가 실제로 가지고 있는 건 해골 지팡이이지만).

그건 그렇고 내가 생각해도 잘 만든 것 같다. 이 카타리나 클라에스의 머릿속 제작 영상을 누군가에게 보여줄 수 있다면 좋을 텐데.

나는 옆에 앉아서 같이 쉬고 있는 마리아와 사이러스를 흘끗 바라보았다.

두 사람은 지금 뭔가 업무 관련 대화를 나누는 중인 듯해서, 무척 멋진 영상을 완성했다는 이야기가 끼어들 분위기가 아니었다. 그보다 밭일을 하는 틈틈이 업무 이야기를 하다니 둘 다 성실하다. 옆에서 애니메이션 주인공 느낌의 영상을 만들고 있었던 게 약간 부끄러워졌다.

나는 두 사람에게서 시선을 돌려 다시 밭을 바라보았다.

사이러스가 취미로 마법성 한쪽 구석에 만들어 놓은 이 밭에서 마리아와 함께 업무가 끝난 뒤에 일을 도와주기 시작한 이후로 반년 가까이 된다. 일손이 늘어나서 기분이 내킨 사이러스가 예전보다 아주 조금 더 밭을 확장했다.

이제 곧 가을 수확을 맞이할 시기다. 가을 채소가 잘 자라고 있는 것 같아서 수확이 기대된다.

전생의 일본이었다면 쌀도 수확해서 햅쌀을 먹을 수 있는 계절이다.

갓 수확해서 반짝반짝하고 윤기가 흐르는 햅쌀은 밥만 먹어도 단맛이 느껴져서 맛있다. 하지만 거기에 매실장아찌나 채소 절임 등의 밥 친구를 곁들이는 사치가 있다면 몇 그릇이나 더 먹을 수 있었다. 아아, 밥 먹고 싶다.

"카타리나 님, 밥이 드시고 싶으세요?"

마리아가 귀여운 목소리로 되물었다. 나는 마음의 소리가 새어나와 버렸다는 것을 깨달았다.

"응, 밭에 채소를 보고 있었더니 이제 곧 쌀도 수확할 시기라는 생각이 들었거든. 갓 수확한 쌀이 먹고 싶어졌어."

그렇게 대답한 나를 보고 사이러스가 눈을 끔뻑거렸다.

"쌀 수확 시기까지 알고 있다니. 너는 정말로 밥을 좋아하는구나."

예, 전생에서는 쌀 농가의 손녀여서 모내기나 벼 베기도 도운 적이 있답니다! 가슴을 펴면서 마음속으로 그렇게 대답했다.

"네. 엄청 좋아해요."

참고로 이곳 소르시에의 주식은 밀가루로 만든 빵으로, 식사는 완전 양식이다. 쌀은 유통되지 않는다. 하지만 어딘가 살짝 일본 느낌이 나는 이웃나라 살마는 쌀이 주식이고 식사도 일식이라고 한다.

그리고 그 살마 바로 옆에 있는 영지를 다스리는 사이러스의 본가도 살마와 마찬가지로 주식이 일식이고 쌀을 먹는다는 모양이다.

그 사실을 가르쳐준 건 밭일을 돕기 시작한 지 얼마 지나지 않았을 무렵인데, 나는 그 이후로 사이러스의 본가에 가보고 싶어져서 어쩔 줄 모르는 상태다.

하지만 사이러스의 본가까지는 마차로도 나흘이나 걸린다고 한다. 마음 편히 갈 수 있는 거리는 아니다.

"고향의 맛을 좋아한다고 말해주다니 기쁘네. 가을 수확 후에는 항상 본가에서 고향의 특산물이 오니까 카타리나 양에게도 나눠주겠어."

사이러스가 눈을 가늘게 뜨면서 그렇게 말했다.

"정말인가요! 야호~."

나는 폴짝폴짝 뛰면서 기뻐했다.

"잘됐네요."

마리아가 생글생글 웃으며 말했다.

"받으면 마리아도 같이 먹자."

내가 그렇게 제안하자 마리아는 소리를 내어 쿡쿡 웃으며 고개를 끄덕였다.

아~ 사이러스의 고향 특산품, 너무 기대된다. 채소 절임이려나? 아니, 어쩌면 햅쌀도 도착할지 모른다. 매년 어떤 게 오는 걸까? 이건 물어봐야겠다 싶어서 사이러스 쪽을 돌아보자 어쩐지 엄청나게 온화한 미소를 짓고 있었다.

"저, 사이러스 님, 왜 그러세요?"

그렇게 묻자 사이러스는 퍼뜩 정신을 차리고는 약간 민망한 듯 머리를 긁적이더니 나한테만 들릴 만큼 작은 목소리로 말했다.

"아니, 카타리나 양이 밭일을 하고 싶다고 처음 말했을 땐 솔직히 이럴 때 굳이 싶었는데, 마리아가 웃는 얼굴을 보이니까 결과적으로는 다행이었다고 생각했어."

세상에, 사이러스는 내가 밭일을 하고 싶다고 말했을 때 그런 식으로 생각했단 말인가. 전혀 몰랐다. 나로서는 수확도 가까워졌으니 도움이 필요할 것 같아서 배려하는 마음이었는데.

"마리아가 요새 아무래도 신경이 날카로웠거든. 하지만 여기서 카타리나 양을 접하는 동안 마음이 안정되고 어깨에 힘도 풀린 것 같아."

사이러스가 작은 목소리로 말을 이었다.

그렇구나, 마리아는 요즘 신경이 날카로워졌나 보네. 요새 계약의 서 해독도 쉬는 중이라 못 만나서 전혀 몰랐다.

하지만 날카로울 만도 하다. 그 사건이 있은 지 아직 며칠밖에 지나지 않았으니까.

얼마 전 어둠의 마법을 손에 넣은 수수께끼의 일당, 줄여서 어둠의 일당이 마리아의 집을 습격해 마리아에게 위해를 가하려 했다.

그때 우연히 나와 에테넬의 왕자인 세자르가 찾아가서 마리아를 구출한 사건, 줄여서 마리아 구출 사건에서는 결국 그 근방에서 고용된 깡패들밖에 체포할 수 없었고 정작 중요한 어둠의 마법 사용자인 사라는 붙잡지 못했다.

아름답고 매력적인 수수께끼의 아저씨가 재빨리 사라를 데려가 버렸기 때문이다.

이러저러해서 마리아 구출 사건에 등장한 어둠의 일당에 관련된 정보에는 진전이 없었다. 단지 마리아를 노렸다는 사실만 부각되었다.

그래서 마리아와 마리아의 가족은 안전하다는 판단이 내려질 때까지 마법성의 보호 아래 생활하게 되었다. 밖에 나갈 때는 마법성에서 경호가 붙기로 결정되었다고 한다.

그런 상황에서 예민하지 말라는 게 더 이상하다.

오늘 이 순간에도 금방 달려올 수 있는 거리에 경호원이 대기하고 있다고 한다.

뭐, 여기는 소르시에에서도 1, 2위에 들어갈 만큼 안전한 마법성 안이다. 심지어 마법성 간부로 마법을 쓸 수 있을 뿐 아니라 체술이나 검술도 잘하는 사이러스가 바로 옆에 있으니 일단 위험은 없겠지만.

밭일은 수확할 때가 가까워져서 말을 걸었을 뿐이었는데, 이걸로 마리아의 팽팽했던 긴장이 조금이라도 풀렸다면 다행이다. 줄곧 긴장하고 있으면 지치니까.

하지만 웃는 얼굴의 마리아를 보는 사이러스의 얼굴은 완전히 풀어졌다. 어쩐지 지금의 나는 굉장히 방해꾼이 된 것 같은데. 그런 생각이 들어서 무심코 시선을 밭으로 되돌렸는데, 뭔가 흙이 봉긋봉긋 솟아 있는 부분을 발견했다.

어라, 계속 저렇게 되어 있었나. 수상쩍다는 생각이 들어서 그쪽으로 다가가 자세히 들여다보았다.

"당했어! 사이러스 님, 적이에요! 적이 출몰했습니다!"

내가 소리를 지르자 사이러스가 벌떡 일어나 마리아를 등 뒤로 숨겼다.

"어디야!"

그는 날카롭게 소리치며 주위를 둘러보았다.

"여깁니다, 이 구멍이에요."

내가 그렇게 대답하며 눈앞의 구멍을 가리키자 사이러스가 의아한 표정을 지었다.

"이 구멍이라니, 무슨 소리야?"

"네. 이 구멍, 밭의 적인 두더지가 나온 것 같습니다!"

내가 날카롭게 말하자 사이러스는 엄청나게 얼굴을 찡그렸다. 옆에 있던 마리아는 소리를 내어 웃었다.

마리아의 웃음소리를 들은 사이러스는 찡그린 얼굴을 약간 펴고 말했다.

"카타리나 양, 확실히 두더지는 밭의 천적이기는 하지만 지금 이런 상황에서 적이라는 단어를 들으면 초조해지니까 하지 말아줘."

나는 헉 하고 깨달았다.

"그랬죠! 죄송합니다. 밭이 습격을 당해서 동요했어요."

내가 허둥지둥 사과하자 마리아는 더 크게 웃음을 터뜨리며 배를 잡고 웃었다.

그런 마리아의 모습에 사이러스는 눈썹을 내리며 이쪽으로 다가오더니 나와 똑같이 구멍 부분을 들여다보았다.

"그렇군. 이건 두더지 같아."

"그렇죠."

이번 생의 밭에서는 아직 피해를 본 적이 없지만, 전생 때는 할머니의 밭이 종종 이런 일을 당해서 할머니가 역정을 냈던 기억이 있다.

"마법성 안인데 두더지가 나오네요."

"이곳은 나름대로 자연이 남아 있으니 나올 만도 하지. 다만 지금까지는 운 좋게 피해를 입은 적이 없어서 대책도 세우지 않았어. 앞으로는 대책을 세워야겠네."

그렇게 말한 사이러스는 생각에 잠겼다. 분명 두더지 대책을 고민하는 것이리라.

두더지 대책이라 하면 전생의 할머니가 뭔가 삐 소리가 나는 못 같은 모양의 기계를 흙에 꽂아두곤 했다. '삐' 하는 소리로 두더지가 도망간다고 했는데, 얼마 후에는 "삐, 삐, 삐 시끄러워!"라며 뽑아 버려서 효과는 알 수 없었다. 심지어 이번 생에는 그런 건 없을 것 같고.

그 외에 두더지 대책이라고 하면 뭔가 두더지가 싫어하는 냄새가 나는 물건을 놓아두는 것 정도였다.

두더지가 싫어하는 냄새――.

"앗, 그래. 포치 나오렴."

내가 말을 걸자 그림자 안에서 검은 강아지가 "멍!" 하고 활기차게 튀어나왔다.

포치는 어둠의 사역마로, 내가 키우는 강아지 같은 존재다(궁지에 몰리면 싸울 수 있는 든든한 파트너이기도 하다).

어둠의 사역마라서 모르는 사람 앞에서는 이렇게 꺼낼 수 없지만, 마리아와 사이러스는 사정을 알고 있으니 문제없다.

"어이, 카타리나 양. 왜 갑자기 사역마를 꺼낸 거야?"

사이러스가 약간 험악한 얼굴로 물었다.

"두더지 대책으로 포치에게 똥을 누라고 하려고요."

"뭐?!"

사이러스가 입을 떡 벌렸다.

"개똥이 있으면 너구리 같은 게 밭에 다가오지 않는다는 말을 들은 적이 있거든요. 두더지도 그걸로 가능할까 싶어서."

분명 전생에서 할머니가 너구리 대책으로 근처에 사는 강아지(나를 보면 엄청 짖었다)의 똥을 받아와서 밭 한쪽 구석에 설치해 둔 적이 있었던 것 같다.

옛날에는 강아지들이 어쩐지 나를 싫어해서 가까이 다가갈 수도 없었지만, 지금은 키우는 개가 있으니 개똥도 일부러 받아오지 않아도 된다. 누라고 하면 그만이다.

"좋아, 포치. 똥을 누자!"

내 호령에 포치는 이해했다는 듯 활기차게 "멍!" 대답한 뒤, 똥을 누는 포즈를 취하며 힘을 주었다. 나와 포치는 함께 주먹을 꼭 쥐고 몸에 힘을 주었다.

"힘내, 포치! 으~응 하고 신음해야 해. 엉덩이에 힘을 주고."

옆에서 필사적으로 응원하고 있을 때였다.

"저기, 포치는 어둠의 사역마라서 배설은 안 하지 않을까요."

마리아가 약간 조심스럽게 말했다.

"아아아아, 그랬지, 참!"

나는 저도 모르게 머리를 감쌌다. 그렇다, 포치는 외모와 행동은 강아지지만 어디까지나 어둠의 사역마라서 배설은 하지 않는다. 깜빡 잊어버렸다.

포치 또한 그 사실을 잊고 있었던 모양인지, '그랬지' 하고 깜짝 놀란 표정을 짓더니 내 쪽으로 달려와 '미안'이라는 듯 "끄~응" 하고 울었다.

"무리한 요구를 해서 미안해, 포치."

나도 사과했다. 서로 사과하는 우리를 본 마리아가 다시 소리를 내어 웃었다.

"애초에 유서 있는 마법성 부지 안에 개의 배설물 따위를 놔둘 수 있을 리가 없잖아."

그 유서 있는 부지에 직접 밭을 만든 사이러스가 그런 말을 했다.

"확실히 냄새도 나는 데다 실수로 밟으면 큰일이네요."

"아니, 걱정할 부분은 그게 아니지만……. 어쨌든 배설물을 놔두는 방안은 없던 걸로 하고. 내가 고향에서 쓰던 대책 중에 여기서도 쓸 수 있을 만한 걸 생각할 테니까 카타리나 양은 이제 아무것도 생각하지 않아도 돼."

"그렇군요. 사이러스 님이 더 밭일의 프로니까요. 맡길게요."

그렇게 말하는 나에게 맞춰 포치도 부탁한다는 듯 활기차게 "멍" 하고 짖었다.

그 짖는 소리를 들은 사이러스가 약간 뒤로 물러났다는 걸 깨달았다.

"사이러스 님, 강아지가 불편하세요?"

"앗, 아니, 불편하다기 보다……."

말을 얼버무리는 사이러스.

"혹시 친하게 지내고 싶은데 가까이 다가가는 것만으로도 너무 짖는다거나 그런가요?"

사이러스의 모습을 본 나는 내 동료일지도 모른다는 생각에 그렇게 물어봤지만, 사이러스는 고개를 저었다.

"그렇지 않아. 어렸을 때 강아지를 키운 적이 있는데 나를 잘 따랐어."

강아지가 잘 따랐다니 부럽다. 여태까지 개들이 얼마나 나를 위협하거나 나를 보고 짖었는지……. 아니다, 지금 나에게는 포치가 있으니 그 또한 과거의 일이다.

나는 약간 허리를 굽혀 포치의 복슬복슬한 머리를 살짝 쓰다듬었다. 포치가 기쁜 듯이 눈을 가늘게 떴다.

"내가 키우던 강아지도 머리를 쓰다듬으면 눈을 가늘게 뜨면서 꼬리를 흔들었어. 어디에 가든 함께라서 형제처럼 자랐지."

사이러스가 어쩐지 먼 곳을 보는 눈으로 말했다.

"그 애는 사고로 죽었어, 내 눈앞에서. 그 이후로 다른 강아지, 아니 강아지뿐 아니라 동물을 상대하는 게 약간 무서워졌어."

그 말을 들은 나는 거의 무의식적으로 포치를 들어서 안았다. 잃어버리지 않게끔 세게.

죽어버린 강아지를 떠올려서 그런지, 잠자코 먼 곳으로 시선을 돌리고 있던 사이러스가 잠시 후 생각을 떨쳐내듯 머리를 흔들었다.

"좋아, 그럼 조금만 더 작업하고 나서 오늘은 이만 끝내자."

그가 가벼운 목소리로 말했다.

나와 마리아는 그 이상은 아무것도 묻지 않고 "네" 대답한 뒤 밭일을 재개했다. 그러고 나서는 각자 집으로 돌아갔다.

사이러스의 본가에서 보내줄 물건이 뭔지 물어보지 못했다는 건, 자려고 침대에 들어가고 나서야 깨달았다.

마차 창문으로 바깥 풍경을 바라보며 나는 어쩐지 어제 사이러스에게 들은 말을 멍하게 떠올렸다.

'키우던 강아지가 눈앞에서 죽어버렸고, 그 이후로 강아지나 다른 동물을 상대하는 게 무섭다'라는 사이러스의 말.

사이러스는 대하기 힘든 것과는 다르다고 했지만 '상대하는 게 무섭다'라는 말은 대하기 힘들다는 말의 범주 안에 있는 것 같다.

그럼 사이러스는 젊은 여성과 동물을 대하는 게 힘들다는 뜻인데, 상당히 힘들어하는 게 많은 공략 대상이라는 셈이다.

여성향 게임이라면 이런 건 뭔가 트라우마 같은 사건이 있었기 때문에 불편해졌다거나 할 것 같은데…… 그 부분은 어떨까.

주변에 젊은 여성이 없었기 때문에, 키우던 강아지가 눈앞에서 죽었기 때문에, 그것 말고 뭔가 있었을까.

으~음, 모르겠다. 하지만 이 게임은 I의 공략 대상들도 어렸을 때 싫은 일이 있어서 상처를 받았다는 패턴이 많았다.

가령 앨런은 뭐든지 잘하는 디올드와 비교를 당해서 비뚤어졌다는 설정이었다. 그랬는데 마리아가 '당신에게는 당신만의 좋은 점이 있다'라는 것을 깨닫게 해주는 내용이었다. 다만, 실제로 앨런은 무슨 일인지 그런 일 없이 잘하는 음악에 재능을 펼치며 무럭무럭 자라났지만.

게다가 의붓동생인 키스도 마찬가지다. 친어머니나 친아버지가 필요로 하지 않은 데다, 양자로 들어온 클라에스 공작가에서도 의붓어머니와는 소원하고 의붓누나에게는 괴롭힘을 당해서 완전히 인간 불신에 빠졌다. 사랑에 굶주려서 여성들 사이를 설렁설렁 놀면서 돌아다니는 불량한 남자가 된다. 그런 키스에게 마리아가 진정한 사랑을 가르쳐준다는 내용이었다.

실제로 키스는 사이좋은 클라에스가의 좋은 장남으로서 의붓어머니와도 사이가 좋고 의붓누나를 지키는 담당으로 활약하는 순수한 호청년으로 자라났지만.

나는 앞에 앉은 의붓동생에게 흘끗 눈길을 던졌다. 불량한 느낌은 전혀 없었고 등을 쭉 펴고 옷도 꼼꼼하게 잘 차려입었다.

하지만 그렇게 단정한 모습에서도 색기가 넘쳐나는 건 색기 캐릭터의 흔적이 남은 건지도 모른다.

완전히 순수한 청년으로 자라난 키스는 그렇게 풍부한 색기도 오롯이 활용하지 못해서, 그야 말로 돼지 목에 진주 상태이지만.

"아까워라."

저도 모르게 입 밖으로 그런 말이 새어 나왔다. 그 말을 들은 키스가 의아한 얼굴로 쳐다봤다.

"뭐가 아까운데?"

"으~음, 키스의 넘치는 색기가 도움이 된 적이 없어서 돼지 목에 진주인 게 아깝다는 생각을 했지."

내가 진실을 그대로 입 밖으로 내뱉자, 키스는 순간적으로 눈을 동그랗게 떴다가 눈살을 찌푸리며 깊은 한숨을 내쉬었다.

"아니, 색기가 도움이 된 적이 없다니……. 그 말이 맞기는 하지만 대놓고 그렇게 말하면 좀 신경쓰이는데."

"미안."

솔직하게 사과하자 키스는 쓴웃음을 지었다.

"아니, 이제 와서 그런 건 됐고."

그러고 나서 말을 이었다.

"조용히 있어서 앞으로의 일이라도 고민하고 있나 했는데, 전혀 아니었던 모양이네."

"아~. 그, 미안."

"누나, 이제부터 중요한 파티라는 건 알고 있어?"

"으~음, 그건 알고 있는데……."

그렇다. 키스의 말대로 이제부터 중요한 파티가 있고, 우리는 그 파티에 참가하기 위해 연회장인 성으로 향하는 도중이다.

멍하게 어제의 사이러스나 게임에 관한 것을 생각하고 있을 때가 아니다. 하지만.

"파티에 가면 기합을 넣어서 제대로 행동할 테니까 지금은 편하게 있게 해줘. 멍하게 있는 건 키스와 단둘이 있을 때만 그렇게 할게. 계속 기합을 넣고 있다가는 내 성격상 금방 지쳐 버리잖아. 부탁이야."

그렇게 말하며 약간 위쪽에 있는 색기 넘치는 키스의 얼굴을 올려다보자, 키스는 순간 윽 하고 말문이 막힌 듯했다.

"……둘만 있을 때뿐이라면."

그리고 이렇게 말하며 허락해줬다. 내 동생은 다정하다.

그렇게 키스의 허락을 받은 나는 조금 더 멍하게 있기로 했다.

재차 창밖 풍경을 바라보았다. 오늘은 날씨도 좋고 사람들도 활기차게 움직이고 있다.

이런 날에는 밭일을 즐기고 싶은데. 잔뜩 일하고 난 뒤에 맛있는 과자와 차로 휴식을 취하며 햇볕을 쬐고 싶다.

아아, 파티 귀찮다.

그런 생각을 하는 사이에 마차가 성에 도착했다.

오늘은 소르시에 왕국의 건국 기념 파티로, 외국 초대 손님도 많았다.

분위기는 예전에 참가한 근린 국가 회합에 가까운 듯했지만, 그 모임처럼 적극적으로 교류를 꾀하는 건 아니고 어디까지나 소르시에의 축하 파티라서 다들 즐기는 게 게 목적이라 한다. 게다가 연속해서 열리는 것도 아니고 오늘만 개최된다.

따라서 그때만큼 마음을 단단히 먹지는 않아도 되지만, 그래도 외국에서 온 사자도 많으니 인사를 잘 나눠야 해서 소르시에 내부 파티와 똑같이 시간을 보낼 수 있는 건 아니다.

게다가 지금은 어둠의 일당이 암약하고 있기 때문에 이렇게 사람들이 많이 모이는 장소에서는 특히 조심하라는 말을 들었다.

사람들이 많다는 것은 그만큼 누군가 낯선 사람이 있어도 그다지 신경 쓰지 않는다는 뜻이다.

물론 중요한 파티이기도 해서 충분히 확인하고 신원도 확실한 사람만 들어오게 하고 있지만, 그래도 완전히 셧 아웃하기는 어렵다.

주위에도 신경을 쓰면서 동시에 외국분들에게 실례가 없게끔 해야지. 나는 기합을 넣었다.

준비된 파티장은 성에서 가장 큰 홀이었다. 회합에서도 이용했던 곳이다.

오늘은 외국 풍습 같은 것도 배려해서 딱히 에스코트를 필수로 하는 모임은 아니었다. 그래서 같이 온 키스와 함께 연회장으로 들어갔다.

연회장에는 이미 많은 사람들이 모여 있었다. 대국 소르시에의 건국 파티인 만큼 근린 국가 회합 때보다 출석한 나라가 많다는 모양인데, 정말 다양한 사람들이 있었다.

전에도 본 적 있는 일본의 기모노 같은 옷을 입은 사람, 아랍풍의

의상을 입은 사람, 중화풍 옷을 입은 사람 등 다양했다.

복장도 다양하지만 사람들의 피부색과 머리색, 눈동자색도 정말 다양했다. 그럴 때가 아닌데도 텐션이 올라갔다.

근린 국가 회합 때도 엄청났지만 오늘은 그 이상이다.

전혀 다른 모습의 사람들이 같은 언어로 평화롭게 대화를 나누는 모습은 어쩐지 신기한 공간에 들어온 듯한 느낌이 들었다.

"대단하네~."

저도 모르게 새어 나온 말을 듣고 옆에 있던 키스가 말했다.

"근린 국가 회합 때보다 초대한 나라 수도 많으니까 인종도 다양하고 대단하네."

"응, 정말 지금 딱 그렇게 생각한 참이야. 용케 알았네."

"벌써 십 년 동안 누나의 동생으로 살았으니 그 정도는 알지."

키스는 후후후 웃으면서 그렇게 말하더니 설교 모드로 덧붙였다.

"그리고 이럴 때 즐거워진 누나가 무슨 일을 빈번하게 저지른다는 것도 알고 있으니까, 오늘은 그러지 말도록 해."

지난 근린 국가 회합에서 어떤 일을 저지른 나는 '그런 일은 없을 거야'라고는 말하지 못했다.

"응, 조심할게."

키스 어머니의 말씀에 진지하게 고개를 끄덕여 보였다.

그러고 나서 소르시에 귀족과 근린 국가 회합에서 교류했던 외국 귀족들에게 인사하러 다녔다.

사람이 꽤 많기도 해서 여태까지 친구들은 만나지 못했다.

이럴 때는 금방 다가오는 디올드와도 만나지 못했다. 아니, 소르시에 왕족은 아직 준비 중인지도 모른다. 아무도 보지 못했다.

살짝 목이 탔다.

"잠깐 마실 것 좀 받아올게."

마침 외국 귀족과 대화 중인 키스에게 그렇게 말하자, 키스가 고개를 끄덕였다.

다만, 눈으로 '너무 많이 먹고 마시지 마'라고 못을 박았다.

음식이 준비된 테이블로 가서 마실 것을 받았다.

목이 말라서 마실 것만 얼른 마시고 돌아가려고 했지만…….

"……맛있겠다."

과연 기념 파티다. 평소보다 훨씬 더 호화롭고 맛있어 보이는 요리가 잔뜩 준비되어 있었다.

조금쯤은 괜찮겠지. 과식하지 않으면 문제없겠지. 나는 접시에 요리를 아주 조금 덜어 보기로 했다.

이 고기는 빼놓을 수 없지. 이 생선 요리도 먹지 않을 수는 없어. 오오, 저 요리는 처음 보는 건데. 이건 꼭 먹어봐야지.

어라, 어느새 접시가 가득 차버렸네. 좋아, 일단 먹자.

우물우물. 아아, 맛있다. 과연 성의 요리라니까. 정말 훌륭하다.

앗, 어느새 접시가 다 비었잖아? 좋아, 그렇다면 다음에는 저 요리와 그리고 이 요리를 먹어보자. 그러면서 접시에 요리를 담았을 때였다.

"과식이야."

그런 목소리가 들려서 나는 어깨를 움찔 떨며 굳어버렸다.

목소리가 들려온 쪽으로 눈을 돌렸는데, 모르는 남성이 서 있었다. 심지어 그 남성의 시선은 내가 아니라 내 옆으로 두 명 정도 거리를 두고 서 있는 여성에게로 향해 있었다.

뭐야, 내가 아니었잖아. 안심하면서 옆에 있는 여성에게 눈을 돌리자, 나랑 완전히 똑같은 자세로 요리가 잔뜩 담긴 접시를 든 채 굳어 있었다. 무척 친근감이 들었다.

기모노 같은 차림을 하고 있는 걸 보면 여성과 남성은 아마 이웃 나라인 살마 사람들인 듯했다(살마는 전생의 일본 같은 문화의 나라라서).

"숙녀가 이런 자리에서 그렇게 와구와구 요리를 먹으면 안 된다고 늘 말했잖아."

남성이 여성에게 말했다.

이거, 내가 항상 키스한테 듣는 말이잖아. 그래서 그런지 내가 들은 말도 아닌데 엄청 찔렸다.

"하지만 오라버니, 대국 소르시에의 맛있는 요리를 이렇게나 많이 먹을 수 있는 기회는 그리 흔치 않아요. 지금 먹지 않으면 언제 먹나요!"

여성 쪽이 당당하게 단언했다. 아무래도 이 두 사람은 남매 사이인 것 같았다.

그리고 나는 마음속으로 옆에 있는 여성에게 크게 동의했다.

그 말이 맞지! 기념 파티이기도 한 오늘은 특히 힘을 준 진미가 준비되어 있다. 지금 먹지 않으면 언제 먹으란 말인가.

여성을 바라보며 저도 모르게 고개를 크게 끄덕이자, 나의 강렬한 시선을 눈치챈 여성이 이쪽으로 고개를 돌려서 시선이 딱 마주쳤다.

완전히 눈이 마주치자 눈동자가 머리카락과 똑같은 검은색이라는 걸 알 수 있었다. 그리고 무척 아름다운 여성이라는 것도.

나와 눈이 마주친 여성은 아까 내가 그랬던 것처럼 손에 들고 있는 접시와 쌓아놓은 요리를 쳐다보더니, 마찬가지로 고개를 끄덕였다.

국경을 넘어 우리는 지금 서로를 이해했다.

설령 숙녀로서 이러면 안 된다는 말을 듣는다 해도 이렇게 맛있는 진미를 먹지 않는 선택지는 없다는 것을.

그런 우리 두 사람의 분위기를 눈치채지 못한 여성의 오빠로 짐작되는 사람이 한숨을 내쉬며 입을 열었다.

"아니, 먹지 말라고 하지는 않았어. 과식하지 말라는 거지."

이것 또한 내가 키스에게 자주 듣는 말이다.

"오라버니, 그렇게 말씀하셔도 이 정도로 요리의 수가 많으니까 양이 늘어나는 건 어쩔 수 없는 일이잖아요. 이래 봬도 요리 하나당 먹는 양은 억제하고 있어요."

여성이 대답했다.

그건 바로 지금 내가 하고 있는 것과 똑같은 행동이라 더욱 친근감이 들었다.

그렇다니까. 딱히 많이 집으려고 생각하는 건 아니다. 그저 요리 종류가 많으니까 많아지는 것뿐이다. 나는 또 고개를 끄덕거렸다.

다시 한 번 여성과 눈이 마주쳤고, 내가 동의한다는 걸 알아차린 여성도 고개를 끄덕였다.

어쩐지 이 사람과는 친해질 수 있을 것 같다.

"아니, 애초에 그렇게 많은 종류를 먹을 필요가 없잖아. 이런 건 한두 개 정도 신경이 쓰이는 걸 조금 집어 먹는 게 올바른 방식으로 먹는 거야."

남성의 발언을 들은 나는 전율했다.

이렇게 맛있는 온갖 요리를 앞에 두고 한두 개 집어먹는 게 올바르다니, 어떻게 된 사람이란 말인가! 이 사람과는 분명 친해질 수 없을 것이다.

"이렇게 훌륭한 요리를 앞에 두고 한두 개 집어먹으면 된다니 말도 안 되는 소리예요. 저와 오라버니는 영원히 서로 이해할 수 없을 것 같네요."

여성 쪽도 오빠에게 기겁한 얼굴을 하며 말했다. 정말 마음이 잘 맞는 여성이다.

"……알겠어. 그 부분은 나중에 대화하지. 곧 소르시에 국왕이 인사말을 한다고 하니 그 접시는 놓고 오도록."

남성이 피곤한 얼굴로 여성에게 말했다.

잠깐, 국왕의 인사말이 있었단 말인가. 그렇다면 이 접시에 담은 건――재빨리 배 안에 넣어야만 하겠네. 나는 접시에 담은 요리를 엄청난 스피드로 먹기 시작했다.

그리고 아무래도 옆에 있는 여성 또한 똑같은 결론에 이른 모양이었다.

"아니, 접시를 놓으라고 했잖아. 왜 더 기세 좋게 먹기 시작하는 건데! 정말 영문을 모르겠군! ……이런, 옆에서도 똑같은 일이?!"

아무래도 남성은 똑같이 접시 위의 요리를 엄청난 스피드로 입에 쓸어 담는 나를 눈치챈 모양이다. 경악한 목소리를 냈지만 접시 위의 요리를 다 먹어 치워야 하는 나는 신경 쓰지 않고 요리를 입안 가득 넣었다.

응, 이거 맛있네. 나중에 더 먹어야지. 와, 이 고기는 절묘하게 부드러운데.

서둘러 먹으면서도 잘 맛을 보며 접시 위의 요리를 다 먹어 치우고 나서 접시를 내려놓자, 옆에 있는 여성도 똑같이 접시를 내려놓는 게 보였다.

또 시선이 딱 마주쳤다. 자연스레 서로 미소를 지으며 고개를 숙였다.

그때 크게 나팔을 부는 소리가 들렸다. 그러자 단숨에 연회장이 조용해졌다.

"소르시에 국왕, 입장."

홀에 큰 목소리가 울려 퍼졌다.

그리고 소르시에의 국왕인 오웬 스티아트가 경호원에게 둘러싸인 채 엄숙하게 홀로 들어왔다.

국왕 폐하 옆에는 왕비, 그 뒤에는 사형제가 따라왔다. 예상했던 대로 왕족이 다 같이 입장하는 형식인 모양이다.

국왕 폐하는 홀 전방에 설치된 스테이지 같은 자리 위에 올라가더니 연회장 전체를 둘러보며 입을 열었다.

"오늘은 우리 소르시에 왕국의 건국 삼백 년 기념 파티에 와주셔서——."

국왕 폐하는 근린 국가 회합 때와 마찬가지로 그렇게 인사와 감사의 말 같은 것을 부드럽게 말하기 시작했다.

국왕 폐하가 "그럼 여러분 오늘을 즐겨 주십시오" 같은 말을 하고 나서 인사를 끝내자 박수가 울려 퍼졌고, 또다시 아까와 똑같은 환담이 시작되었다.

이어서 많은 사람들이 소르시에 왕족에게 인사하러 갔다.

다만 오늘은 이곳에 모인 외국 사람들을 우선해서 소르시에의 귀족들은 왕족에게 인사하는 건 삼가 달라는 통지가 있었기 때문에 우리가 바로 갈 필요는 없다.

그래서 나는 다시 접시를 들고 요리를 담기 시작했지만, 옆에 있던 여성은 그렇지 않았던 모양이다.

"인사하러 가자. 접시를 내려놔."

여성은 접시를 들자마자 남자에게 그런 말을 듣고 끌려가듯이 따라갔다.

아쉬운 듯 요리를 바라보며 끌려가던 여성과 마지막으로 눈이 마주쳤다. 저도 모르게 "힘내"라고 중얼거렸다.

떨어져 있어서 들리지 않았을지도 모르지만, 입 모양으로 '네' 하고 고개를 끄덕이면서 가버렸다.

이야기할 기회가 조금 더 있었다면 친해질 수 있었을 텐데. 또 만나면 대화를 나눠보고 싶다. 그런 생각을 하며 식사를 하고 있을 때였다.

"과식 아닌가."

그런 목소리가 들렸다.

음, 나 말인가? 하지만 이번에도 다른 사람에게 하는 말일 가능성도 있겠지. 그런 생각을 하며 뒤를 돌아보자, 목소리의 주인은 확실하게 나에게 시선을 주고 있었다.

완전히 나를 향한 말이었다. 심지어 말을 건 사람은.

"세자르 님."

바다 건너편에 있는 에테넬의 왕자이자, 현재 소르시에에 유학 중인 세자르 달이었다.

"여어."

목소리를 죽여 말하고 나서 히죽 웃는 갈색 피부의 와일드계 미남의 미모에 약간 심장이 덜컹했다.

공적인 자리에서는 왕자님처럼 하고 있는 세자르지만, 전에는 용병으로 살던 인물이라고 한다. 원래 모습은 스스럼없는 평민 오빠 같은 느낌이다.

나는 원래 모습으로 만난 적이 있기 때문에 단둘이 있을 때는 이렇게 본모습으로 대하고 있다.

"일전에는 무척 신세를 졌습니다."

세자르는 며칠 전에 있었던 마리아 구출 사건 때 어둠의 마법을 써서 폭주해버린 나를 구해주었다.

다음 날 상태를 보러 와줬을 때 잠깐 대화했는데, 그때 약간 이런 저런 일이 있어서 인사도 없이 헤어졌고 오늘에서야 재회했다.

"그 뒤로 몸은 괜찮아?"

"네, 덕분에 아주 건강하답니다."

배려하는 기색으로 물어보는 세자르에게 활기차게 대답했다.

"그렇군. 그럼 다행이야. 마지막으로 봤던 모습이 쓰러지는 장면이었으니까. 신경 쓰였거든."

돌아온 말을 듣고 나는 세자르와 마지막에 만났을 때를 확실하게 떠올리고 말았다.

마리아 구출 작전 다음 날에 세자르가 찾아와서 폭주를 막아줘서 고맙다고 인사를 하고 있을 때였다. 이번에는 디올드가 갑자기 나타나더니 무슨 일인지 나와 세자르를 질투하며 그의 앞에서 나에게 어른의 키스를 한 것이다!

전생을 포함해서 줄곧 연애와 관련된 일과는 인연이 없었던 내 뇌는 그런 사태에 펑크가 나버렸고 그대로 기절했다.

그 후로 곧바로 디올드가 사과했지만 세자르와는 그 이후로 만나지 못했다. 즉 그 키스를 목격당한 이후 처음 만나는 것이다.

아아, 지금 막 그 사실을 깨달아서 급격히 부끄러워졌다. 얼굴에 열이 올랐다.

"……저, 그건, 그게, 익숙하지 않아서 그랬던 거고, 몸이 안 좋았다거나 그런 게 아니라…… 그러니까."

어떻게든 몸이 안 좋아서 쓰러진 게 아니라고 설명하고 싶었지만, 그러기에는 너무나도 연애 관련이라고 해야 하나, 키스에 익숙하지 않았고 심지어 어른의 키스는 처음이었다. 어라, 그런 말까지 해야 하나?

완전히 혼란에 빠진 나를 보고 세자르는 쿡쿡 웃으며 말했다.

"너도 왕자님도 젊어서 아직 멀었구나."

"?"

영문을 몰라서 고개를 갸웃거리자 세자르는 원래는 금색이지만 지금은 검은색 유리를 낀 눈으로 이쪽을 바라보았다.

"너는 그래서 그 행위가 싫었어? 아니면."

그 행위란 디올드와의 키스를 말하는 걸까. 싫었냐고? 깜짝 놀라기는 했지만……. 더 생각해 보려고 했을 때 세자르가 말했다.

"역시 됐어. 역시 너는 아직은 깊이 생각하지 마. 그편이 나한테도 도움이 되고."

그러고는 내 머리를 가볍게 쓰다듬었다.

"예에."

전혀 영문을 알 수 없었지만 일단은 더 이상 그 부끄러운 사건에 관해 언급하지 않아도 된다는 뜻일까?

"이런, 벌써 눈치챘네. 위협하는 눈빛이 따가운데? 오늘은 이만 끝내야겠어."

세자르는 그렇게 말하고 나서 또 머리를 톡톡 두드렸다.

"오늘은 사람이 많아. 너무 혼자서 행동하지 않는 편이 좋을 거야. 네 가족에게 말을 해둘 테니 여기서 기다려."

그렇게 말한 뒤 세자르는 인파 속으로 사라졌다.

그렇다, 오늘은 사람이 많다. 특히 조심하라고 했었는데 맛있는 요리가 앞에 있으니 또 방심해버렸다.

저렇게 말하긴 했지만 사람이 이렇게나 많은데 세자르가 키스를 발견하기는 어려울 것이다. 나는 키스가 있는 곳을 알고 있다.

좋아, 이걸 먹고 나면 키스에게 돌아가야지. 그렇게 생각하며 접시 위의 요리를 입에 넣었을 때였다.

"너무 많이 먹었어, 누나."

의붓동생의 한결같은 잔소리가 들려왔다.

"앗, 키스."

"앗, 키스, 가 아니잖아. 잠깐 뭔가 마시고만 올 거라고 말했으면서 좀처럼 돌아오지 않으니까 걱정했다고. 그런데도 대화가 일단락되지 않아서 빠져나올 수가 없었단 말이야. 그때 세자르 왕자가 와서 말도 걸어주고 누나가 있는 곳도 알려줬어."

'가족한테 말을 해두겠다'라고 말하더니 세자르는 그 말대로 키스를 불러와준 모양이다.

이렇게 사람이 많은데 그다지 면식도 없는 키스를 이렇게나 단시간에 찾아내다니. 역시 세자르는 보통이 아니라며 감탄했다.

"나 참, 또 세자르 왕자에게 폐를 끼치다니. 정신 차려, 누나."

"네, 잘못했습니다."

그 점은 정말로 키스의 말이 맞기 때문에 사과했다.

잘 반성하고 사과했기 때문인지 키스도 여기서 잔소리를 끝냈다.

나는 키스의 허락을 받아 접시에 남은 요리만 먹고 나서 음료를 마시고 한숨 돌렸다.

그건 그렇고 요리를 먹는 데 푹 빠져서 눈치채지 못했지만.

"시작했을 때보다 사람이 준 것 같네."

주위를 둘러보며 그렇게 말했다.

"사람은 줄지 않았을 텐데, 외국에서 온 사람들 대부분이 소르시에 왕족에게 인사하러 가서 그런가 봐. 저기 좀 봐."

키스가 그렇게 말하며 가리킨 쪽에는 엄청난 줄이 생겨 있었다.

"우와, 엄청나다."

저도 모르게 그렇게 말했다.

평소의 파티에서도 나름대로 줄이 길기는 하지만 저렇게나 줄이 긴 건 처음 봤다.

"오늘은 특히 출석한 나라가 많으니까. 어쩔 수 없다고는 해도 큰일이네."

키스가 온화하게 인사를 되풀이하는 소르시에 왕족들 쪽을 쳐다보며 말했다.

나도 덩달아 그쪽을 바라보았다. 평소와 다름없이 온화하게 인사에 응하는 왕족의 모습이 보였지만, 역시 인원이 인원이니만큼 큰일일 것이다.

막내 왕자인 앨런은 그리 사교적이지 않기도 해서, 얼굴에 피곤한 기색이 비치기 시작한 듯했다. 그렇다면 디올드도 똑같이 피곤함을 느끼고 있을 것이다. 다만 디올드는 피로를 얼굴에 비치지 않게끔 참는 타입이라 안색은 똑같겠지만.

슬쩍 디올드 쪽을 봤더니 일순간 눈이 딱 마주친 것 같았다.

어라, 이렇게 많은 사람들 속에서 눈이 마주칠 리가 없나. 착각인가?

"누나, 왜 그래?"

"음~ 지금 순간적으로 디올드 님과 눈이 마주친 것 같았는데, 이렇게 사람이 많은데 그럴 리가 없겠지? 착각이겠지."

분명 전생의 아이돌 콘서트에서 눈이 마주쳤다고 하는 것과 똑같을 것이다.

"으~음, 꼭 착각인 것도 아닐지도 모르지만……."

키스가 약간 눈살을 찌푸리며 말했다.

"어?"

"아냐, 역시 착각이겠지. 어쨌든 혼자 행동하는 건 삼가도록 해."

"응."

키스에게 알았다고 대답했을 때, 또다시 나를 부르는 소리가 들려왔다.

"카타리나 님, 역시 이쪽에 계셨군요. 찾아서 다행이에요."

사교계의 꽃이라 불리는 아름다운 영애 메리 헌트가 온화한 미소를 지으며 이쪽으로 다가왔다. 뒤쪽으로는 알고 있는 면면을 잔뜩 데리고.

"메리, 그리고 마리아와 소피아, 니콜 님, 사이러스 님까지. 다 함께 오신 건가요?"

아스카르트 남매, 소피아, 마리아까지는 늘 보는 얼굴이지만, 사이러스도 같이 있어서 놀랐다. 어제 오늘 이야기는 전혀 하지 않았는데.

"소피아 님이랑 니콜 님과 같이 왔는데, 들어오기 전에 마리아 님과 사이러스 님도 만나서 그대로 같이 왔어요."

메리가 간략하게 설명해주었다.

"마리아와 사이러스가 같이 왔어?!"

나는 깜짝 놀라 소리쳤다.

마리아는 그렇다 쳐도 저 사이러스가 마음에 품은 여성인 마리아와 단둘이 행동할 수 있다니!

불과 얼마 전까지만 해도 부끄러워서 같이 마차에도 못 탄다는 둥, 둘만 있으면 아무런 대화도 못 한다는 둥, 그러면서 초등학교 남학생도 그보다는 더 나았겠다 싶을 만큼 주뼛거리던 그 사이러스가!

사이러스, 마침내 초등학교 남학생 정도는 됐구나. 그렇게 기뻐하고 있을 때였다.

"아뇨, 사이러스 님과는 성에서 만나기로 약속했을 뿐이에요. 성까지는 소라 씨가 같이 따라와 주셨답니다."

마리아가 사실을 가르쳐주었다.

슬쩍 사이러스 쪽을 보자, '그 말 그대로야. 내가 마리아와 단둘이 마차를 탈 수 있을 리가 없잖아'라는 듯 의기양양한 표정을 지었다.

아직도 초등학교 남학생 이하였다. 이대로 가면 절대로 발전하지 않는 패턴이겠네.

강한 빛의 마력을 지닌 마리아는 지금은 소르시에의 유명인이다. 교류를 하고 싶다는 사람도 많아서 이런 파티에도 참가하라는 통지가 오게 되었다.

그러나 최근에 어둠의 마력을 지닌 집단에 습격을 받은 참이라서 일반적인 경호원이 가까이에 붙어 있다고는 해도, 거기에 추가해서 어둠의 마법을 쓰고 실력도 강한 소라와 강한 마력의 소유자인데다 무투파이기도 한 사이러스에게도 경호하라는 통지가 내려왔는지 모른다.

아니, 어쩌면 기숙사에서부터 소라가 경호한 건 사이러스가 마리아와 단둘이 마차에 탈 수 없기 때문에 부탁한 것일 수도 있다. 어쩐지 그쪽이 더 그럴싸하다.

나는 작은 목소리로 사이러스에게 살짝 물어보았다.

"마차에서 소라가 경호한 건 혹시 사이러스 님이 부탁하신 건가요?"

"어. 단둘이 마차로 오는 건 도저히 못 하겠더라고."

사이러스는 마찬가지로 작은 목소리로, 그렇지만 당연하다는 듯이 단호하게 대답했다.

아니, 왜! 그리고 그 이전에 소라와 단둘이 있는 건 괜찮아?

사이러스는 잘 모르고 있지만 소라도 게임 II의 공략 대상이다.

지금은 그렇지 않은 것처럼 보여도 마리아를 좋아하게 될 것이다. 아니, 벌써 조금씩 좋아하게 됐을 가능성도 있는데.

"저기, 소라와 마리아가 단둘이 있는 건 상관없어요? 소라도 마리아에게 호감을 가지고 있을지도 모르잖아요."

마리아가 좋아서 맹 어택 하는, 최연소로 마법성에 들어온 천재 소년 듀이는 경계하는 것 같은데, 이유가 뭘까?

굳이 따져보면, 아니, 아무리 봐도 여성을 유혹하는 건 듀이보다는 소라 쪽이 더 잘할 것 같은데.

소라가 진심으로 마리아를 좋아하게 돼서 접근하기 시작하면 '여전히 단둘이 마차에는 탈 수 없어, 긴장되거든' 같은 말이나 하는 초등학교 남학생 이하인 사이러스에게 승산은 없을 것이다.

그러나 내 지적을 들은 사이러스는 눈을 끔뻑거리며 놀란 기색으로 말했다.

"아니, 소라가 마리아에게 호의를 품고 있지 않는 것 정도는 나도 알고 있어."

"어, 무슨 뜻이에요?"

"무슨 뜻이냐니, 그는 아무리 봐도."

"아무리 봐도 뭔가요?"

"카타리나 양, 너는 몰라?"

"모른다니, 무엇을요?"

"……."

"잠깐만요, 사이러스 님. 뭐죠? 무슨 뜻이죠?"

입을 다물어버린 사이러스에게 목소리를 약간 높여서 물었다.

"카타리나 양, 너는 아직 연애에 대해 모르는 어린아이구나."

어쩐지 절레절레하는 표정으로 말했다.

뭐, 뭐라고~?! 설마 연애 레벨이 초등학교 남학생 이하인 사이러스에게 연애도 모르는 어린아이라는 말을 듣다니! 당신한테는 그런 말 안 듣고 싶은데!

이게 무슨 소리냐고 따지려고 했을 때였다.

"카타리나 님, 자요. 여기 있는 과자 맛있어요."

메리가 팔을 잡아당겨서 강제적으로 사이러스와 멀어지는 바람에 작은 목소리로 나누던 대화는 끝났다.

어쩐지 여전히 못 말리겠다는 표정을 짓는 사이러스의 얼굴이 마음에 들지 않았지만, 그래도 맛있는 과자는 신경이 쓰인다.

"어떤 거?"

"이거요. 처음 본 걸 보면 신제품일 것 같아요."

"와, 정말이네. 나도 처음 봐."

당장 하나 집어서 먹어보았다. 응, 엄청 맛있다.

"저도 하나 먹어도 될까요?"

새로운 과자라는 얘기를 듣고 흥미진진한 기색을 보이는 마리아에게 나는 내 집도 아닌데 "당연하지"라면서 승낙했다. 마리아는 기쁘게 과자를 먹었다.

"저도 먹어볼게요."

소피아도 편승해서 과자를 입에 넣더니 "맛있어"라며 헤벌쭉 웃었다.

"맛있으니까 오라버니도 드세요."

동생이 과자를 권하자 니콜도 과자에 손을 뻗었다.

늘 그렇듯 무표정으로 우물거리고 있지만 불쑥 튀어나온 말이 "맛있어"였으니 다행이다.

"겨우 카타리나 양과 만날 수 있어서 다행이에요."

다 함께 과자를 맛있게 먹으며 메리가 말했다.

"오늘은 사람이 많으니까, 만나기도 힘들지."

동의하면서 고개를 끄덕였다.

"아뇨, 카타리나 님이라면 분명 음식이 있는 곳에 있을 거라고 생각했으니까, 장소는 괜찮았는데요."

아, 음식이 있는 곳에 내가 있다는 건 뻔한 일이구나. 그렇군. 약간 먼 눈을 하는 내 옆에서 메리가 말을 이었다.

"사람들이 말을 많이 걸어서 좀처럼 움직일 수가 없었어요."

"아, 메리 쪽은 다들 예쁘니까 남성들이 엄청 말을 걸었겠지."

메리와 마리아와 소피아는 엄청난 미녀다.

"아뇨, 물론 그런 쪽으로 말을 거는 경우도 있지만, 그 이상으로 니콜 님에게 어프로치가 엄청나서……."

메리가 질린 표정으로 말했다.

"뭐? 니콜 님?"

내 의문에 메리가 아니라 동생인 소피아가 대답해 주었다.

"네. 오라버니의 매력은 언제나 엄청나지만 오늘은 외국분들도 많은 탓인지 한층 더 엄청나서요. 젊은 여성은 물론이고 남녀노소가 말을 걸지 뭐예요. 개중에는 상당히 지위가 높아 보이는 장년 남성 같은 분도 계셔서 적당히 가볍게 다룰 수가 없었거든요. 힘들었어요."

오오, 외국 사람들에게도 마성의 오라는 발군으로 먹히는구나. 그리고 남녀노소 상관없이 매료되는 거지. 이런 미녀들에게 둘러싸여 있는데도 가장 큰 인기를 자랑하다니, 과연 대단하다.

나는 그런 식으로 그저 감탄만 하고 있었지만, 같이 있었던 메리는 피곤한 얼굴로 말했다.

"정말 힘들었어요. 이제 니콜 님의 얼굴에 천이라도 덮을까 하고 생각했을 정도예요."

"소문으로는 들은 적이 있지만 설마 이렇게나 다양한 사람들이 다가오다니 깜짝 놀랐어."

니콜 초심자인 사이러스가 말했다.

이쪽도 공략 대상이라 미남이긴 하지만, 기본적으로는 젊은 여성밖에 어프로치하지 않는 모양이다. 다만, 사이러스는 그 층을 가장 힘들어하기 때문에 그건 그것 나름대로 안됐지만.

"특히 외국의 몸집 큰 남성이 접근하는 경우가 오늘은 많았던 것 같아요. 그런 분들은 아마 오라버니를 여성처럼 아끼려고 생각하시는 듯한……."

"소피아."

최근 들어 약간 그쪽 느낌을 풍기기 시작한 여동생의 발언을 오빠가 딱 잘라 차단했다.

다만, 말투는 단호해도 얼굴은 피곤해 보였다.

그 이유가 덩치 큰 남자들이 접근했기 때문인지, 여동생의 수상쩍은 망상과 언행 때문인지는 알 수 없었다.

그런 니콜의 모습을 보고 뭔가 눈치챘는지 사이러스가 화제를 돌렸다.

"그건 그렇고 외국 사람들이 많네. 이런 파티 자체가 오랜만인 것도 있겠지만, 압도당할 것 같은 기분이 들 정도로 사람이 많아."

"사이러스 님은 파티에 오랜만에 오신 건가요?"

그러고 보니 파티에서 만난 적은 없었다는 생각이 들어서 물어보았다.

"파티 같은 건 익숙하지 않아서. 일이 바쁘기도 해서 줄곧 거절했거든."

그런 대답이 돌아왔다.

확실히 부서장쯤 되면 늘 바쁠 테고, 사이러스 외에도 귀족이지만 파티에서 보지 못하는 마법성 사람은 많다.

우리 부서장인 라나의 숨겨진 본래 모습은 스잔나 랜들이라는 제1왕자의 약혼녀인데, 이쪽도 공적인 자리의 큰 파티 외에는 거의 출석하지 않는다고 들었다.

마법성 사람은 기본적으로 다들 일에 쫓기고 있기 때문이다.

"저, 사이러스 님. 오늘 파티는 저를 위해 무리하신 건가요? 죄송합니다."

마리아가 면목 없다는 얼굴로 말했다.

다정한 마리아는 마법성이 바빠서가 아니라 사이러스가 익숙지 않다고 하는 말에 반응한 것 같았다.

마리아는 사이러스가 경호를 부탁받아서 어쩔 수 없이 파티에 참가했다고 생각할지도 모르지만, 나는 그가 직접 입후보한 것이라고 생각했다. 마리아를 위해서라면 사이러스는 설령 불 속이나 물속이라도 갈 것만 같았다.

"아니, 아니야. 그렇지 않아. 오늘은 원래 참가할 예정이었어. 그런데 마리아 양이 파티에 오는데 경호원이 필요하다는 말을 듣고 내가 먼저 입후보한 거야. 그, 네가 걱정돼서."

사이러스가 내 예상과 똑같은 말을 했다.

마지막 말은 거의 없는 용기를 쥐어짜서 말한 것이리라.

다른 사람이라면 조금 더 연심을 어필할 수 있을지 모르지만, 연애 레벨이 초등학교 남학생 이하인 사이러스에게는 이게 한계일

터였다.

하지만 그 말을 들은 마리아는 활짝 웃으며 표정을 밝혔다.

"그렇군요. 감사합니다. 사이러스 님은 정말로 부하를 아끼시는 다정한 분이세요."

마리아가 최고로 아름다운 주인공 스마일까지 보여주며 말했다.

아아, 사이러스의 마음은 사랑이 아니라 부하를 아끼는 상사로 전해진 모양이다.

마리아는 여성향 게임의 주인공 특유의 '연애 관련으로는 어디까지나 둔감하다'라는 설정을 상비하고 있기 때문에, 이런 감정은 좀처럼 눈치채지 못한다. 사이러스, 괜찮아.

"아니, 그…… 그렇지."

만약 디올드였다면 왕자님 스마일을 지으며 '부하라서가 아니라 당신이라서, 당신을 사랑하고 있으니까 걱정되는 겁니다' 같은 말을 하겠지만, 초등학교 남학생 이하인 사이러스는 포기했다.

아무리 그대로 디올드를 흉내 내라고는 말하지 않겠지만, 조금 더 노력하지 않으면 둔감력을 지닌 마리아에게는 마음이 전해지지 않을 것이다.

정말 매번 생각하는 거지만, 이런 상태로 용케 여성향 게임의 공략 대상을 맡고 있구나.

게임에서는 두 사람의 사이를 어떻게 진전시켜서 마리아와 맺어지는 걸까. 설마 사이러스의 꿈속에서 맺어진다거나, 그런 슬픈 엔딩은 아니겠지.

마리아에게 다가가는 것도 현재로서는 14살 듀이에게 패배하고 있는 것처럼 보이고. 이대로 가면 좋은 상사 엔딩으로 끝날지도 모른다.

사이러스가 너무 답답해서 가끔 등을 살짝 밀어주는데, 그 또한 그가 '아니, 단둘이 있는 건 무리야'와 같은 말을 해서 전혀 먹히지 않았다.

오늘도 처음부터 메리 일행과 합류해서 단둘이 행동하지는 않은 것 같고, 끝나고 나서도 아마 무리일 터였다.

모처럼 자기가 경호를 맡겠다고 했는데 진전이 없다니, 정말이지 애석하다.

그렇게 애석한 사이러스에 대해 생각하고 있을 때였다.

"왕족한테 인사하려는 줄도 조금 정리된 것 같으니, 또 잠깐 인사하러 다녀올까. 누나는 어떻게 할래?"

키스가 말을 걸었다.

확실히 어느새 왕족에게 인사하려는 줄은 상당히 줄어들었고, 인사를 끝낸 사람들이 돌아오고 있는 듯했다.

으~음, 인사 같은 게 중요하다는 건 알고 있는데, 조금 더 요리를 탐닉하고 싶다. 내가 그런 생각을 하고 있는데 키스가 곧바로 말했다.

"남는다고 해도 과식이나 과음은 엄금이야."

과연 10년을 함께 생활한 의붓동생이다. 내 생각 같은 건 바로 알아챈다.

윽 하고 말문이 막히자 키스가 덧붙여서 말을 이었다.

"그리고 혼자서 움직이는 것도 이제 안 돼. 이분들과 같이 있으면서 나를 기다리거나 같이 가거나 해."

그건 잘 알고 있어서 고개를 끄덕였더니 이번에는 메리가 말했다.

"그렇다면 여기서 저희와 수다라도 떨면서 기다리실래요? 요리도 제가 과식하지 않게끔 지켜볼게요."

뒷부분은 키스에게 '당신네 집의 아이'를 돌봐주겠다고 말한 것 같았다. 보호자를 교대하겠다는 느낌이다. 나는 성인 여성인데.

"그렇다면 여긴 메리에게 맡기고."

키스 어머니가 메리 어머니에게 나를 맡기기로 했을 때였다.

"메리, 너희 집 아이가 구해달라는 것 같은데."

니콜이 불쑥 말했다.

어라, 메리네 집 아이? 니콜의 시선이 닿는 곳으로 눈을 돌리자, 소르시에 왕족의 막내 왕자 앨런이 보였다.

인사가 일단락되고 왕족들이 조금 흩어지는 가운데, 아까 봤을 때보다 더 피곤한 얼굴로 그를 세게 밀어붙이는 여성들에게 둘러싸여 있는 것 같았다.

얼굴에는 '살려줘, 메리'라고 적혀 있었다.

메리도 그쪽을 쳐다보고는 영애로서 그다지 바람직하지 않은 몹시도 싫은 표정을 지었다. 영애가 아니었다면 혀를 차지 않았을까 싶은 얼굴이었다.

그래도 메리는 남을 잘 돌보는 성격인지라, 오랫동안 돌보고 있는 부하라는 이름의 아이가 아니라 약혼자를 내버려둘 수 없어서 큰 한숨을 내뱉으며 말했다.

"저 잠깐 다녀올게요."

그러고는 얼른 앨런을 구출하러 갔다.

다가오는 메리를 발견한 앨런은 말 그대로 '살았다'라는 표정을 지었고, 메리는 그런 앨런을 영애들에게서 비호하듯 서서 잘 쫓아내기 시작했다.

로맨스 소설이라면 '왕자가 구해준 공주님' 같은 느낌일까. 물론 왕자가 메리고 앨런이 공주님이다.

앨런, 겉보기로는 멋진 왕자님이고 메리도 공주님처럼 아름다운데, 세상은 동화처럼 되지는 않는 법이다.

그런 로맨스 소설과 정반대인 두 사람에게서 살짝 옆쪽으로 시선을 돌리자, 다른 왕자들도 영애들에게 둘러싸여 있는 모습이 보였다.

장남인 제프리는 정말로 익숙한 상황인 듯 무척 잘 내쫓고 있는 듯했다.

차남인 이안은 고지식한 성격 때문인지 딱딱한 표정으로 거리를 확실하게 두며 거부하고 있는 것 같았다.

삼남인 디올드로 말할 것 같으면, 이쪽도 요령이 좋은 성격이라 제프리도 마찬가지로 잘 내쫓고 있는 것처럼 보였다. 하지만 어쩐지 평소보다 상태가 안 좋은 느낌이 들었다. 무슨 일 있나? 그보다 왠지 오늘은.

"왕자분들에게 접근하는 영애가 많지 않아?"

의아한 생각이 들어서 말했다.

"다들 외국분들일 거야. 오늘은 사람이 많으니까."

키스가 대답했다.

"외국분들이 많으면 접근하는 사람도 늘어?"

"외국분들 중에는 약혼녀에 관해 잘 모르는 사람도 많은 것 같고, 나라에 따라서는 약혼녀는 얼마든지 바꿔도 되는 거라고 생각하는 곳도 있다더라."

"나라에 따라 다양하구나."

평소라면 다소 왕자에게 접근하는 사람이 있다 해도 이렇게나 노골적으로 붙는 사람은 별로 없었는데, 사정이 그렇다면 납득이 간다.

"그러니까 외국분들이 많으면 이래저래 달라서 귀찮은 일도 많거든. 누나는 꼭 조심해야 해. 그러니까 나와 같이 인사하러 갈래? 아니면 니콜 님 등과 함께 여기서 기다릴래?"

키스가 재차 물었다.

"어~ 그럼 나는――."

"모처럼 오늘은 바빠서 이쪽에 오지 못하는데 왜 일부러 자기가 먼저 만나러 간다고 하는 걸까."

키스가 불쑥 중얼거린 말을 듣고 "뭐?" 하고 되물었다.

"그냥…… 오늘은 왕족한테 인사할 필요는 없다고 들었으니까 안 가도 되지 않나 생각했을 뿐이야."

키스가 약간 퉁명스러운 얼굴로 말했다.

"그건 아는데, 디올드 님의 상태가 약간 신경 쓰여서."

그렇다, 아까 봤던 디올드의 상태가 살짝 신경이 쓰였다.

몸이 안 좋은 게 아니라면 좋을 텐데. 디올드는 기본적으로 몸이 안 좋아도 참는 사람이니까.

"딱히 평소와 똑같이 웃는 얼굴로 잘 대응하고 있었잖아."

"뭐~? 달랐어. 키스도 소꿉친구니까 알잖아."

키스도 디올드와 벌써 10년 가까이 지내고 있으니까. 그렇게 생각해서 한 말인데, 키스는 말이 없어지더니 나를 지그시 바라봤다.
"뭐, 왜?"
나도 키스를 마주 보자 키스는 어쩐지 퉁퉁 부운 얼굴로 내 뺨에 손을 뻗었고——옆으로 쭉 당겼다.
"흐에, 왜 그래?"
갑작스러운 사태에 당황해서 물어보았다.
"어쩐지 엄청 분통이 터져서."
키스는 딱 한 마디 대답하고 나서 뺨에서 쓱 손을 뗐다.
가벼운 힘으로 당겨졌을 뿐이라 전혀 아프지 않았지만 단순히 놀랐다.
분통이 터져서 꼬집었다는 거야? 심지어 이렇게 약한 힘으로? 대체 뭐지.
그러고 나서 에스코트를 해주고 있긴 하지만, 눈은 이쪽을 보지 않았다. 완전히 기분이 상한 것 같았다.
항상 나를 돌봐주며 어머니 같은 입장에 있는 키스가 이렇게 토라지는 경우는 몹시 드물다.
그럴 때가 아니지만 옛날에 공작가에 막 들어왔을 때의 귀여웠던 키스가 생각났다.
여자애처럼 귀엽고 작고 뺨도 말랑말랑하고, 지금은 상당히 높은 곳에 있는 황갈색의 폭신폭신한 머리카락도 내 눈 아래에 있어서 마음껏 쓰다듬을 수 있었다.
그렇게 생각했더니 그 폭신폭신한 머리를 엄청 만지고 싶어져서 공중으로 손을 뻗어 오랜만에 만져 보았다.
그러자 푸른 눈동자가 동그랗게 커지더니 나를 똑바로 응시했다.

"토라진 게 귀여워서 나도 모르게 옛날처럼 쓰다듬었네."

혀를 내밀며 말하자 키스의 얼굴이 순식간에 새빨개졌다.

이런, 더 많이 화내려나! 그렇게 생각했지만.

"……무자각으로 사람 홀리고 다니는…… 소악마라니까."

뭔가 구시렁구시렁 중얼거렸을 뿐, 또 뺨을 꼬집지는 않아서 안심했다.

그러고 나서 디올드 형제 가까이로 왔다.

"알겠어? 아까 나한테 한 것 같은 일은 디올드 님한테는 절대 하면 안 돼!"

험악한 얼굴로 말했다.

"앗, 뭔데, 머리를 만지지 말라는 뜻이야?"

"……맞아, 그런 뜻이야."

"그렇구나. 사람도 많은 곳에서 왕자님의 머리를 만지면 실례니까."

"……그렇지. 그러니까 하면 안 돼."

"알겠어."

나는 확실하게 대답하고 나서 키스의 배웅을 받았다.

그리고 왕자님들이 있는 쪽으로 다가가자 먼저 로맨스 소설 속 왕자님과 공주님의 반대 버전인 두 사람, 막내 왕자 앨런과 메리가 가장 가까운 곳에 있어서 눈이 마주쳤다.

"앨런 님, 무사히 구출되셔서 다행이네요."

"어, 훌륭한 솜씨로 구출됐어."

내 말에 앨런은 약간 부끄러운 듯 대답했다.

어렸을 때의 앨런이라면 여기서 '나는 구출된 게 아니야' 같은 말을 했을지도 모르지만, 완전히 메리에게 순종적으로 변한 앨런은 굉장히 솔직했다.

하지만 구출해 낸 쪽의 메리 왕자는 약간 역정을 내는 기색이었다.

"저런 여성들을 앞에 두면 항상 제가 개입해야만 하잖아요? 조금은 더 혼자서도 어떻게든 대처할 수 있게 해주세요."

"읏, 알고는 있지만 그게 그렇게 금방 능숙해지지는 않잖아."

"그렇다면 또 여성들 대책 수업이라도 할까요?"

"헉, 그건 이제 봐줘."

앨런이 굳은 얼굴로 말했다.

"여성들 대책 수업이 뭐야?"

신경이 쓰여서 물어보자 메리가 대답해 주었다.

"앨런 님이 접근하는 영애들을 심각할 정도로 못 피하셔서, 피하는 방법을 가르치기 위해 제가 고안한 수업이에요. 제가 접근하는 영애를 연기하고 앨런 님이 그걸 지시대로 피해주시면 되는데, 그것도 잘하지 못하거든요."

잔뜩 화가 난 기색의 메리에게서 앨런 쪽으로 눈을 돌렸다.

"엄청 도움이 될 것 같은 좋은 수업인 것 같은데. 더 받아보시는 게 좋지 않을까요?"

내 말에 앨런이 메리에게 들리지 않을 정도로 작은 목소리로 말했다.

"너는 메리의 연기력을 얕보지 말라고. 정말로 억지로 접근하는 영애 그 자체로 변신한단 말이다."

"그야 메리니까요."

영애의 모범, 사교계의 꽃이라 불리는 완벽한 여성으로 이름을 떨치고 있는 메리다. 연기력도 높겠지.

"그게 어디가 안 되는 건데요? 오히려 진짜와 똑같아서 대책을 세우기 좋지 않나요?"

내 대답에 앨런은 눈을 크게 뜨더니 내 얼굴을 메리 쪽으로 돌리며 작은 목소리로 말했다.

"메리를 잘 보라고. 저런 외모로 억지로 접근하는 영애처럼 진심으로 들러붙는단 말이야. 평범한 영애 따위의 위력이 아니야."

그 말을 듣고 나는 새삼 메리를 바라보았다.

사교계에서도 평판이 높은 절세의 미녀다. 나올 곳은 나오고 들어갈 곳은 들어간 훌륭한 프로포션. 이런 미녀가 진심으로 들러붙는다고 상상하니 여자인 나라도 약간 위험할 것만 같았다.

"……죄송합니다, 앨런 님. 저라도 위험할지도 모르겠네요."

앨런과 똑같이 작은 목소리로 대답하자 앨런의 얼굴이 활짝 밝아졌다.

"그렇지, 그렇다고. 너라면 분명 이해해줄 거라 생각했어."

작은 목소리로 기쁨을 드러냈다.

'너라면 분명 이해해 줄 거다'라는 말이 칭찬인지 아닌지 분명하지 않지만, 아플 정도로 그 마음을 잘 알았기 때문에 지금은 일단 친구로서 메리에게 말해두는 편이 좋겠다는 생각이 들었다.

"있잖아, 메리. 그 대책 수업 말인데, 앨런 님한테는 약간 어려운 것 같아."

내 말을 들은 메리는 으~음 하고 생각에 잠긴 얼굴을 했다.

"하지만 언제까지나 저를 의지하면 앞으로 난감해지는 건 앨런 님이니까요."

메리 어머니의 말씀은 지당하지만, 이 미녀가 접근하는 건 위험하다.

하지만 그걸 다이렉트로 전달하는 것도 좀.

"으~음, 그게, 실천하는 건 아직 이른 것 같으니까 우선은 교과서 같은 걸로 가르치는 편이 좋을 것 같아."

"하지만 실제로 현시점에서 영애들이 접근하고 있잖아요. 실천으로 배우는 편이 빠를 것 같은데요."

으~음, 좀처럼 납득해주지 않는다. 말하는 내용도 지당하다. 이건 역시 다이렉트로 전달해야 하는 걸까.

"그게, 메리는 뭐라고 해야 하나, 너무 매력적이라서 진심으로 들러붙으면 앨런 님이 긴장해버리는 모양이야."

내 발언을 들은 앨런이 '어이, 그대로 말하지 말라고'라는 듯이 당황했지만 말하지 않으면 해결이 안 되니까.

"예? 여덟 살 때부터 약혼녀였던 저한테 이제 와서 긴장이라뇨!"

메리가 놀란 얼굴을 했다.

메리의 입장에서 앨런은 어릴 때부터 기른 애완동물 같은 위치라서 긴장 따위 할 리가 없다는 느낌일지도 모른다.

그래도 연애 관련 레벨 제로 팀의 일원으로서 말하자면, 매력적인 이성이 접근하는 건 그것만으로도 감당하기 벅찬 일이다.

"그건 네 말이 맞지만, 그걸 상쇄할 만큼 메리가 매력적이거든. 여자인 나도 네가 진심으로 접근하면 확 반할 정도로 매력적이야."

내가 그렇게 주장하자 메리는 눈을 깜빡거렸다.

"앗, 제가 진심으로 접근하면 카타리나 님도 확 반하시나요?"

"그래, 메리 정도로 매력적인 여자라면 확 반하지."

"……그렇군요."

"그러니까 앨런 님의 대책 수업의 실전 상대가 메리로 안 된다면, 만약 필요하다면 메리 만큼은 매력적이지 않은 내가 상대해줄까?"

딱히 매력이 없는 악역 영애라면 가능하지 않을까 싶어서 제안했다.

"안 돼."

"안 됩니다."

앨런과 메리 둘 다 그렇게 말했다.

"그래, 너는 더욱 위험하다고 해야 하나, 오히려 네가 제일 위험하다고 해야 하나. 그……."

앨런이 횡설수설 말했다.

"바쁘신 카타리나 님의 시간을 빼앗을 정도의 일은 아니니까 괜찮아요. 그리고 카타리나 님은 충분히 매력적이거든요."

메리가 괜찮다면서 보충했다.

어쨌든 대책 수업에 나를 부르지는 않는다는 뜻이다.

"일단 우리 조카부터 접근하게 하는 걸로 시작하죠."

그렇게 말하는 메리에게 앨런은 낙담한 얼굴로 말했다.

"아무리 그래도 그건 그만둬."

그런 두 사람 앞에서 물러나 더 안쪽으로 가자, 다음으로는 차남인 이안이 있었다. 그 옆에서는 어느새 약혼녀인 세리나 버그가 에스코트를 받고 있었다.

세리나를 그야말로 소중하게 에스코트하며 이안은 아직도 다가오려는 여성들에게 말했다.

"미안하지만 나는 약혼녀인 세리나 외에는 전혀 관심도 없고 흥미도 없으니까, 너희들과 교류할 마음은 없어."

그가 선언했다.

그 말을 들은 세리나가 뺨을 붉혔다. 이쪽은 오늘도 평소와 똑같이 러브러브 상태라서 참 다행이다.

다음에는 장남인 제프리가 다가오는 여성들을 능숙하게 상대하고 있었다.

이쪽의 약혼녀인 스잔나 랜들은 어디에 있나 하고 주위를 둘러보자, 어쩐지 학자 같아 보이는 아저씨와 그야말로 즐겁게 대화하고 있었다.

저 반짝이는 눈빛의 느낌을 보면 아마 엄청 좋아하는 마력이나 마법 이야기를 하고 있는 듯했다.

제프리 쪽은 전혀 신경 쓰는 기색이 없었고, 제프리 또한 즐거워 보이는 스잔나에게 뭔가 시키려는 마음은 없는 것 같았다. 이쪽도 평소와 똑같았다.

이렇게 세 왕자님을 지나치자 목표였던 디올드가 아까 제프리와 똑같이 다가오는 여성들을 잘 상대하는 중이었다.

이런 모습을 보면 디올드는 제프리, 앨런은 이안과 성격이 닮았나 하는 생각이 들기도 한다(앨런은 여성에 대해서 나약하지만).

곁으로 다가가자 디올드는 금방 나를 눈치채고 여성들을 살짝 피하며 이쪽으로 다가왔다.

"카타리나."

엄청 보기 좋게 웃는 얼굴로 맞아줘서 약간 허둥거렸다.

지금까지는 이런 적이 없었는데, 마리아 구출 사건 이후에 세자르에게 질투했다고 하는 디올드에게 어른의 키스를 받았다.

아무래도 너무 충격적이라서 당분간은 제대로 얼굴도 보지 못했는데 어찌어찌 괜찮아졌다. 하지만 저렇게 달콤한 표정을 지으면 그 생각이 나서 허둥거리게 된다.

이쪽으로 다가온 디올드는 물 흐르듯 나를 에스코트하며 여태까지 주위에 모여 있던 여성들을 마주 보았다.

"약혼자가 와서 대화는 이만 끝내겠습니다."

만들어낸 웃는 얼굴로 딱 잘라 말했다.

말투는 온화하지만 강압적인 분위기에 대부분의 여성들은 묵묵히 따랐지만, 드세 보이는 몇몇 여성은 물러나지 않았다.

"약혼녀라 해도 어차피 정략적인 것이잖아요. 저희 쪽에서는 지금 정략에 얽매이지 않고 연애하며 진정으로 사랑하는 사람을 찾아 혼인을 하는 게 주류가 되고 있답니다."

그 여성이 앞으로 나서며 말했다.

정략적인 약혼을 파기하고 진정으로 사랑하는 사람과 맺어지다니, 말 그대로 여성향 게임의 세계다.

어쩌면 이 여성들의 나라에서도 뭔가 여성향 게임이 전개되고 있는 걸까? 멍하게 그런 생각을 하고 있을 때였다.

"그렇군요. 정략적인 약혼이라면 그런 일도 있을지 모르겠지만, 저는 여기 있는 카타리나를 진심으로 사랑하고 있으니 괜찮겠네요."

디올드가 실로 훌륭한 웃음을 지으며 그렇게 대꾸했다.

그 말을 들은 주위 여성들은 딱 굳어버렸다. 개중에는 입을 떡 벌리고 숙녀답지 못한 얼굴로 놀라서 눈을 휘둥그레 뜨는 사람까지 있었다.

그야 그렇겠지. 당사자인 나도 깜짝 놀랐으니까.

이렇게 멋진 왕자님이 이런 악역처럼 생긴 얼굴을 한 데다 딱히 두드러진 구석도 없는 여자를 사랑한다는 말을 하다니.

이런. 제대로 생각했더니 얼굴에 열이 올랐다.

좋아, 다른 생각을 하자. 으~음, 밭일이 끝나고 나서 무심코 흙투성이로 저택에 들어가 버렸는데 어머니한테 들켰을 때라든가.

그렇게 얼굴에 모이는 열기를 식히기 위해서 식은땀이 나는 망상을 했다.

"그럼 여러분, 실례하겠습니다."

그러는 동안 디올드는 나를 에스코트하며 뚜벅뚜벅 걸어가기 시작했다.

과연 아무도 쫓아오지 않는 가운데, 디올드는 성큼성큼 걸음을 옮겼다. 아까부터 딱히 말을 하지는 않았다.

그리고 휴게실로 사용하는 방에 도착하자, 디올드는 뒤를 돌아 나를 마주 보더니 진지한 얼굴로 입을 열었다.

"아까 에테넬의 왕자와 무슨 대화를 하셨죠?"

에테넬의 왕자란 세자르를 말하는 거겠지. 음식 앞에서 대화하는 모습을 봤나?

상당히 거리도 떨어져 있었고 디올드는 왕족으로서 인사하느라 바빠 보여서 모를 거라 생각했는데. 그럼 그때 눈이 마주쳤다고 느낀 건 착각이 아니었나?

"카타리나."

디올드가 초조한 목소리로 나를 불렀다. 눈빛이 어딘가 불안해 보였다.

"저, 몸 상태가 어떻다든가, 그런 대화를 잠깐 나눴을 뿐이에요. 그러고 나서 곧바로 세자르 님은 키스를 부르러 가주셨어요."

딱히 나쁜 짓을 한 것도 아닌데 디올드의 눈을 보자 어쩐지 면목 없는 기분이 들었다.

"……그렇군요. 또 접근하는 건가 했는데."

혼잣말처럼 중얼거리는 말을 듣고 세자르가 접근한 적은 없다고 생각하면서도, 디올드의 표정이 풀어져서 일단 말로 옮기지는 않았다.

"혹시 인사할 때 평소와 상태가 달랐던 것도 그게 신경 쓰여서 그러셨던 건가요?"

"제가 상태가 달랐나요?"

디올드가 약간 놀란 얼굴을 했다.

"네. 뭐랄까, 피곤하다고 해야 하나 몸이 좀 안 좋아 보이는 느낌이있어요."

"그런가요……. 평소와 똑같이 잘하고 있다고 생각했는데."

"괜찮아요. 다른 분들은 눈치채지 못한 것 같았어요. 저는 오래 알고 지내서 눈치챈 거니까요. 다른 소꿉친구들도 그럴 거예요."

여덟 살 때 디올드와 만나서 벌써 10년 동안 알고 지냈다.

어렸을 때보다는 알기 어렵게끔 상태를 잘 숨기려 하지만, 같이 지낸 세월은 겉멋이 아니다. 디올드가 웃는 얼굴 가면으로 자신을 숨긴 채 무리하는 것 정도는 자연스럽게 알 수 있다.

"이렇게 알아채주는 건 카타리나 뿐일 것 같지만요."

"아뇨, 꼭 그렇지도."

내가 부정하려고 하자 디올드가 내 입술 앞에 집게손가락을 댔다.

“그렇답니다. 당신은 내가 약해졌을 때 항상 원하는 말을 해주면서 곁에 있어 주죠. 그런 당신이 있기 때문에 저는 열심히 할 수 있는 거예요. 그러니까 카타리나, 앞으로도 계속해서 당신이 제 곁에 있어 주길 바라요.”

디올드는 그렇게 말하고는 웃었다.

얼굴이 너무 예뻐서 저도 모르게 넋이 나갔다.

벌써 10년이나 본 얼굴인데도 새삼스럽게 아름답다는 생각이 들었다.

그리고 모양 좋은 입술이 눈에 들어오자, 얼마 전에 했던 어른의 키스가 떠올라서 또 얼굴에 열이 올랐다.

그런 내 뺨으로 디올드가 손을 뻗었다. 단단하고 크고 따뜻한 손이었다.

엄청 따뜻하……어라, 이거, 너무 따뜻한 거 아닌가? 따뜻하다고 해야하나 뜨거운데.

나는 바로 가까이에 와 있는 디올드의 이마에 퍼뜩 손을 올렸다. 그러자.

“뜨겁잖아?! 잠시만요, 디올드 님. 너무 뜨거워요. 이거 분명 열 있는 건데!”

완벽하게 열이 난다는 생각이 들 정도라는 걸 깨달았다.

자세히 보니 눈도 약간 촉촉했다. 이거 분명 열 때문이겠지.

법석을 떨기 시작한 나에게서 약간 거리를 둔 디올드는 토라진 듯한 표정으로 말했다.

“괜찮습니다.”

“아뇨, 이 열은 전혀 괜찮지 않아요. 분명 인사를 나눌 때부터 이랬던 거죠? 알고 있으면서 무리한 것 같은데!"

나는 따지고 들었다.

"얼마 전부터 몸 상태가 안 좋았는데 오늘 아침에 일어났더니 이런 느낌이었습니다. 하지만 이 정도는 들키지 않고 어떻게든 할 수 있으니 문제없어요."

겨우 몸이 안 좋다는 건 인정했지만 그래도 문제없다고 주장하다니 끈질기다.

"문제가 있다니까요."

"폐를 끼치지는 않을 테니 괜찮습니다."

정말 고집이 세다니까!

"그게 아니라."

"일은 잘할 수 있어요."

"정말이지, 일을 말하는 게 아니라, 저는 디올드 님이 이렇게 몸이 안 좋은데도 무리를 한다는 게 걱정돼서 어쩔 줄 모르겠어요!"

"……."

좋았어, 드디어 알아준 건가.

"그럼 디올드 님은 여기서 잠깐 기다려주세요. 적당한 곳에 연락하고 올게요."

나는 방에 놓인 소파에 디올드를 탁 앉히고 나서 방에서 나왔다.

어디 보자, 디올드가 몸이 안 좋다고 전달해서 어떻게 해줄 만한 사람이――라고 생각하며 성큼성큼 걷고 있는데 마침 반대편 복도에서 딱 알맞은 인물이 걸어오는 게 아닌가. 엄청나게 타이밍이 좋다. 나는 곧바로 말을 걸었다.

"제프리 님."

"오오, 카타리나 양. 이런 곳에서 뭐 해?"

웃는 얼굴로 대답한 제프리에게 디올드가 몸이 안 좋은 것 같다고 설명했다.

"그렇군. 최근에 바빠서 무리하는 것 같길래 신경이 쓰였는데, 설마 몸이 안 좋아졌을 줄은 몰랐어."

그가 슬픈 표정을 지었다.

"그게, 디올드 님은 그런 걸 잘 숨기니까 어쩔 수 없죠."

위로하려고 그렇게 말하자 제프리는 눈을 동그랗게 뜨더니 웃음을 머금으며 말했다.

"그렇지. 게다가 이렇게 알아채주는 사람이 있으니 괜찮겠네."

정말이지 디올드가 너무 무리를 하니까 이렇게 가족까지 슬퍼하잖아. 다음에 더 뭐라고 해야지. 그런데 아까 제프리가 말한 것 중에 신경 쓰이는 부분이 있는데.

"디올드 님이 요새 바쁘셨나요?"

"응, 카타리나 양과 마리아 양 사건과 관련된 자들의 신원이나 경위를 조사하고 있었거든. 내 쪽도 조사하고 있긴 한데, 그 외에도 여러모로 할 일이 많아서 말이야. 최근에는 디올드가 열심히 한다는 걸 핑계로 너무 의지해버린 것 같아. 나도 반성하고, 디올드한테도 그리 무리하지 말라고 전달해 놓을게."

그렇구나. 요전에 있었던 마리아 구출 사건은 조무래기만 몇 명 체포했는데, 명령을 내린 윗사람은 여전히 알 수 없다는 이야기를 들었다. 그걸 아직도 열심히 조사해 주고 있었구나.

원래도 공무를 봐야 하는데 사건에 관해서도 조사하고, 그러는 동안 내 상태도 보러 와주다니. 그야 너무 무리해서 몸도 아플 만하다.

"그럼 디올드는 여기까지만 하고, 이제 쉬라고 해야겠어."

"네, 잘 부탁드립니다."

제프리가 이렇게 말해준다면 이제 괜찮을 것이다.

제프리는 곧바로 옆에 대기하던 사용인에게 지시를 내리며 움직였다. 그리고,

"이걸로 됐어. 남은 건 디올드 본인이 확실하게 쉴 기분이 들도록 만들면 완벽해."

그가 싱긋 웃으며 말했다.

"카타리나 양, 잘 부탁할게."

그는 나와 함께 디올드가 있는 방으로 들어갔다.

나와 제프리가 같이 방으로 들어가자, 디올드는 퍼뜩 놀라 의자에서 일어났다.

그런 디올드를 보며 제프리가 말했다.

"카타리나 양한테 이야기는 들었어. 너무 무리하지 마. 너한테는 의지할 수 있는 형제들이 있으니까 얼마든지 의지해도 돼."

그가 말했다.

디올드는 눈을 동그랗게 뜨더니 겸연쩍은 표정을 지었다.

"그렇게까지 몸이 안 좋은 건 아닙니다."

또 강한 척하다니.

나는 디올드의 앞으로 이동해서 다시 그의 이마를 짚었다. 역시 아까와 다르지 않을 정도로 뜨거웠다.

"역시 뜨겁네. 전혀 괜찮지 않잖아요. 강한 척도 여기까지예요."

그러면서 이번에는 머리 위에 손을 톡 올렸다.

"디올드 님이 이제부터 할 일은 쉬는 거예요. 이의는 인정하지 않겠어요. 떼 쓰지 말고 잘 쉬어야만 해요."

가볍게 머리를 쓰다듬었다.

디올드가 이렇게 생떼를 쓰는 것처럼 구는 경우는 거의 없으니 지금이 기회라는 듯 누나처럼 꾸중해 보았다.

"……생떼라니."

디올드는 토라진 어린애 같은 얼굴을 했다.

"맞는 말이야. 생떼는 여기까지 하고 착한 아이처럼 쉬어야지."

제프리가 히죽거리며 다가와서 어깨를 딱 붙잡았다.

"좋았어, 방은 준비해 뒀으니 가자."

그러면서 그대로 어깨를 붙잡은 채 디올드를 끌고가는 것처럼 데려가버렸다.

"카타리나 양은 거기 있는 사용인과 함께 돌아가. 나는 디올드를 방의 침대에 밀어 넣고 나서 돌아갈 테니까."

제프리는 그 말을 남기고 떠나갔다. 떠나갈 때 디올드가 작은 목소리로 나에게 "고마워요"라고 속삭였다.

고개를 숙이고 있어서 얼굴은 보이지 않았지만, 상당히 오지랖을 부린 것 같다는 생각을 하고 있었던 터라 그 말을 듣고 안심했다.

"잘 쉬고 빨리 건강해지세요."

떠나가는 뒷모습에 대고 그렇게 말했다.

그러고 나서 왕자들의 모습을 배웅한 뒤 사용인과 함께 연회장으로 돌아갔다.

"누나."

연회장에 돌아가자마자 키스가 가까이 다가왔다. 아무래도 입구 부근에서 나를 기다리고 있던 모양이다.

"좀처럼 돌아오지 않아서 걱정했어. 디올드 님은 어쩌고?"

주위를 두리번두리번 둘러보는 동생에게 나는 디올드가 몸이 안 좋아서 방으로 돌아갔다고 보고했다.

"누나 말이 맞았네."

동생이 눈을 휘둥그레 떴다.

"정말이지 디올드 님도 참, 금방 무리를 해서 안 된다니까. 오늘도 약간 꾸중했지만 다음에 만나면 더 제대로 말해야겠어."

화를 내며 말하자 키스는 약간 얼굴이 굳어지더니 곧바로 쿡쿡 웃기 시작했다.

"왜 그래?"

"아니, 그 디올드 님한테 이렇게 할 수 있는 상대는 누나뿐이겠지 싶어서 약간 이런저런 생각이 들었는데…… 누나한테 꾸중을 듣는 모습을 상상했더니 웃겨서."

그렇게 말하더니 또 쿡쿡 웃었다.

꾸중을 듣는 모습이라 해도 "풀이 죽지도 않고 토라진 듯이 듣고 있던데" 하고 말하자 키스는 점점 더 크게 웃었다.

그렇게 재밌나?

다들 아직 음식이 있는 곳에서 기다리고 있다고 해서 키스와 함께 그쪽으로 가려고 했더니, 앞에서 걷고 있던 여성과 눈이 딱 마주쳤다.

음식이 있는 곳에 갔을 때 만났던, 친근감이 드는 그 여성이었다.

저도 모르게 웃는 얼굴로 꾸벅 인사하자 그 여성도 꾸벅 머리를 숙였다.

"누나, 아는 분이셔?"

키스가 작은 목소리로 물었다.

"아까 음식 앞에서 잠깐 만난 분인데, 요리를 먹는 방법 같은 데서 친근감이 들었거든."

내가 설명했다.

"누나가 요리 먹는 방법에서 친근감을 느끼다니, 어떤 분이지."

키스가 살짝 인상을 썼다.

참고로 여성을 에스코트하고 있는 사람은 아까 "과식이야"라고 했던 오빠로 보이는 남성이었는데, 나를 보고 깜짝 놀랐다.

그러고 보니 거기 있는 오빠분은 내가 먹는 모습을 보고 있었지.

걸음을 멈추고 고개를 숙인 김에 인사를 할까. 나는 앞으로 살짝 나가서 숙녀의 예를 갖췄다.

"소르시에 클라에스 공작가의 카타리나 클라에스라고 합니다."

내가 그렇게 말하자 여성은 잠깐 눈을 크게 떴지만, 곧바로 앞으로 슥 나섰다.

"살마 카부라기 변경백 가문의 하루 카부라기라고 합니다."

깔끔하게 예를 갖춰 인사했다. 아름다운 기모노 모습과 이름을 듣고 전생의 일본을 아주 조금 떠올렸다.

"이쪽은 오라버니인——."

하루 씨가 그렇게 말하며 옆에 있는 남성을 가리키자, 그도 앞으로 탁 나왔다.

"료 카부라기라고 합니다."

동생과 마찬가지로 깔끔하게 예를 갖췄다. 그리고 나서 키스 또한 자연스럽게 고개를 숙였다.

"동생인 키스 클라에스라고 합니다."

그러자 료 씨가 내 쪽으로 시선을 돌리고 말했다.

"아까는 동생이 기품 없는 모습을 보여드려서 죄송합니다."

이 말은 아까 하루 씨가 먹는 모습을 가리키는 걸까? '그렇지 않아요 멋졌답니다'라고 내가 말하기 전에 키스가 먼저 대답했다.

"아닙니다. 이쪽도 아마 누나가 똑같이 행동하고 있었을 거라 생각하니, 피차일반이지요. 신경 쓰지 마십시오."

이게 어떻게 된 거야, 키스. 보지도 않았으면서 누나가 기품 없는 짓을 하고 있었을 거라 말하다니!

심지어 류 씨는 왠지 납득한 분위기다. 어떻게 된 거지!

그러고 나서 료 씨는 어쩐지 피곤한 얼굴로 중얼중얼 말을 늘어놓기 시작했다.

"그렇게 말씀해주셔서 감사합니다. 그럴 만도 한 게, 동생은 아무리 타일러도 숙녀답게 행동하지 못해서 나이가 찼는데도 밖을 뛰어다니기만 하고, 이런 자리에 오면 많은 요리를 입안 가득 와구와구 먹거든요. 정말이지 감시 역할도 힘들어서……."

오오, 하루 씨는 밖에서 뛰어다니는 걸 좋아하는군. 식사뿐 아니라 그 부분도 마음이 맞을 것 같다고 내가 생각하고 있을 때였다.

"그 마음은 제가 정말 잘 압니다!"

키스가 료 씨에게 격하게 동의했다.

"아무리 말해도 들어주질 않아요. 오늘도 그렇게나 말했는데 곧바로 음식이 놓인 곳에 가더니 요리에 푹 빠져 전혀 돌아오지 않더라고요."

키스가 료 씨와 똑같이 피곤한 표정을 지었다. 어쩐지 미안하다.

그렇게 키스와 료 씨는 다루기 힘든 누나와 동생이 있는 사람들끼리 뭔가 친근감 같은 것을 느낀 모양이다. 악수를 나누었다.

"그, 하루 씨는 음식을 드시는 걸 좋아하세요?"

남자들끼리 신이 난 것 같아서 나는 하루 씨에게 말을 걸어 보았다.

"네. 특히 오늘은 대국 소르시에의 파티라고 해서 요리를 제일 기대하고 왔거든요. 도착하자마자 음식이 놓인 곳에 갔답니다."

하루 씨는 온화한 얼굴로 단호하게 말했다.

많은 나라가 모인 외국의 파티. 곧바로 요리 쪽에 가면 안 된다는 것 정도는 나도 알고 있다. 하지만 하루 씨의 마음도 무척 잘 안다.

"성의 요리는 맛있으니까요. 저도 무심코 과식해 버리거든요. 특히 오늘은 디저트도 풍부해서."

"디저트요!"

하루 씨가 몸을 내밀었다.

"디저트는 아직 안 드셨나요?"

"네, 오라버니가 왕족에게 인사하러 간다고 해서 끌려갔다가 지금 돌아온 참이거든요."

"그럼 디저트를 먹으러 갈까요? 저도 아직 안 먹은 게 많이 있거든요."

"네, 갈게요!"

그렇게 해서 하루 씨 남매와 함께 음식이 있는 곳에 가기로 결정했다.

완전히 의기투합한 듯한 키스와 료 씨에게 '과식하지 마라'라거나 '적당히 해라' 같은 말을 되풀이해서 들으며 음식이 있는 곳으로 향했다.

"카타리나 님, 다녀오셨나요."

내 모습을 본 메리가 곧바로 가까이 다가와서 말을 걸었다.

뒤쪽에는 앨런의 모습도 보였다. 아무래도 그 후에 둘 다 이쪽에 합류한 모양이다.

메리는 내 뒤에 있는 하루 씨 남매를 의아한 눈으로 바라보았다.

그 눈빛이 '누구시죠?'라고 묻고 있었다.

"아, 이분들은 살마에서 오셨는데, 아까."

내가 여태까지의 경위를 설명하려고 할 때였다.

"사이러스, 너, 사이러스 아니야?"

료 씨가 갑자기 소리쳤다.

시선 끝에는 마리아와 함께 이쪽으로 걸어오는 사이러스의 모습이 보였다.

어라, 료 씨는 사이러스와 아는 사이인가?

"너, 료구나. 오랜만이군."

사이러스가 깜짝 놀란 얼굴로 대답했다. 역시 아는 사이인 모양이다.

두 사람을 번갈아 보는 나에게 사이러스가 설명했다.

"영지가 옆에 있어서 어렸을 때 자주 같이 놀던 소꿉친구야. 내가 마법 학교에 들어가려고 왕도에 왔기 때문에 얼마간 소원했어."

"사이러스, 너, 학교에 들어간다고 인사하러 온 뒤로는 거의 소식도 없는 데다 이렇게 소르시에의 모임에 불려 와도 모습도 안 비치고, 그렇게나 사이가 좋았는데 참 박정한 놈이라니까."

료 씨가 약간 볼을 부풀리며 말했다.

"아니, 몇 번 편지를 보내거나 했잖아."

사이러스가 쓴웃음을 지으며 변명했다.

"정말로 몇 번뿐이었잖아. 심지어 무던한 내용만 적어서 보냈으니까. 그런 걸 보면 숨기고 있긴 하지만 힘들게 지내고 있나 보다 싶어서 걱정했다고."

료 씨는 그렇게 말하며 사이러스의 어깨를 잡아당겼다.

"하지만 이런 미녀들에게 둘러싸여 생활하고 있다는 건 극복했다는 뜻이지?"

료 씨는 작은 목소리로 사이러스에게 말을 걸었지만, 가장 가까이 있던 나에게는 그 말이 들렸다. 하지만 유능한 숙녀에겐 아무 말도 안 들렸다는 표정을 만들었다.

아무래도 료 씨 또한 사이러스가 젊은 여성을 대하기 힘들어 한다는 걸 알고 있는 듯했다. 그리고 그걸 사이러스가 신경 쓴다는 것도 알고 배려하는 모양이다.

여태까지의 대화를 보아하니, 두 사람이 좋은 친구 관계를 쌓아 왔다는 걸 알 수 있었다.

"료…… 사실은 아직 극복하지 못했어. 오히려 고향에 있었을 때보다 더 심해진 것 같아."

사이러스가 애달픈 목소리로 소리를 죽여 대답하는 것 또한 들렸다. 하지만 능력 있는 숙녀는 들리지 않는 척했다.

료 씨가 눈을 동그랗게 떴다.

"그게 사실이야?! 그럼 이 미녀들과 어떻게 같이 지내는 거야?"

료 씨, 너무 놀라서 목소리가 좀 커졌는데요.

어쩌면 메리 쪽까지 들렸는지도 모르지만, 그쪽도 능력 있는 숙

녀이기 때문에 아무 말도 못 들었다는 듯 끝까지 시치미를 떼고 있었다.

"그쪽의 카타리나 양과 같이 온 금발의 마리아 양은 직장의 부하이고, 다른 분들은 그녀들의 친구분들이셔. 업무 모드일 때는 어찌어찌 여성과 접촉할 수 있거든."

사이러스가 다시 작은 목소리로 소곤소곤 말했다.

"그렇군. 업무 모드라. 너도 어른이 되었구나. 그런데 이대로 가면 독신 일직선이겠네."

"벌써 집안은 형이 물려받았고 조카도 건강하게 자라고 있으니까 그건 전혀 문제없어."

"너 말이야……. 아~ 하지만 극복한 것도 아니고 악화됐다고? 그래서 이제 독신으로도 괜찮다, 라……. 으~음, 이거 어떻게 해야 하나?"

료 씨는 그렇게 말하며 난감한 표정을 지었다. 그보다 아까 사이러스의 그 말은 벌써 포기했다는 건가! 마리아를 향한 마음은 어떻게 할 생각이지? 역시 사이러스의 사랑이 진전시키기 위해서 악역 영애가 없으면 사랑을 성취할 수 없다는 거냐! 어쩐지 마음속으로 코미디언처럼 찔러 보고 있는데 갑자기 다른 쪽에서 목소리가 들려왔다.

"저, 사이러스, 저를 기억하세요?"

그렇게 말하면서 사이러스에게 가까이 다가온 건 하루 씨였다.

아름다운 검은 눈동자에 눈물을 글썽이며 조용히 사이러스에게 다가가는 모습을 보자 전생에 들은 요조숙녀라는 단어가 머릿속에 떠올랐다.

하지만 사이러스는 갑자기 미녀가 눈물을 글썽이며 자기 쪽으로 다가오자 명백히 당황했다.

료 씨가 어깨를 잡고 있지 않았다면 뒤로 물러나서 도망쳤을 게 분명하다.

“어, 어~음, 그, 저는 당신 같은 여성과는 면식이 없는 듯합니다만.”

사이러스가 그렇게 대답하자 하루 씨가 말했다.

“사이러스, 저는 하루예요. 어렸을 때 오라버니와 함께 자주 같이 놀아주셨잖아요.”

그러자 사이러스는 눈을 휘둥그레 떴다.

“하루, 하루라면 료의 남동생 이름이……. 어라, 네가 그 하루야?”

“네. 그때는 머리도 짧았고 옷도 움직이기 쉽게 남자들 것만 입었으니까요. 사이러스 님이 착각하고 있다는 건 어렴풋이 눈치채고 있었긴 하지만 저는 여자였답니다.”

아무래도 유소년기의 하루 씨는 남자애 같은 외모여서 사이러스는 하루 씨의 성별을 착각하고 있었던 모양이다.

전에 고향에선 주위에 비슷한 연령대의 여성은 없었다고 들은 적이 있는데, 그건 사이러스의 착각이었다는 건가. 정말 둔하네, 사이러스.

“그, 그랬구나. 남동생이 아니라 여동생이었나…….”

사이러스는 동요가 계속되고 있는 중인 듯했다.

그야 남자애라고 생각하고 사이좋게 지냈던 사람이 여자애였던 데다 이렇게 미인으로 성장해서 오면 다들 동요하겠지. 게다가 사이러스는 젊은 여성을 잘 대하지 못하기도 하니까.

"그, 다시 한 번 인사하자면, 오랜만이에요. 사이러스는 옛날보다 훨씬 더 훌륭해지셨네요."

하루가 부드럽게 말하며 미소 짓자 사이러스도 어찌어찌 약간의 미소를 만들어냈다.

"그래, 고마워. 그, 하루는 상당히 변했구나."

"네. 아무리 그래도 나이가 나이이니 복장도 여성용을 입으라고 가족한테 혼났거든요. 영지에서는 아직 남성용을 입을 때도 많지만, 공적인 자리에서는 제대로 하려고 조심하고 있답니다."

"그렇구나. 그, 훌륭한 마음가짐이야."

사이러스가 약간 허둥지둥하고 있다. 게다가 어쩐지 업무 모드처럼 느껴졌다.

하루 씨는 영지에서는 남성용 옷을 입는구나. 밭일할 때 작업복으로 일하는 몸으로서는 약간 친근감이 들었다.

"저, 그런데, 사이러스는 약혼녀가 있나요?"

하루 씨가 주뼛주뼛 물었다.

그녀는 조금 전까지 오빠와 사이러스가 속닥속닥 이야기하던 목소리를 듣지 못한 모양이다. 게다가 사이러스가 젊은 여성을 불편해 한다는 것도 모르는 듯했다.

"아, 아니, 약혼녀는 없어."

"그렇군요. 그렇다면 마음에 둔 분이라든지?"

하루 씨가 더욱 몸을 앞으로 내밀며 물었다.

"마음에 둔 분……."

사이러스는 마리아 쪽으로 슬쩍 눈길을 주고 잠깐 생각에 잠긴 듯했으나.

"……어, 없어."

이 자리에서 마음에 둔 사람이 있다고 밝히는 것조차 부끄러웠는지 뭔가 곱씹는 듯 그렇게 대답했다. 그러자 하루 씨의 얼굴이 활짝 밝아졌다.

"그렇군요! 그렇다면 저를 약혼녀로 삼아주시지 않겠어요?"

하루 씨가 더욱 몸을 앞으로 내밀며 그렇게 말했다.

"뭐?!"

사이러스가 눈을 휘둥그레 뜨고 굳어버렸다. 그런 사이러스를 보면서 하루 씨는 말을 이었다.

"저를 사이러스의 아내로 맞아주셨으면 해요."

반짝반짝 빛나는 눈으로 말했다.

이 말에는 주위에 있던 사람들도 어안이 벙벙해서 할 말을 잃었다. 참고로 마리아도 다른 사람과 완전히 똑같은 상태였다. 어쨌거나 깜짝 놀랐다는 느낌이었다.

그런 마리아에게 사랑을 자각하고 초등학교 남학생보다 늦은 걸음으로 교류를 거듭하고 있던 사이러스.

어쩐지 앞으로 엄청난 사태에 휩쓸릴 것 같은 예감이 들었다.

그 뒤로도 하루 씨는 어쨌거나 사이러스에게 "아내로 맞이해주세요"라고 부탁했고, 혼란을 극복하지 못한 사이러스는 "앗, 윽" 하는 대답밖에 못 하는 카오스 상태였다. 어떻게 해야 하나 생각하고 있을 때였다.

"어이, 하루, 갑자기 그런 말을 하면 사이러스가 혼란스러워하잖

아. 일단 네 마음을 전했으면 그 이야기는 다음에 다시 해."

료 씨가 사이러스를 배려해서 하루 씨가 일단은 진정하게끔 도와줬다.

하루 씨는 노골적으로 불만스러운 표정을 지었다. 하지만.

"다음에. 알겠지?"

료 씨가 눈썹을 올리며 말하자 못마땅한 기색으로 따랐다.

"사이러스, 동생이 갑자기 미안해. 다음에 다시 이야기를 하러 가게 될 것 같으니까 잘 부탁해. 그리고 부하 직원분과 친구분들, 소란을 피워서 죄송합니다."

그러고는 하루 씨는 료 씨에게 끌려가듯 가버렸다.

하루 씨 남매가 떠나고 나서도 사이러스는 아직 혼란이 가시지 않은 듯했다.

"사이러스 님."

조금 힘줘서 부르자, 그가 움찔 놀란 후 천천히 내 쪽으로 돌아보았다.

"소꿉친구의 남동생이라고 생각했어……."

사이러스가 혼잣말처럼 중얼거렸다.

"그런 것 같더라고요. 하지만 그건 착각이고 여동생이었군요."

"……설마 그 하루가 여성이고, 저렇게나 아름답게 성장해서 나타나다니."

응, 그래, 하루 씨는 우리 미녀 군단과 비슷할 정도로 엄청나게 아름다웠지.

"……게다가 약혼녀로 삼아달라니……."

"사이러스 님이라면 약혼자가 되어주길 바란다는 말을 듣는 데에 익숙하지 않나요?"

하루 씨가 남자아이라고 착각하고 있었던 건 그렇다 치고, '약혼녀로 맞아줬으면 좋겠다' 같은 대사는 사이러스라면 익숙할 정도로 들었을 것이다.

본인이 젊은 여성을 잘 대하지 못한다는 건 그렇다 치고, 사이러스는 공략 대상인 만큼 미남이고 일도 잘해서 마법성의 마력 · 마법 연구실의 부서장이다. 심지어 실력도 강하고 마력도 높다. 세상 여성들이 내버려둘 리 없는 인물이다.

실제로 마법성 안에서도 '사이러스 부서장님 멋져, 결혼하고 싶어'라고 말하는 독신 여성을 몇 명이나 본 적이 있다.

그렇게 인기가 많은 남자가 이제 와서 '결혼해줬으면 좋겠다'라는 말을 들은 정도로 동요하다니, 어떻게 된 일인가 싶었다.

"……약혼자가 되어 달라는 타진을 듣거나 나한테 접근하는 경우는 있었지만, 본인한테서 얼굴을 마주 보고 이렇게 직접적으로 약혼녀로 삼아 달라는 말을 들은 건 처음이야. 게다가 그게 어렸을 때부터 아는 사이니까 당혹감이 크네."

사이러스가 난감한 얼굴로 말했다.

즉 이런 건가. 사이러스는 겉보기로는 인텔리 쪽의 능력 있는 남자로 보이는 데다 여성을 다루는 것도 익숙할 것처럼 보인다. 그래서 유혹 같은 건 있어도 스트레이트로 마음을 부딪쳐오는 경험은 없었다는 건가.

설마 이 정도의 외모와 스펙을 지녔는데, 다들 젊은 여성과 눈을 마주치는 것도 힘들어할 거라고는 생각하지 않을 테니까.

"료는 나중에 다시 말하겠다고 했는데, 어떻게 해야……."

사이러스가 중얼중얼하며 다시 혼란에 빠지려 할 때였다.

"저, 사이러스 님."

우리의 주인공인 마리아가 머뭇머뭇하며 걱정스러운 얼굴로 사이러스에게 말을 걸었다.

그런 마리아의 얼굴을 보고 완전히 눈썹을 내리고 있던 사이러스는 퍼뜩 냉정한 얼굴로 돌아갔다.

"미안해, 마리아. 너를 경호하고 에스코트하는 중이었는데 이렇게 당황해 버리다니."

사이러스가 능력 있는 상사의 얼굴로 말했다.

마리아를 경호하고 에스코트하던 중이었다는 걸 떠올리고 업무 모드에 들어간 것인지, 아니면 좋아하는 여성 앞에서 멋있지 않은 모습을 보일 수는 없다는 심리가 작용한 것인지. 어쨌거나 제대로 해줘서 다행이다.

"그, 갑작스러운 일이라서 동요하는 건 어쩔 수 없다고 생각해요. 신경 쓰지 마세요. 그보다 사이러스 님은 아까 그분을 쫓아가지 않으셔도 괜찮으신가요?"

마리아는 투덜거리며 끌려간 하루 씨를 신경 쓰는 것 같았다.

하루 씨는 명백히 불만스러운 느낌이었으니까.

료 씨는 나중에 말하자고 했지만 지금 뒤를 쫓아가서 조금 더 이야기를 들어봐도 좋을 것 같다. 하지만 사이러스는 그렇게 하지 않겠지.

"지금은 너를 경호하고 에스코트하는 중이야. 다른 사람들 쪽으로는 가지 않아. 저쪽도 나중에 하면 된다고 말했으니까 그렇게 하도록 하지."

내가 생각한 대로 사이러스는 딱 잘라 말했다.

그 단호한 모습은 평소의 초등학교 남학생 이하인 모습이 아니라 멋진 남성 같은 느낌이 들었다.

혹시 마리아가 두근거려하지 않을까 생각하며 눈길을 돌렸지만, 그런 느낌은 티끌만큼도 없이 평소와 똑같았다.

"감사합니다."

마리아가 고개를 숙였다.

마리아는 이렇게나 미인인 데다 머리도 좋고 귀중한 마력을 지니고 있으며 착한 아이인데, 그런 쪽의 소문도 없다고 할까, 특정한 남성과 친밀한 것 같은 기색이 전혀 없다.

사이러스와 마찬가지로 이쪽도 바빕싱에서 '여자 친구가 되어주지 않을까'라거나 '아내가 되어줬으면 좋겠다'라는 등 독신 남성들에게 그런 말을 듣는 존재인데.

게다가 여성향 게임의 주인공이라 사랑에 빠지는 플래그가 많이 있을 텐데도 전혀 그런 기색이 없다. 심지어 게임 I도 '모두 친구 엔딩'으로 끝났으니까. 이번의 게임 II 기간 중에도 누군가와 맺어지지는 않을까.

"카타리나 님, 왜 그러세요?"

이런, 마리아에 관해 생각하고 있었더니 약간 주위가 보이지 않았다. 마리아가 나를 불러서 퍼뜩 정신을 차렸다.

"아무것도 아니야. 다음에는 뭘 먹을까 생각하고 있었어."

그렇게 대답하자 마리아의 얼굴이 활짝 밝아졌다.

"그렇다면 새로운 과자가 또 추가된다고 하니까 같이 가지 않으시겠어요?"

마리아가 제안했다.

"갈래, 갈래."

활기차게 대답하는 나를 보고 다른 사람들도 같이 가줬다.

"또 먹어? 적당히 좀 해."

키스는 또 그렇게 말하기는 했지만.

그 후로는 다들 디올드를 신경 쓰는 것 같아서, 몸이 약간 안 좋아서 쉬기로 했다는 말만 전해주었다. 무리한 것 같다는 등 너무 자세하게 말하는 것도 디올드가 싫어할 것 같았기 때문이다.

그리고 과자 앞에 도착해서는 잔뜩 집으려고 하는 손을 억제하면서 오랜만에 다 같이 즐겁게 수다를 떨었다.

다만 다들 나름대로 지위가 있어서 그리 오래 수다를 떨 수는 없었다. 그래서 다음에 다시 차를 마시자고 약속한 뒤 각자 인사를 나누고 사교장으로 돌아갔다.

키스와 인사를 하며 돌아다니고 있는데 다시 세자르와 마주쳤다.

"세자르 달 님, 아까는 배려해주셔서 감사합니다."

키스가 인사했다.

그는 아까 내가 음식이 있는 곳에서 혼자 와구와구 먹고 있었을 때 혼자 행동하는 건 위험하다며 키스에게 말을 전해주었다. 키스를 따라서 나도 감사의 인사를 건넸다.

"감사합니다."

"아뇨, 대단한 일을 한 건 아니니 신경 쓰지 마세요."

세자르는 왕자님 스마일을 지으며 그렇게 말했다.

그리고 나서는 무던한 대화를 조금 나누고, 다른 손님들과 마찬가지로 인사를 나눈 뒤에 그대로 헤어졌다.

세자르는 옆에 키스가 있어서 왕자님 스마일을 계속 유지했다.

어쩔 수 없는 일이라고는 생각하지만 약간 쓸쓸한 기분이 들어서 헤어진 뒤에 한번 뒤를 돌아보자 눈이 딱 마주쳤다. 그러자 세자르가 그 특유의 씩 웃는 웃음을 지어서 나도 같이 웃어주었다.

세자르도 게임 II의 공략 대상이다. 또 얽힐 일이 있을지도 모른다.

마리아와 사랑에 빠진 듯한 기미는 아직 없지만, 그렇게 되면 게임에서는 역시 악역 영애 카타리나가 얽혀 있을 것이다. 그 부분도 조심하면서 지켜봐야 한다.

게임의 파멸 엔딩에 대한 대책으로 어둠의 마법을 다루는 조직도 주의해야 하니까, 어쩐지 생각해야만 할 일이 많은 것처럼 느껴졌다. 아아, 우울하다.

"하아, 피곤해."

나는 휴게실 의자에 깊숙이 앉아서 발을 쭉 뻗었다.

가볍게 인사를 하며 돌아다녔을 뿐인데, 참가 인원이 인원인지라 이래저래 하다 보니 벌써 해가 질 무렵이라 파티도 슬슬 끝날 시간이 되었다.

상당히 긴 시간 동안 귀족 영애처럼 행동해서 완전히 피곤해진 나는 키스에게 부탁해서 휴게실에서 쉬기로 했다.

"누나, 조심성 없게."

내가 푹 퍼진 모습을 보고 그렇게 말하는 키스 또한 자세를 올바르지만 얼굴은 피곤해 보였다.

어쨌거나 타국 사람이 많으니 평소보다 신경을 많이 쓴다.

나는 키스에게 맞추면 되지만, 각 나라의 사정과 화젯거리, 인사하는 느낌도 바꾸는 키스는 정말 대단하다.

"키스는 정말 대단해."

앗, 그대로 입 밖으로 나와버렸다. 어쩐지 머리가 멍하다. 아무래도 너무 피곤해서 졸린 것 같다.

"누나?"

키스가 의아한 얼굴로 이쪽을 보길래 나는 멍한 채로 말을 이었다.

"타국에 대해서도 잘 공부하고 있고, 그걸 공적인 자리에서도 잘 쓸 수 있다니, 정말 엄청 대단해."

"……누나."

"어렸을 때는 그렇게나 귀여웠는데, 이렇게 멋있고 훌륭해졌네……."

정말 훌륭해져서 키스가 옆에 있으면 안심이 돼서 더 머리가 멍해진다.

"아니, 누나, 무슨 말을 하는……. 앗, 이런 곳에서 잘 생각이야?! 잠깐만, 누나, 눈 감지 말라고."

키스가 필사적으로 뭔가 말하고 있지만 이미 틀렸다. 이제 눈꺼풀을 올릴 수 없다.

너무 기진맥진해서 엄청나게 졸음이 쏟아지고 의식이——.

열은 핑크색 벽, 물색 커버를 씌운 파이프 침대, 한가운데에 검은 테이블. 이건 전생에서 단짝 친구였던 아츠코의 방이다. 또 그 꿈이다.

마법성에 들어온 이후로 몇 번이나 꿨던, 아츠코가 게임 II를 플레이하는 장면을 볼 수 있는 꿈이다.

꾸고 싶다고 생각하면서 계속 잠들어도 꿀 수가 없는데, 어떤 타이밍인 건지 가끔 이렇게 꿈을 꿀 수 있다.

이유가 뭔지는 전혀 모르겠지만, 여성향 게임을 플레이하지 않은 나를 위해서 몇 번 신 같은 존재가 힘을 빌려주는 건가 싶어서 깊이 생각하지는 않았다. 일단 앞으로 힌트가 될 만한 게 없는지 필사적으로 지켜봐야겠다.

자, 이번 꿈에서는 뭘 알 수 있을까. 나는 눈앞의 광경을 가만히 응시했다.

오늘도 게임 화면은 켜져 있었고 소라가 나오고 있었다.

아아, 지금은 아까 그 하루 씨의 일도 있어서 사이러스 루트를 볼 수 있으면 좋겠다고 생각했는데, 이 꿈은 그렇게 마음먹은 대로 이뤄진 적이 없다. 그 부분은 포기하고 가만히 화면을 응시했다.

『오늘은 부서 일로 이제부터 밖에 나갈 예정이야.』

화면 속 소라가 그렇게 말하자 마리아는『힘들겠네』라고 대답했고, 그 뒤로도 잡담 같은 대화가 이어졌다.

뭐라고 해야 하나, 엄청나게 평화롭고 별것 아닌 일상 풍경 같은 느낌이었다. 소라와 이렇게 마법성 안에서 서로의 마음을 키운다거나 그런 루트인가.

하지만 이런 일상 대화에서는 앞으로의 힌트 같은 건 아무것도 캐낼 수 없겠네.

아니면, 이렇게 아무렇지 않은 대화 속에 뭔가 큰 의미 같은 게 있나. 이리저리 궁리해 봤지만 전혀 떠오르지 않았다.

앗, 소라가 마리아를 좋은 느낌으로 꼬셔서 마리아가 얼굴을 붉혔다. 현실에서는 본 적 없는 광경이다.

실제로 소라는 대부분 나와 행동을 함께하고, 마리아와 단둘이 있는 경우가 없으니까. 음, 혹시 단둘이 있을 때는 꼬시는 말도 하거나 하나? 다음에 물어볼까. 그런 생각을 하고 있을 때였다.

『소라 스미스. 슬슬 출발하지.』

그런 목소리가 들리더니, 화면에 너무나도 엑스트라 캐릭터 같은 느낌의 남성이 나타났다.

음, 이 사람 누구지? 여기서 소라에게 말을 걸었다는 건 아마도 마법 도구 연구실 사람일 텐데. 이런 사람은 본 적이 없다.

우리 부서는 부서장인 라나를 필두로 괴짜 부서인 걸로 이름이 알려져 있다. 다들 개성 넘치는 외모를 하고 있어서 이렇게 평범한 느낌의 사람은 없다.

평범한 외모라는 점만 보면 네이선 하트 선배가 유일하게 들어맞을 것 같지만, 하트 선배는 외부에 나가지 않는다고 할까, 혼자서 소라에게 도달할 수는 없기 때문이다.

그런 내 의문에 화면 속 소라가 곧바로 대답해주었다.

『예, 지금 갈게요. 부서장님.』

뭐?! 부서장!

『그럼 다녀올게.』

『네, 조심하세요.』

마리아와 소라가 마치 연인 사이처럼 미소를 지으며 떨어지는 모습을 나는 그저 눈으로 지켜보면서 무척 당황했다.

지금 소라는 저 엑스트라 남성을 '부서장'이라 불렀다. 즉 저 엑스트라 얼굴의 남성은 소라가 일하는 부서의 부서장이라는 뜻이다.

게임 속에서 소라는 마법 도구 연구실 직원이 아닌 건가?

지금은 마법 도구 연구실 직원이라 게임 속에서도 분명 똑같은 부서일 것이라고 생각했는데, 혹시 나라는 불규칙성이 있었기 때문에 변했나? 그럼 게임 속 소라는 어디 부서에서 일하고 있을까.

일단 부서의 부서장들은 입사하기 전에 한 차례 인사하며 봤지만, 저런 엑스트라 같은 얼굴을 한 사람이 있었던가? 아니면 게임에서는 눈에 띄지 않게끔 엑스트라 같은 얼굴로 그리고 있지만, 사실은 얼굴이 다른가?

알 수가 없네. 다만 한 가지 분명한 건 게임 속 소라가 라나의 부하가 아니라는 점이다. 아무리 엑스트라 얼굴을 하고 있다 해도 남녀가 다른 것은 아닐 테니까.

게임에서도 소라는 사건이 일어난 후에 마법성에 맡겨지게 되었다고 메모에 적혀 있었던 것 같은데, 아마도 어둠의 마력을 지닌 첫 인재였을 텐데, 그를 마력 마법 오타쿠인 라나가 자기 부서에 끌고 가지 않았다는 것도 이상한 얘기다.

뭘까. 게임 II는 게임 I보다 더 현실과 차이가 큰 것 같다. 어째서 이렇게나 차이가 나는 걸까.

"""""……리나 님, 카타리나 님."""""

누군가가 이름을 부르는 목소리에 의식이 돌아왔다. 눈을 뜨자 친구들이 서서 나를 들여다보고 있었다.

"메리, 소피아, 마리아, 왜 여기 있어?"

분명 나는 휴게실에서 키스와 쉬고 있을 때 존 것 같은데.

"연회가 끝나서 마지막으로 카타리나 님께 인사를 드리자고 다 같이 찾고 있었더니, 여기서 쉬신다고 하길래 와 봤어요. 엄청 기분 좋게 잠들어 있어서 깨우고 싶지 않았지만, 이제 곧 집으로 돌아갈 시간이라 말을 걸었답니다."

메리가 그렇게 설명해주었다.

"잠깐 꾸벅꾸벅 졸았을 뿐이라고 생각했는데 벌써 이렇게나 시간이 흘렀구나. 깨워줘서 고마워. 그런데 키스는?"

나와 함께 휴게실에 있었을 텐데 방에는 모습이 보이지 않았다.

"카타리나 님은 저희에게 맡기고 사교를 계속하라고 쫓아냈, 아니, 배웅했어요. 카타리나 님이 일어나셨으니까 지금 돌아오라고 연락하겠습니다."

어라, 지금 일순 쫓아냈다는 말이 들린 것 같지만 착각이겠지.

"고마워."

"아뇨, 원래라면 안아서 제 마차로 옮겨 드리면 됐을 텐데, 완력이 부족한 제 몸이 원망스럽네요."

메리가 그런 농담을 하자 다 같이 웃었다.

학교에 다닐 때는 다들 기숙사에 있기도 해서 여자들만 이렇게 왁자지껄 떠들 기회도 많았지만, 최근 들어서는 그런 기회도 별로 없었으니까 엄청 즐거웠다.

여자들끼리 별것 아닌 대화로 꺅꺅거리고 있는데 키스가 돌아왔고, 우리는 그대로 마차를 타고 집에 돌아갈 준비를 했다.

돌아갈 때 디올드의 상태가 신경 쓰여서 제프리에게 몰래 연락을 취했더니, '착하게 침대에서 자고 있어'라는 연락이 들어와서 안심했다.

그렇게 신경을 곤두세운 파티가 끝나고, 나는 키스와 함께 마차를 타고 클라에스가로 돌아갔다.

완전히 지쳐서 마차에서도 잠이 오려나 싶었는데, 휴게실에서 잠깐 잔 덕분에 그렇게 졸리지는 않았다.

나는 아까 꾼 꿈을 떠올렸다.

여태까지처럼 '이게 이벤트다'라거나 '라이벌 영애는 이 사람이다' 같은 것을 분명하게 알 수 있는 꿈은 아니었다.

알게 된 건 게임 속 소라의 상사가 라나가 아니라는 것 정도다. 그렇다고 해서 그게 뭔가 파멸 플래그 회피에 도움이 되느냐 하면 잘 모르겠다.

다만 그 정도의 정보이긴 했지만, 어쩐지 라나는 게임 II의 세계에서는 마법성에 없었던 게 아닐까 하는 생각이 들었다.

아니, 있었을지도 모르지만 그건 지금 내가 알고 있는 라나와는 다를지도 모른다.

왜냐하면 아무리 생각해도 그렇게나 눈을 반짝거리며 어둠의 마법 훈련에 난입해 들어오는 라나가 어둠의 마법 소유자인 소라를 부하로 삼지 않는다는 건 상상도 할 수 없는 일이기 때문이다.

"있잖아, 키스, 라나 님은 왜 그렇게나 마력이라든지 마법을 좋아하시는 걸까?"

나는 앞에 앉아 있는 키스에게 물어보았다.

"아는 사람에게 마력과 관련된 책을 선물 받았다거나 하지 않았나? 그런데 그 이야기를 나한테 해준 사람은 누나였잖아."

키스가 어이가 없다는 얼굴로 대답해주었다.

"앗, 그러고 보니 그랬을지도 모르겠네."

분명 키스가 납치당했을 때 구하러 가는 도중에 그런 이야기를 듣고 키스에게도 나중에 이야기해 주었다. 듣고 보니 생각났다.

지루한 날을 보내던 라나에게 어른도 어렵게 느낄 만한 마법 책을 다량으로 선물했다는 그 사람의 영향으로 지금의 라나가 있다고 했으니까.

역으로 그 사람이 없었다면 지금의 라나는 없다는 뜻이다.

그 밖에도 이런저런 요인을 생각해 볼 수 있지만, 다음에 기회가 생기면 그 사람에 관해 물어보자.

그리고 라나가 마법성에 들어오게 된 경위 같은 것도.

그걸 알 수 있다면 게임 II와 현실이 다른 의미에도 접근할 수 있을지 모른다. 게임 II는 플레이하지 않아서 별것 아닌 일도 잘 조사해 두는 편이 좋다. 무엇이 파멸로 이어질지 알 수 없으니까.

그렇게 이런저런 생각을 하는 사이에 마차가 저택에 도착했다.

저택에 도착해서 옷을 갈아입고 나자, 사라졌다고 생각했던 잠이 눈 깜빡할 사이에 몰려왔다. 나는 곧바로 잠이 들었다.

◆◆◆

"들어오세요."

방에 들려오는 노크 소리에 그렇게 대답하자, 문을 열고 형인 제프리가 들어왔다. 그 모습을 보자 약간 눈살이 찌푸려졌다.

며칠 전에 이 형의 적당한 정보 때문에 농락당해서 카타리나에게 저질러버린 짓이 기억에 새록새록하다.

다만 그 일을 언제까지나 신경 쓰고 있다는 걸 저쪽이 눈치채는 것도 유쾌한 일은 아니기 때문에, 평소와 똑같은 얼굴을 만들었다.

"디올드, 몸은 어때?"

그렇게 묻는 제프리에게 생긋 미소를 지으며 말했다.

"조금 쉬었더니 완전히 좋아져서 이제 괜찮습니다."

그러자 제프리는 "흐~음" 하고 입술을 비쭉이고는 이쪽으로 성큼성큼 걸어오나 싶더니 손을 슥 올렸다.

순간적으로 피하지 못한 내 이마 위에 손바닥을 댄 제프리가 얼굴을 찡그렸다.

"뭐가 '이제 괜찮습니다'냐. 열이 전혀 내려가지 않았는데. 이래서야 내일도 잘 쉬지 않으면 안 되겠군."

제프리가 그렇게 말해서 나는 곧바로 대꾸했다.

"그렇게까지 하지 않아도 괜찮습니다. 이 정도는 조금만 더 쉬면 내려갈 테니까요."

나름대로 고열이라는 자각은 있지만, 여태까지의 경험상 하룻밤 자고 나면 어느 정도 회복한다는 건 알고 있다. 어렸을 때부터 그렇게 스스로 자신의 몸 상태를 관리해 왔다.

색을 좋아한 할아버지가 남긴 수많은 이복형제 중에서 아버지가 왕위를 이어받아 힘들었다는 것이나 쌍둥이로 태어난 동생 앨런이 어렸을 때 무척 병약했다는 것 등의 이유로 어렸던 나는 부모의 관심을 받지 못했다.

형들 또한 아버지가 왕위를 물려받아서 바쁘고 혼란스러운 틈을 타 손을 뻗어온 친척들이 각자 그쪽으로 데려가서 거의 접할 수 없었고, 그래서 내 주변에는 가족이 없었다.

이렇게 다 자란 지금은 상황이 상황이었으니 어쩔 수 없었다는 걸 알 수 있지만, 어렸을 때는 그걸 이해하지 못해서 눈물로 뺨을 적신 날도 있었다.

그렇지만 어렸을 때부터 이래저래 눈치가 빠른 아이였던 나는 울거나 몸 상태가 나쁘면 사용인들이 난감해한다는 것도 잘 알았다.

그래서 눈물은 남들에게 보이지 않게끔, 몸이 안 좋은 건 눈치채지 못하게끔 행동하며 살아왔다.

약점은 보이지 않고 웃는 얼굴로 된 가면으로 본래 얼굴을 숨긴 채 무난하게 흑백의 세계를 그저 무감하게 살아왔다.

카타리나 클라에스와 만나기 전까지는――.

"디올드도 참 완고하네. 하지만 네가 그런 느낌으로 말하면 다들 납득했겠지."

제프리는 그렇게 말하고 나서 한숨을 내쉬었다.

"그런데 나는 누군가에게서 디올드는 분명 괜찮다고 버티면서 무리를 할 테니 잘 쉬게 하라는 고마운 충고를 받았으니까, 그렇게 간단히 네 말대로 내버려두진 않을 거야."

그가 득의양양한 얼굴로 말했다.

"누군가요?"

내 마음속에서는 이미 대답이 나와 있지만 일부러 제프리에게 물어보았다.

"물론 카타리나 양이지."

예상한 것과 똑같은 대답이 돌아왔다.

여태까지 사용인들에게 몸이 안 좋다는 걸 들킨 적은 없었다. 웃는 얼굴의 가면이 완벽해서 평소처럼 속일 수 있었다.

그런데 카타리나를 알게 되고 나서 얼마 되지 않았을 무렵, 그녀와 만나기로 약속한 날에 약간 몸이 안 좋았던 때가 있었다.

귀찮아서 평소처럼 웃는 얼굴로 완벽하게 숨기고 있었는데 들키고 말았다.

그때까지는 카타리나가 둔감하다고 생각했던 터라 무척 놀랐다. 그리고 그 이후로 엄청나게 나를 신경 썼는데, 처음 있는 일이라서 무척 마음이 흔들렸다.

그 후로도 카타리나는 내 몸의 이변을 금방 눈치챘다(정작 중요한 마음 쪽은 전혀 눈치채지 못했지만).

그런 일을 되풀이하는 사이에 카타리나 앞에서는 아무렇지 않은 척하는 게 귀찮아져서 본모습이 나오기 시작했다. 완벽하지 않고 틀린 구석도 있는 나라도 카타리나는 변함없이 대해주었다.

지금도 다른 사람에게는 약한 모습을 보이고 싶지 않아서 웃는 얼굴의 가면을 쓸 때가 많다. 그래도 카타리나는, 카타리나만큼은 절대 속아주지 않는다.

언젠가부터 카타리나가 얽히면 다른 사람들 앞에서도 감정을 억제할 수 없게 되었지만, 그런 내 모습도 상당히 나쁘지 않다고 생각하고 있다.

카타리나는 내 세계를 바꾸었고 나 자신도 바꾸었다.

카타리나를 빼앗기고 싶지 않다. 설령 상대가 타국의 왕족이고 나보다 훨씬 냉정하고 어른스러운 대응을 할 수 있는 인물이라 해도 지고 싶지 않다.

그런데 심지어 잘 알지도 못하는 수상쩍은 놈들에게 카타리나가 해를 입다니, 그런 걸 용납할 수 있을 리가 없다.

그렇게 생각해서 필사적으로 한 결과가 이거라니, 한심스러웠다.

"카타리나 양은 정말 너에게 다시없을 사람이구나."

제프리가 곱씹듯이 말했다.

특별히 긍정하지는 않았지만 제프리는 생긋 웃었다.

"하지만 그녀를 위한 일이라며 너무 무리했다가 몸이 안 좋아지다니 본말전도야. 카타리나 양이 걱정하더라. 그녀를 위한다고 생각한다면 잘 쉬고 건강한 모습을 보여줘."

제프리는 그렇게 말하고 나서 마치 어린애에게 하듯 내 머리를 살며시 쓰다듬었다.

정말 복잡한 기분이 들었지만, 그래도 일단은 잘 쉬기로 했다.

제2장

어둠의 마법이란

파티에 참가하는 바람에 무척 지쳐버렸지만 하룻밤 자고 나서 완전히 부활했다. 오늘도 마법성 근무다.

평소처럼 앤이 깨워줘서 준비를 마치고 일터로 가는 마차 안에서 졸다가 마법성에 도착했다. 마차에서 내려 문지기에게 인사를 하고 부서로 향했다.

오늘은 날씨도 좋고 느낌이 좋다. 이런 날에는 꼭 밖에서 일하고 싶었지만, 지금은 어둠의 마법 훈련과 『어둠의 계약서』 해독이 먼저라고 하니까.

어둠의 마법 훈련은 그렇다 쳐도, 오후에 배를 잔뜩 채운 뒤에 『어둠의 계약서』를 해독하는 건 졸음과의 싸움이라 괴롭단 말이지.

어떻게 하면 졸음을 이길 수 있을까. 손을 꼬집는 등 아픔으로 일어나려 해도 졸음이 이긴다.

그럼 밥을 삼간다거나. 아니야, 하루의 즐거움인 식사를 건너뛰는 건 괴롭다.

오히려 배가 고프면 그것만 생각하게 되기 때문에, 그건 그것 나름대로 해독이나 할 때가 아니라고 생각할 것 같았다. 곰곰이 그런 생각을 하고 있는 사이에 마법 도구 연구실에 도착했다.

노크하자 안에서 "들어오세요" 하는 여성 목소리가 들렸다.

어라, 여성의 목소리? 지금 이 시각에 먼저 와 있는 사람은 소라일 거라고 생각했는데 아니었던 듯하다.

"안녕하세요."

그렇게 말하며 안으로 들어가 보니, 이 시간에는 그다지 보지 못하는 사람이 하나 있어서 조금 놀랐다.

"앗, 라나 님, 어쩐 일이세요?"

라나는 일단은 부서장이지만 취미인 마력과 마법 연구에 쫓겨 자리를 비울 때가 많아서 부서에는 별로 없는 레어 캐릭터다(라나의 정체가 제1왕자 제프리의 약혼녀인 스잔나 랜들이라는 걸 눈치챈 이후로는 어쩌면 그 모습으로 처리해야 할 용건도 많은 건가 생각했지만).

"으~ 어제 파티에서 갑자기 신경 쓰이는 게 생겨서 여기 와서 소사하고 있었는데……. 벌써 일을 시작할 시간인가."

라나는 크게 기지개를 켜며 말했다. 아무래도 빨리 온 게 아니라 어젯밤부터 줄곧 여기서 조사하고 있었던 모양이다.

자세히 보니 그사이에 먹었던 과자의 잔해로 짐작되는 것이라든가 많은 서류가 책상 위에 널려 있었다.

"……졸리네. 비어 있는 방에서 잠깐 잠이라도 잘까."

무척 자유로운 라나가 그렇게 말했을 때, 나는 어제 마차에서 생각했던 걸 떠올렸다.

"저기, 라나 님, 예전에 들려주셨던 얘기인데, 어렸을 때 라나 님에게 마력과 마법 책을 잔뜩 주셨다는 일에 관해서 물어보고 싶은데요."

내가 그렇게 말하자 라나는 그때까지 졸려 보였던 얼굴에서 단숨에 각성해서 진지한 얼굴로 변했다.

"왜 갑자기 그런 걸 물어봐?"
그렇게 되묻는 라나의 목소리는 팽팽하게 긴장된 것 같았다.
어라, 물어보면 안 되는 일이었나? 하지만 전에 평범하게 얘기해 준 것일 텐데.
"라나 님이 이렇게 마법성에 들어오시게 된 계기를 알고 싶어졌는데, 그 마력과 마법 관련 책을 주셨던 분이 그 계기였을까 하는 생각이 들었거든요. 물어보면 안 되는 일이었나요?"
찔리는 건 없기 때문에 솔직하게 내 마음을 전하자, 팽팽했던 라나의 분위기가 누그러졌다.
"아니, 딱히 안 되는 건 아니지만, 최근 들어서 여러모로 흉한 일도 이어지고 있으니까 과민 반응을 했네. 미안해."
과민 반응할 만한 안건이기는 했나 생각하면서도 "아니에요" 하고 고개를 저었다.
"글쎄, 마법성에 들어온 계기는 그 사람이었는지도 모르겠어."
라나는 불쑥 중얼거리고 나서 먼 곳을 바라보는 눈으로 말을 이었다.
"나는 그 사람과 만나지 않았다면 계속 랜들 후작의 장기말로 지냈을지도 몰라."
"라나 님."
애달프게 느껴지는 표정을 처음 봐서 무심코 그렇게 이름을 부르자 라나가 생긋 웃었다.
"그 사람은 나에게는 특별한 사람이었어. 지금까지도 절대 잊은 적이 없어. 하지만 그 사람에 관해서는 간단히 애기할 수는 없어."
"간단히 애기할 수 없다고요?"

"이런저런 일이 있어서 이름만 들어도 눈살을 찌푸리는 자들이 있거든."

"……."

이름만 꺼내도 그렇다니, 상당히 나쁜 짓을 했다는 뜻인가? 나는 침을 꼴깍 삼켰다.

"하지만 그건 어디까지나 표면적인 역사에서는 그렇다는 얘기야. 나는 그 사람을 믿어."

표면적인 역사에서는? 그건 누군가가 자기 편한 대로 조작했다는 뜻인가? 여러가지로 묻고 싶은 게 있었지만, 나는 잠자코 라나의 말에 귀를 기울였다.

"최근 들어 카타리나 양과 자주 대화를 나누게 되어서 생각하는 건데, 너는 어쩐지 그 사람과 닮은 것 같아."

"어라, 얼굴이요?"

그 사람도 악역 같은 얼굴이었나? 되묻지 않으려고 했는데 저도 모르게 입 밖으로 나와버렸다.

라나는 웃음을 풋 터뜨리더니 고개를 저었다.

"아니, 내면이. 생각하는 방식이라거나. 그러니 언젠가 카타리나 양에게는 말하려고 생각하고 있었어. 다만 이 이야기는 시작하면 길어지니까 다음에 다시 시간을 만들어서 해도 될까?"

"네, 부탁드릴게요."

나와 생각하는 방식이 닮았다고? 어쩐지 그 사람에 관해 더 자세히 물어보고 싶다는 생각이 들었다.

그러고 나서 일단 대화가 일단락되자 노크 소리가 나더니 소라가 들어왔다.

라나는 비어 있는 방으로 성큼성큼 자러 가버렸다.

"안녕."
"안녕."
나는 소라와 인사를 나누고 방을 가볍게 청소하거나 정리하기 시작했다.
"어제는 파티 수고했어."
소라가 말했다.
"소라도 마리아를 성까지 배웅해 줬잖아. 수고했어."
똑같이 대답하다가 뭔가 하나 신경이 쓰이는 일이 떠올랐다.
"아, 그러고 보니까 마리아는 돌아갈 때 어떻게 했을까. 사이러스 님이 같이 갔나?"
파티에서는 야무지게 보였으니 돌아가는 마차는 괜찮았을까?
"아니, 돌아갈 때도 내가 마리아 씨와 같은 마차로 왔고, 란체스터 부서장은 다른 마차를 타고 뒤쪽에서 나란히 따라왔어."
소라는 어이가 없다는 듯 어깨를 으쓱하며 말했다.
아무래도 역시나 같은 마차를 타는 건 무리였던 모양이다. 여전히 틀려먹었군.
"란체스터 부서장은 그런 외모와 분위기를 지니고 있으면서 반한 여자와 같은 마차도 못 탄다니, 대단하네. 그래서야 전혀 진전될 것 같지 않은데."
소라가 쓴웃음을 지으며 말했다.
"정말 그렇다니까. 요즘은 어린애도 조금은 더 잘 어필할 수 있을 것 같은……, 어라, 소라는 사이러스 님의 마음을 알고 있었어?!"

소라가 너무나도 아무렇지 않게 말해서 그냥 흘려 넘길 뻔했는데, 지금 발언은 사이러스가 마리아를 좋아한다는 사실을 알고 있다는 뜻이리라.

"그 태도를 보고도 눈치를 못 채는 편이 더 말도 안 되지. 일터에서는 조금 더 잘 꾸미고 있을지 모르겠지만, 어제 그 태도는 상당히 둔한 녀석이 아니라면 누가 봐도 알 수 있을 거라고 생각해. 다만 마음에 둔 사람 쪽이 바로 그 상당히 둔한 녀석 같아서 눈치채지 못한 것 같았지만."

이게 무슨 일인가. 사이러스는 그렇게나 알기 쉽단 말인가. 그런데도 불구하고 마리아가 주인공 특성인 둔감함을 완벽하게 장비하고 있어서 알아차리지 못하고 있다니 불쌍하나.

여성향 게임을 플레이할 때는 둔해서 공략 대상의 마음을 눈치채지 못하는 주인공이 귀엽다고 생각했는데, 현실에서는 다르다.

"좋아하는 사람이 너무 둔한 것도 힘들겠다."

곱씹듯이 말하자 어쩐지 소라가 엄청나게 먼눈을 하며 동의했다.

"……정말로 그렇지."

어쩐지 숙연하게 울리는 목소리였다.

그렇게 소라와 대화를 나누며 작업하는 동안 다른 선배들도 출근해서 부서가 단번에 떠들썩해졌다.

"좋은 아침이야, 카타리나 클라에스 양. 어제는 파티 수고했어."

나르시시스트인 코니시 선배가 오늘도 프릴이 잔뜩 달린 옷을 입고 알 수 없는 포즈를 취하며 말을 걸었다.

"좋은 아침이에요. 코니시 선배도 참가하셨나요?"

분명 코니시 선배도 귀족이었을 테니, 혹시 파티에 왔나 싶어서 물어봤는데.

『이렇게 이상한 놈을 내놓으면 집안의 수치가 되니까, 그런 이유로 이 녀석은 대부분의 파티에는 불려 가지 않아.』

옆에 있던 노먼 선배가 평소와 마찬가지로 라쿤 인형으로 설명하자마자, 코니시 선배가 곧바로 말을 이어 받았다.

"하하하, 내가 너무 매력적이라 참가한 여성들을 모두 사로잡아 버리면 안 되기 때문에 부르지 않는 거지."

그가 잘 알 수 없는 내용으로 정정했다.

아마, 아니, 틀림없이 노먼 선배가 한 말이 진실일 것이다.

소꿉친구인 데다 사이가 좋은 두 사람은 그 후로도 단둘이 즐겁게 왁자지껄 대화를 나누며 자리로 향했다.

"카타리나 양, 어제 파티는 괜찮았어? 이상한 남자가 시비를 걸지는 않든?"

걱정스러운 얼굴로 말을 걸어온 사람은 오늘도 완벽하게 메이크업을 하고 고스로리풍 패션을 멋지게 입은 로라(본명은 가이 앤더슨) 선배였다.

늘 생각하는 거지만, 이 근육 마초 육체에 어울리는 고스로리 복장은 어디서 손에 넣고 있는 걸까. 어딘가 특별한 가게에서 구입하는 걸까. 아니면 직접 만드는 걸까. 그런 걸 신경 쓰면서 나는 밝게 대답했다.

"완전 괜찮았어요."

그러자 로라 선배는 몸을 쑥 내밀며 말했다.

"정말로? 우리 카타리나 양은 귀여우니까 걱정된다고."

완전히 자식 바보 시점으로 걱정했다.

로라 선배, 당신의 후배는 당신이 생각하는 만큼 귀엽지 않아서 괜찮답니다. 그걸 납득하게 만드는 데 약간 시간이 걸렸다.

로라 선배에게는 지금껏 여러모로 신세를 졌는데, 이러니저러니 해도 동생처럼 귀여워해 준다. 그 때문인지, 로라 선배의 눈은 완전히 자식 바보처럼 되어버렸다.

"아, 가이, 마침 잘됐습니다. 요전에 갔던 임무 보고서를 빨리 올리라고 상부에서 재촉하더군요. 오늘 중에 부탁드립니다."

지나가다가 로라 선배에게 그런 말을 툭 건넨 사람은, 서류 처리 능력은 마법성 최고라 일컬어질 정도지만 엄청난 길치라서 혼자 임무에 가지 못하는 건 물론이거니와 화장실도 못 가는 네이선 하트 선배였다. 로라 선배와 같이 팀을 꾸릴 때가 많아서 두 사람은 상당히 사이가 좋다.

"어라, 요전 임무라는 건 그 이상한 변장을 시켰던 그거지. 거짓말! 아직 한 줄도 안 썼는데!"

비명 같은 소리를 지르는 로라 선배에게 하트 선배가 담담하게 말했다.

"금방 써서 제출하지 않은 당신이 나빠요. 열심히 하세요."

하지만 그런다고 해서 '네, 열심히 하겠습니다'라고 대답할 로라 선배가 아니다.

"하지만 그 이후로 바빴단 말이야. 나도 우수하니까 여기저기서 나를 찾는 바람에 점점 업무가 쌓이고, 보고서를 완성할 시간이 없었어!"

레이스 손수건으로 눈가를 누르며 슬프게 말하는 로라 선배의 모습은 가련한 여성이 슬퍼하는 것 같았다. 실제로는 근육 마초 남성이 우는 척하고 있을 뿐이지만.

하지만 그런 로라 선배를 흘끗 쳐다본 하트 선배가 엄청난 두께의 안경을 번뜩이며 딱 잘라 말했다.

"요즘은 그렇게 격무도 아니었을 텐데요. 당신도 평범하게 즐거운 듯이 런치를 먹으러 가거나 차를 마시며 휴식을 취하거나 했잖아요. 즉 보고서는 단지 잊고 있었을 뿐이죠?"

그러자 로라 선배가 어깨를 축 늘어뜨렸다.

"이래서 우수한 놈은 싫다니까. 뭐든 잘 파악하고 있고……. 그래, 보고서에 대해서는 완전히 잊고 있었어!"

로라 선배는 되레 역정을 내더니 다시 말을 이었다.

"미안하다고는 생각해. 하지만 오늘 안에는 무리야! 왜냐하면 나는 보고서 쓰는 걸 제일 못하니까. 일일이 기록하는 걸 엄청 싫어하니까. 그 기간의 보고서를 하루 안에 정리하다니, 절대로 무리야!"

완전히 뻔뻔하게 나오기로 했는지, 그렇게 딱 잘라 말했다. 정말 미안한 기색조차 없었다.

이렇게나 당당하게 단언하면 나 같은 사람은 흐름상 "그럼 됐어요"라고 말하고 싶어지지만, 하트 선배는 그렇게 간단히 휩쓸리지 않았다.

"안 됩니다. 이미 상당히 늦어졌으니 반드시 오늘 안에 다 써서 제출해 주세요."

전혀 망설이지 않고 진지한 얼굴로 대꾸했다.

자, 이러면 어떻게 나올 것인가. 마른침을 삼키며 로라 선배를 지켜보았다.

"……알았어. 어쩔 수 없으니 각오는 할게. 다만, 혼자서는 무리니까 네이선도 도와줘!"

로라 선배는 하트 선배에게 매달렸다.

그러는 로라 선배에게는 익숙한지 하트 선배는 그를 떼어내며 자기 자리로 돌아가려고 했다.

"그 정도는 스스로 하세요. 저에게는 제 할 일이 있습니다."

"네이선이라면 한 사람분의 서류를 얼른 만들어낸 정도는 여유롭잖아! 부탁이야."

"그렇게 말하면서 가이는 항상 저에게 서류를 떠밀잖아요. 그러니까 계속 혼자서 할 수 없게 된 거예요. 스스로 제대로 하지 못하면 안 돼요."

어라, 로라 선배는 하트 선배에게 항상 서류를 떠밀고 있었구나. 이게 무슨 일이람. 그렇다면 하트 선배도 스스로 하라고 말하겠지.

"그건 잘 알고 있지만 오늘은 이제 시간이 없잖아. 오늘만이야. 부탁해. 다음에 밥 살게."

"아뇨, 하지만."

"부탁이야, 네이선. 언젠가 이 은혜는 배로 갚아줄게."

너무나도 필사적인 로라 선배의 모습을 본 하트 선배도 약간 흔들리기 시작한 듯했다.

로라 선배에게 귀여움을 받는 후배로서도 더 이상은 생떼를 쓰는 한심한 모습의 로라 선배를 보고 싶지는 않다는 마음이 들었다.

"하트 선배, 부디 로라 선배를 도와주세요."

저도 모르게 그렇게 말해버렸다.

"카타리나 양, 너는 정말로 선배를 생각하는 아이로구나."

로라 선배가 그렇게 말하면서 아무것도 나오지 않는 눈을 훔치자, 하트 선배는 크게 한숨을 내쉬었다.

"하아~. 가이, 정말로 이번뿐입니다."

그가 승낙해주었다. 하트 선배도 로라 선배와 똑같이 남을 잘 돌봐주는 사람이니까 결국에는 고개를 끄덕일 거라고 생각했는데 역시나 그랬다.

"고마워, 네이선."

기뻐 보이는 로라 선배(마초인 거대한 남성)에게 안긴 하트 선배는 약간 얼굴이 굳어졌다.

그 대화를 약간 떨어진 곳에서 지켜보던 나르시시스트인 코니시 선배가 무정하게 웃으며 말했다.

"훗, 정말로 보기 싫은 대화로군."

"아참, 코니시 군도 똑같이 지난번 보고서를 오늘까지 제출해 주세요."

그 말을 들은 하트 선배가 딱 잘라 그렇게 말하자, 단숨에 얼굴이 굳어버렸다.

"아~ 잠깐 밖에서 할 일이~."

뻔뻔하게 말하고 나서 나가려는데, 노먼 선배에게 딱 포획돼서 자리로 연행되었다. 저쪽은 분명 노먼 선배가 잘 대처해줄 것이다.

정말로 우리 선배들은 다들 개성이 강하다. 물론 다들 우수하기는 하지만.

그런 대화를 나누고 있는 사이에 곧 업무를 시작할 시간이 되었다. 하지만 취미인 마력 쪽으로 달리느라 업무가 밀리기 쉬운 라나 대신 부서를 운영해서 '진정한 부서장'이라 불리는 라파엘이 아직

오지 않았다.

예정에 따르면 나는 지금부터 라파엘과 어둠의 마법 훈련을 해야 하는데, 라파엘 본인이 바쁜 몸이라 중지되는 경우가 많다.

특히 마리아 사건의 후처리가 힘든 모양인지, 사건 후에는 아직 어둠의 마법 훈련을 하지 못했다. 그럴 때 나는 탱크톱 선배 등이 짐을 옮기는 걸 돕는다.

오늘도 일단은 훈련이 있을 예정이지만, 이런 식이라면 또 그렇게 될 것 같다고 생각했을 때였다.

"카타리나 양, 진정한 부서장이 보낸 전언이야. 일이 밀려서 조금 늦어지기는 하겠지만, 오늘은 훈련을 할 수 있을 것 같으니까 늘 가는 방에 먼저 가서 기다리고 있으래."

노란색 탱크톱을 입은 탱크톱 선배가 그렇게 말했다.

오늘부터 어둠의 마법 훈련을 재개한다……. 약간 우울하다.

하지만 아직 업무를 시작할 시간도 되지 않았는데 벌써 일에 쫓기고 있다니, 라파엘의 노동 환경이 걱정된다.

"전언 감사해요."

탱크톱 선배에게 인사를 하면서 한 가지 신경 쓰이는 점을 물어보았다.

"그, 왜 탱크톱이 노란색인 거예요?"

분명 요전까지는 일반적인 흰색 탱크톱이었던 것 같은데. 기분 전환 같은 건가.

전에 탱크톱으로 지내는 이유를 물어볼 기회가 있었을 때, 그 이유가 상상했던 것 이상으로 시시했으니까 아마 이것도 시시한 이유일 것 같기는 하지만.

"아, 이 색깔은 가을용이야."

상쾌한 미소를 지으며 대답하는 탱크톱 선배. 다만, 무슨 뜻인지 잘 모르겠다.

"가을용이라는 건?"

"이 노란색은 단풍을 이미지화 한 거야. 이파리가 물드는 색깔로. 가을다운 느낌이지? 계절을 옷에 잘 반영하고 있어."

탱크톱 선배는 자랑스럽게 말했지만 애초에 가을에 탱크톱을 입는 게 우선 계절에 반한다.

최근 들어 쌀쌀해졌는데 탱크톱 한 장만 입는 시점에서 전혀 가을답지 않다.

그런데 탱크톱을 노란색 단풍 색깔로 했다고 한들, 누구도 '아, 가을용이구나'라는 생각은 하지 않을 것이다.

뭐라고 해야 하나, 가을용을 도입하는 방식이 엄청나게 틀렸다.

하지만 무척 자랑스러워 보이는 탱크톱 선배에게 그 부분을 지적하는 건 좀 아닌 것 같았다. 본인은 무척 좋은 느낌이라고 생각하니까, 그걸로 족할지도 모른다.

어떻게 말해야 하나 망설이고 있는데 옆에 지나가던 로라 선배가 살짝 귓속말로 말해주었다.

"그때그때 기분에 따라 가끔 이런 짓을 하기는 하는데, 금방 원래대로 돌아오니까 내버려둬도 괜찮아."

그래서 나는 그 말에 따르기로 했다.

"그렇군요. 좋네요. 그럼 저는 이만 실례하겠습니다."

그러면서 가볍게 탱크톱 선배 앞에서 물러났다.

그런데 또 한 가지 새로운 사실을 알았다. 탱크톱 선배는 기분에 따라 탱크톱의 색깔을 바꾼다. 이번에도 엄청나게 별거 아닌 정보였다.

그리고 나는 그대로 짐을 들고 마법 도구 연구실에서 나와 항상 라파엘과 어둠의 마법을 훈련하는 방으로 향했다.

전혀 할 일이 없는 탓에 마음이 진정이 안 돼서 잠깐 바닥을 청소하거나 해봤지만, 그 또한 금방 끝나버렸다.

아무것도 안 하고 있는 것도 어쩐지 좀 그래서, 지금까지 어둠의 마법에 관해 정리한 노트를 펼쳐서 다시 읽어 보았다.

○ 어둠의 사역마를 꺼낼 수 있다(포치). 크게 만들 수도 있다.

○ 어둠의 지팡이를 꺼낼 수 있다(해골 모양).

○ 콩알 크기에서 귤 크기 정도의 어둠 덩어리를 꺼낼 수 있다.

○ 어둠을 빨아들일 수 있다.

그렇게 적혀 있는 노트에 추가로 요전에 있었던 일을 적어 놓았다.

○ 큰 어둠 덩어리(뱀 모양)를 꺼낼 수 있다. **그걸로 사람을 조를 수 있다**.

뒤에 쓴 글자는 일그러지고 말았다.

마리아를 구하러 갔을 때, 어둠의 마법이 폭주해서 마리아에게 위해를 가하려던 남자들을 어둠의 마법으로 졸랐다.

그 사건 때의 감각을 선명하게 떠올릴 수 있었다.

어쨌거나 추웠고 눈앞에서 일어나는 일이 마치 텔레비전 속 화면 너머에서 벌어지는 일처럼 현실감이 없었다.

라나와 다른 이들에게 사정을 이야기했을 때는 아직 사건 직후라 긴장하고 있기도 해서 괜찮았지만, 그 이후로 시간이 지나고 조금 냉정해지자 스스로가 무서워졌다.

라나와 사이러스와 함께 '감정적으로 되지 않도록 조심한다. 부의 감정을 쌓아두지 않게 한다', '어둠의 마법을 쓰지 않으면 안 될 때는 충분히 조심한다' 같은 대책도 세웠고, 잘 지킬 생각이다.

하지만 모든 것이 삼켜진 듯한 그때의 느낌을 떠올리면 공포의 감정이 스멀스멀 생겨났다.

'이제 그 어둠에 삼켜지지 않는다'라고는 단언할 수 없다.

다들 모르는 일이지만, 게임의 무대였던 이 세계에서 원래는 '악역 영애'라는 입장이었던 것도 무서웠다.

그 운명이 나를 삼키는 게 아닐까. 그 추위 속 눈보라에 휩쓸려 내가 나 자신이 아니게 된다면 어떻게 될까.

지금까지 그렇게까지는 깊이 생각하지 않았던 어둠의 마법이 무척 무섭게 느껴졌다.

어둠의 마법을 나는 제대로 잘 다룰 수 있게 될까.

만약 그 추위에 삼켜져 누군가 소중한 사람에게 상처를 입혀버린다면…… 나는…….

"괜찮아."

그런 목소리가 들리면서 어깨 위에 손이 올라오자, 비로소 나는 내가 몹시 떨고 있다는 것을 깨달았다. 엄청나게 떨려서 온몸이 바들바들 떨렸다.

어깨에 올라온 따뜻한 손의 주인이 천천히 다정한 목소리로 말을 이었다.

"괜찮아. 괜찮으니까 천천히 숨을 뱉고, 쉬고."

다정한 목소리를 따라 천천히 숨을 들이마시고 뱉어내기를 되풀이하자 조금씩 떨림이 가라앉았다.

그리고 겨우 떨리는 게 멈췄을 무렵, 어깨 위에 놓여 있던 손이 머리에 살짝 닿아서 다정하게 쓰다듬어 주었다.

"참 잘했어요. 이제 괜찮아."

눈앞에서 다정한 회색 눈동자가 가늘어졌다.

"고마워, 라파엘."

내 말에 라파엘은 한 번 더 회색 눈동자를 다정하게 떴다.

겨우 진정된 나에게 라파엘이 나지막한 목소리로 물었다.

"어둠의 마법이 무서워졌어?"

그의 시선 끝에는 내가 펼쳐놓은 노트가 있었다. 일그러진 글자를 봤는지도 모른다.

"……요전에 마리아가 다칠 뻔한 사건이 있었을 때……."

마리아 사건에 내가 뛰어들어서 도와준 건 부서 사람들도 알고 있지만, 거기서 어둠의 마법이 폭주했다는 건 일부밖에 모른다.

보고하는 자리에 있던 라나와 사이러스, 저택에 뛰어 들어왔을 때를 생각하면 디올드도 들은 것 같은 느낌이 들지만, 키스는 아무 말도 하지 않으니 모르고 있을지도 모른다.

그래서 라파엘이 그 일을 아는지 모르는지도 알 수 없었고, 만약 모른다면 설명해야만 하는데도 순간적으로 말이 나오지 않았다.

고개를 숙인 채 말을 잇지 못하는 나에게 다시 다정한 목소리가 들렸다.

"마리아 씨 사건 때 카타리나 씨에게 일어났던 일은 라나 님께 들었어."

그 말에 곧바로 고개를 들자, 목소리와 마찬가지로 다정한 얼굴이 보였다. 나는 마음을 놓고 어깨에서 힘을 뺐다.

지금까지도 적대하는 사람들과 싸우는 것 같은 일은 몇 번이나 있었지만, 그때마다 주위 사람들이나 포치가 해치워줘서 내가 실제로 손을 댄 적은 없었다.

게다가 지금까지는 '살려줘'라는 상대에게 그 이상의 위해를 가한 적도 없었다.

하지만 그때는 '살려줘'라거나 '그만해'라고 소리치며 더 이상 전의가 남아 있지 않은 사람들도 가차 없이 공격했다.

그리고 그때 세자르가 나를 말려주지 않았다면, 분명 나는 그 사람들을――.

나는 그 사건에서 어둠의 마법뿐 아니라 내가, 카타리나 클라에스라는 인간이 무서워졌다.

그래서 그 이야기를 들은 다른 사람들도 내가 무섭다고 느끼는 게 아닐까 싶었다.

어쩌면 게임 속 카타리나처럼 공포가 뒤섞인 눈동자로 나를 바라볼지도 모른다는 생각이 들어서 무서웠다. 하지만 라파엘의 회색 눈동자에는 그런 감정은 보이지 않았다.

잔뜩 긴장했다가 힘이 빠진 어깨를 라파엘이 다정하게 토닥토닥 두드려 주었다. 그리고 조용히 입을 열었다.

"내가 어둠의 마법을 쓰기 시작한 건 시리우스 디크가 된 이후로 얼마 지났을 무렵이었어. 그때 나는 그저 어머니의 복수를 한다는 것밖에 머릿속에 없었고, 그러기 위해서라면 뭐든 해주겠다고 생각했지. 손에 넣은 어둠의 마력을 쓰는 것도 전혀 주저하지 않았어. 그때까지의 나로서는 생각할 수 없을 정도로 지독한 짓도 할 수 있었지. 그래도 아무런 느낌이 없었어. 그때는 벌써 어둠에 삼켜졌던 거라고 생각해."

처음으로 듣는, 라파엘이 어둠의 마법을 썼던 시절의 이야기다.

디크 후작 부인에게 어머니와 함께 납치당해서 어머니가 살해당하고 어둠의 마법을 통해 '시리우스 디크'의 기억이 억지로 머릿속에 주입되어 '시리우스 디크'라는 인간이 될 뻔한 라파엘.

결과적으로 디크 후작 부인의 계략은 빗나갔다. 라파엘은 라파엘 속에 '시리우스 디크'의 기억을 간직한 사람이 되었고, 부인이 바란 것처럼 시리우스 본인이 되지는 않았다.

하지만 그때 어둠의 마법으로 어머니의 마지막 기억이 왜곡되어 어머니의 복수를 맹세한 라파엘은 그대로 시리우스인 척을 계속하며 부인과 후작가에게 복수하기 위해서 살아왔다.

그러던 라파엘은 마법 학교 2학년 때 스스로 어둠의 마법을 이겨내고 진실한 기억을 되찾음으로써, 한 번 더 '라파엘 월트'로서 살아가게 되었다.

라파엘 자신이 마법성에 근무하게 되었을 때 그렇게 이야기해 줬지만, 그 이상으로 자세한 이야기는 들은 적도 없었고 들을 수 있을 리도 없었다.

라파엘은 담담하게 이야기했지만, 듣고 있기만 해도 가슴이 짓이겨질 것처럼 슬프고 괴로운 사건을 그가 더 이상 떠올리게 하고 싶지는 않았으니까.

때때로 드문드문 이야기해줄 때는 있었다. 하지만 이렇게 어둠의 마법에 대해 새삼스럽게 이야기한 건 처음 있는 일이다.

"지금의 나로서는 도저히 할 수 없는 일도 그때의 나는 할 수 있었어. 아니, 마치 나 자신이 아니라 누군가 다른 사람이 하고 있는 것처럼 현실감이 없었지."

라파엘의 이야기를 들은 나는 눈을 동그랗게 떴다. 그건 마치 그 때의 나 같았기 때문이다.

그런 내 모습을 본 라파엘이 고개를 끄덕이며 말했다.

"라나 님께 카타리나 씨 이야기를 들었을 때, 나도 그때의 일이 새삼 떠올랐어. 어둠의 마법에 삼켜졌을 때는 내가 나 자신이 아닌 것 같았고, 마치 유리 너머로 누군가의 행동을 보고 있는 듯한 느낌이었지."

"……나도 그때 정말 똑같은 느낌이었어. 내가 아닌 누군가가 하는 일을 보고 있는 느낌이었거든. 그리고 그게 전혀 다른 사람이 하는 일처럼 느껴지니까 마음이 움직이지 않는 거야. 평소라면 설령 타인이라 해도 그렇게 괴로워하는 사람이 눈앞에 있으면 걱정되는데 그렇지도 않았고, 정말 아무 느낌도 느끼지 못하게 됐어."

거의 숨도 쉬지 않고 나는 단숨에 말했다. 그때의 마음을 이렇게 분명하게 입 밖으로 내어 말할 수 있는 건 처음이었다.

라파엘 덕분에 그때의 마음 상태를 구체적인 단어로서 내뱉을 수 있었다.

"그래, 역시 똑같았구나."

라파엘이 크게 고개를 끄덕이더니 말을 이었다.

"사실 어둠의 마법에 당한 사람들은 다들 멍하고 기억이 애매해지는 경우가 많았거든. 그래서 어둠의 마법을 쓰는 사람도 그것에 삼켜지면 그런 애매한 상태가 되는 건지도 몰라."

"……그렇구나."

쓰는 사람도 삼켜지면 어둠의 마법에 걸린 것 같은 상태가 되는 건가. 그래서 사람을 상처 입혀도 아무 느낌도 받지 못한다니.

"……역시 어둠의 마법은 나쁜 것이니까 이제 쓰지 않는 게 좋으려나."

예전에 하트 선배가 '어둠의 마법으로 누군가를 구할 수 있는 건 아닐까'라고 말해줘서, 그때까지 생각했던 어둠의 마법=악이라는 생각을 고쳤지만 역시 어둠의 마법을 나쁜 것일지도 모른다.

방에 무거운 침묵이 내려앉았다. 하지만 잠시 후에 라파엘이 입을 열었다.

"카타리나 씨가 예전에 어둠의 마법을 만들어낸 사람은 어떤 생각을 했을까, 라고 말했던 적이 있는데, 엄청 신경이 쓰여서 그 뒤로 이것저것 조사해 봤어."

그러고 보니 하트 선배의 말을 듣고 라파엘에게도 그런 이야기를 한 적이 있나. 다만, 그 후로 아무 말도 하지 않아서 그 이야기는 그걸로 끝이라고 생각했다.

"그렇다면, 조사해서 뭔가 알게 됐어?"

머뭇머뭇 물어보자 라파엘은 고개를 저었다.

"확실한 건 전혀."

"그렇구나. 그렇겠지, 어둠의 마법은 비밀로 숨겨져 있던 마법이니까."

어둠의 마법은 전 국왕의 후계자 다툼의 결과로 세상에 나오기 전까지는 줄곧 왕가에 의해 비밀로 숨겨져 있던 마법이다. 조사하려고 생각해서 조사할 수 있는 것도 아닐 것이다.

알고는 있었지만 그래도 만약 어둠의 마법을 만들어낸 이유가 누군가를 위한 것이었다면 이 공포도 조금은 사라질 것 같았는데…….

그렇게 약간 낙담하려 했을 때 라파엘이 말을 이었다.

"맞아, 어둠의 마법은 왕가가 비밀로 숨기고 있던 것이고 문헌은 금서니까. 하지만 나는 어둠의 마법의 존재를 알고 예전에는 사용도 했어. 지금 마법성 쪽에서 카타리나 씨에게 어둠의 마법을 훈련하게 하고 있는 것도 왕가는 파악하고 있지. 그런 사정이 있었기 때문에 금서 관람 허락을 받을 수 있었어."

"앗, 그래?! 보여주는구나!"

"응, 우리에 관해서는 왕가 쪽에서도 파악하고 있으니까 그쪽에 이야기하면 카타리나 씨도 가능할 거라고 생각해."

"그렇구나!"

"다만 고문자, 심지어 상당히 오래된 문자로 쓰여 있기 때문에 읽는 게 상당히 힘들지만."

"……그렇구나(그럼 무리일지도)."

고문자를 읽는 건 계약서만으로도 벅차다.

"하지만 라파엘이 그걸 읽고서도 아무것도 몰랐다면 내가 읽는다 해도 아무것도 못 알아내겠지."

절대 고문자를 읽을 수 없기 때문에 변명하는 건 아니지만, 우수한 라파엘이 봐도 알 수 없었던 것을 내가 본다 한들 알 수 있을 리가 없다. 금서는 딱히 조사하지 않아도 되겠지. 응, 이걸로 됐어.

"전혀 아무것도 알 수 없었던 것도 아니야."

라파엘이 아무렇지 않게 그런 말을 덧붙여서 나는 라파엘 쪽으로 퍼뜩 고개를 돌렸다. 라파엘은 난감한 얼굴로 말을 이었다.

"금서를 조사해도 분명하고 확실한 건 알 수 없었어. 무척 오래된 기록이고 수도 적고 애매한 게 많았기 때문에 확실하다고 판단할 수 있는 건 아무것도 없었지만, 한 가지 가설을 세워 보았지."

"가설?"

"그래, 가설. 내가 기록을 보고 상상한 것이고 확실한 건 아니야. 내 상상일 뿐일지도 모르지만, 그래도 들어볼래?"

라파엘의 다정한 목소리에 나는 고개를 끄덕였다.

"우선 금서에서 읽어낸 옛날이야기를 해줄게."

라파엘은 그렇게 이야기를 시작했다. 소르시에의 옛날 옛적 이야기를――.

소르시에라는 나라는 먼 곳에서 이 땅으로 찾아온 마력을 지니고 마법을 쓸 수 있는 사람들이 정착하면서 생겨났다고 일컬어진다.

아무도 살지 않았던 이 땅은 절대로 풍요롭다고 할 수 없었지만, 먼 곳에서 찾아온 그들은 마법을 이용해서 땅을 풍요롭게 발전시켜 나갔다.

생활을 풍요롭게 만들어가면서 마법도 발전하고 연구도 활발해졌다. 사람들은 다양한 마법을 만들어냈다.

이윽고 그들은 그 땅에 국가를 세웠다. 마법의 힘으로 국가를 점점 더 풍요롭게 만들었고, 풍요로움은 더 많은 마법의 발전으로 이어졌다.

그러나 국가가 점점 발전하자 다른 곳에서 탐욕스러운 자들이 모여들어 부를 빼앗으려 했다.

그들은 마법을 써서 탐욕적인 자들을 쫓아냈지만, 그런 자들은 좀처럼 줄지 않았다. 개중에는 패거리를 만들어 공격하는 경우까지 생겨났다.

공격을 받으면 자신들의 생활을 지키기 위해서 싸울 수밖에 없다. 그들은 마법을 무기로 쓰며 싸웠다.

그렇게 수비를 위한 전투를 되풀이하면서 언젠가는 그런 자들도 포기하고 떠났지만, 전쟁 때문에 풍요로운 땅이나 그곳에는 사는 사람들은 크게 상처를 입었다.

그런 상황에서 그 마법사가 나타났다.

상처받은 땅과 사람들에게 희망을 주는 거대한 마력을 지닌 마법사였다.

그 마법사는 말 그대로 천재라서 점점 더 새로운 마법을 만들어냈고, 전쟁으로 황폐해진 땅과 사람들의 상처를 치유했다.

마법사는 국가의 명예라며 칭송받았다.

그러나 마법사는 어느 날 절대 만들어내서는 안 되는 마법을 만들어내고 말았다.

그리고 그 마법은 많은 사람들의 목숨을 빼앗고 땅을 말려 죽였다.

너무나도 위험한 마법이기 때문에 살아남은 사람들 사이에서는 함구령이 내려졌고, 마법사는 그 후에 죽을 때까지 유폐되었다.

그 사건 이후로 마법 연구는 금기시되었고, 마법은 점차 쇠퇴해버렸다.

이윽고 원래 이 땅 부근에 있던 마력이 없는 사람들도 이 나라에서 많이 살게 되었고, 마력을 지닌 자도 줄어들어서 마력도 약해져갔다.

"처음과 마지막 이야기는 들어본 적이 있어?"

라파엘의 질문에 나는 대답했다.

"응. 처음 부분과 점점 마력을 지닌 사람이 줄어들고 마력도 적어졌다는 건 역사 시간에 배운 것 같아. 하지만 다툼이 일어났다거나 마법사 이야기 같은 건 처음 들었어."

"나도 마찬가지야. 그런 다툼이 있었던 것도, 그 후에 탄생한 천재적인 마법사에 관한 것도 처음 알았어. 그리고 그 마법사가 만들어낸 위험한 마법이라는 것이 아마 어둠의 마법이 아닐까 싶어."

나는 저도 모르게 꼴깍 침을 삼키고 이어질 말을 기다렸다.

"그래서 나는 이것 말고도 이 마법사에 관해서 적혀 있는 게 없을까 샅샅이 뒤져 봤어. 그랬더니 그럴싸한 이야기를 찾을 수 있었지. 동화처럼 적혀 있더라고."

그 사람은 강한 치유의 마법을 지니고 있었다. 말라비틀어진 토지와 사람들의 상처에 치유를 걸어 치료하며 돌아다녔다. 하지만 전쟁으로 상처를 입은 사람들의 마음은 치료할 수 없었다.

마음이 다정했던 그 사람은 고민에 빠졌고, 이윽고 마음을 다쳐서 괴로워하는 사람들을 위해 새로운 마법을 만들어냈다.

그 마법으로 사람들이 입은 마음의 상처를 치유했다. 마법을 담을 수 있는 도구를 만들었다.

그리고 더 많은 사람들의 마음을 치유했다. 그 사람 덕분에 모두가 행복해질 수 있을 터였다.

하지만 탐욕스러운 자가 그 사람을 손에 넣기 위해서 그 사람에게 소중한 사람을 빼앗았다.

소중한 사람을 잃은 그 사람은 한탄하였고, 치유의 마법은 악으로 물들어버렸다.

"이건 동화책 안에 마치 숨겨놓은 것처럼 알아보기 어렵게 몰래 적혀 있던 이야기였어. 언뜻 봤을 때는 처음에 이야기한 것과 관련이 있는 것이라고는 생각하지 않았는데, 자세히 조사해 보니 비슷한 연대에 쓰였고 상황도 무척 비슷하더라고. 다른 문헌에서는 이 '마법사'는 나쁜 마법을 만들어낸 악으로 다루고 있었어. 그런데 이 동화만은 달라. '마법사'라고도 적혀 있지 않고 몰래 숨겨놓은 것처럼 적혀 있는 이야기라, 어쩌면 '마법사'를 따르던 누군가가 '마법사'의 명예를 위해 몰래 남겨놓은 게 아닌가, 나는 그렇게 생각했거든."

"즉 어둠의 마법을 만들어낸 마법사는 사람의 마법을 치유하기 위해 어둠의 마법을 만들어냈다는 뜻이야? 하지만 어둠의 마력은 사람의 목숨을 양식으로 만드는 거잖아. 치유하기 위해서 목숨을 빼앗아버리면 안 되는 거 아니야?"

내 의문에 라파엘이 대답해주었다.

"그 부분 말인데, 어둠의 마력이 반드시 사람의 목숨을 필요로 한다는 게 애초에 잘못된 거 아닐까? 내가 어둠의 마법을 쓸 수 있었던 건 다른 사람에게서 마력을 부여받았기 때문이고, 카타리나 씨도 어둠의 사역마를 손에 넣었기 때문이지, 남의 목숨을 빼앗은 건 아니잖아."

"그러고 보니 그러네."

"게다가 금서 중에서도 오래된 책에는 그런 부분은 적혀 있지 않았어. 새로운 것에는 '사람의 목숨을 매개로' 한다고 나와 있었지만, 맨 처음에는 아니었을지도 몰라."

"……그렇구나."

"다시 말해서 태초의 어둠의 마법은 목숨을 빼앗지 않고 만들어졌고, 사람들의 마음을 치유하기 위한 것이었을 가능성이 있어."

"지금과는 전혀 다르네."

지금의 어둠의 마법은 사람의 목숨을 빼앗아서 만들고 사람의 마음을 조종하는 나쁜 마법이다.

"그렇지. 태초의 마법은 사람을 치유하는 것이었어. 그렇게 성립되었지만 폭주해버린 거지."

"폭주?"

"카타리나 씨가 지난번에 폭주해서 어둠의 마법을 썼다고 들었을 때 그 '소중한 사람을 잃어버린 그 사람은 한탄하였고, 치유의 마법은 악에 물들어버렸다'라는 구절이 생각났거든. 이 '마법사'는 소중한 사람을 빼앗기고 나서 어둠의 마법이 폭주한 게 아닐까."

라파엘의 말을 들은 나는 마리아 사건 때 있었던 일을 떠올렸다.

마리아와 마리아의 어머니, 세자르가 다쳤을 때 몸 안쪽에서 생겨난 그 '차가운 것'. 그것에 삼켜졌다면 스스로도 어떻게 되었을지 알 수 없었다.

만약 그 '마법사'가 그것에 삼켜져서 폭주해버린 결과가 수많은 목숨을 빼앗는 것이었다면……. 남의 일이라고는 생각할 수 없어서 무서웠다. 그리고 무척 슬프다는 생각이 들었다.

전쟁으로 상처 입은 사람들을 치료하고 마음도 치유하고 싶다는 생각에 새로운 마법을 만들어낸 '마법사'는 분명 다정한 사람이었을 것이다.

그런데 소중한 사람을 빼앗겨서 힘이 폭주하는 바람에 많은 목숨을 빼앗고 말았다. 그리고 평생 죄인으로 붙잡혀 살았다. 그게 사실이었다면 얼마나 상처를 받았을까. 나는 가슴 앞으로 두 손을 꼭 잡았다.

"미안해. 슬픈 기분을 느끼게 하고 싶었던 건 아니야."

내 모습을 본 라파엘은 그렇게 말하고 나서 말을 이었다.

"내가 하고 싶었던 말은 어둠의 마법이 폭주한 것, 즉 어둠의 마법에 삼켜져버리는 건 분노의 감정에서 기인하는 게 아닌가 하는 점이야."

"분노의 감정? 그러고 보니 라나 님과 대화했을 때도 그런 이야기가 나왔어."

라나와 사이러스도 그렇지 않을까 하는 이야기를 했다.

"그런 것 같았어. 나도 그 말을 듣고 나에게 있었던 일을 떠올렸는데, 나 또한 어머니 일로 강한 분노를 느꼈을 때 특히 의식이 이상했던 것 같다는 생각이 들었어. 그러다가 이 이야기를 떠올렸지. 어둠의 마법은 분노의 감정, 어쩌면 슬픔 같은 것도 있을지 모르지만 그런 부정적인 감정에 의해 커지고, 익숙하든 익숙하지 않든 폭주해버릴 가능성이 있는 거 아닐까."

"익숙해도 폭주하는 거야?"

어쩐지 다른 마법과 마찬가지로 잘 다룰 수 있게 된다면 폭주하지 않게 되는 건 아닐까 하고 생각하는 부분도 있었는데, 아니었나.

"태초의 '마법사' 때를 생각하면 그럴 가능성이 큰 것 같아."

"그럼, 어둠의 마법을 쓰는 한 줄곧 폭주하는 건 아닐까 두려워해야 한다는 뜻이야? 그렇다면 이제 쓰고 싶지 않아."

이제 그렇게 무서운 일을 겪는 건 싫다.

"그렇지. 하지만 반대로 말하면 어둠의 마법을 쓸 때 분노의 감정을 갖지 않는다, 분노의 감정이 들 것 같으면 해제한다, 그리고 분노를 느끼면서 어둠의 마법을 쓰지 않는다. 이것들을 지키면 폭주하지 않을 거라고 생각해."

"분노의 감정을 갖지 않는다, 해제한다, 그런 게 가능할까?"

그때는 오히려 분노의 감정에 휩쓸려 어둠의 마법을 쓰고 말았다. 그런 상태에서 스스로 분노를 가라앉힐 수 있을까.

"그렇게 간단한 일은 아니지."

라파엘은 약간 난감한 표정을 짓고 나서 말을 이었다.

"사실은 학교에 다닐 때, 카타리나 씨를 어둠의 마법으로 조종하려 했던 적이 있었는데 할 수 없었어. 그때 카타리나 씨는 분노하거나 시샘하는 마음이 전혀 없었거든."

아무렇지 않게 그런 말을 해서 나는 깜짝 놀랐다.

"그랬구나! 하지만 나는 요전에는 엄청나게 분노해서 어둠이 나를 삼킬 뻔했어. 분노의 감정은 있는데."

"그것 말인데, 카타리나 씨는 마리아 씨라든지 그런 사람들에게 위해가 가해지려고 해서 화를 낸 거지?"

"아, 맞아."

그때 몸 안에서 뿜어져 나오는 듯했던 분노를 잊을 수 없다.

"카타리나 씨는 학교에서 누가 자기를 업신여겨도 화를 내지 않았어. 하지만 소중한 사람이 다치면 화를 내지. 카타리나 씨가 느끼는 분노의 감정은 스스로가 아니라 다른 사람을 향한 거야. 그러니까 이제 와서 어둠의 마법에 삼켜질 만한 분노를 느낀 거지."

그 말을 듣고 보니 학교에서 무고한 일로 비난당할 뻔했을 때는 '어떡하지'라며 무서워지기는 했지만 분노가 샘솟지는 않았다. 애초에 그 시절에는 내가 위험한 것일 뿐 다른 소중한 사람들은 괜찮다고 믿고 있었기에 그런 마음을 몰랐다.

하지만 라파엘이 지독한 일을 당했다는 사실을 알고, 키스가 납치되어 다치고, 마리아에게 위협이 가해지자 나는 강한 분노를 느끼게 되었다.

한번 탄생한 이 감정은 이제 사라지지 않을 것이다. 왜냐하면 나는 지금도 소중한 사람 모두에게 지독한 짓을 한 어둠의 일당을 용서할 수 없으니까.

"응, 나는 소중한 사람이 다치는 걸 용서할 수 없어. 그래서 어둠의 일당도 용서할 수 없어. 그 사람들이 또 나의 소중한 사람들에게 무슨 짓을 한다면 나는 또 엄청 화를 내버릴 것 같아."

어둠의 마법에 삼켜지지 않기 위해서는 화를 내면 안 된다는 건 알았다. 하지만 또다시 그때와 같은 상황이 벌어지면 나는 냉정하게 있을 자신이 없었다.

"카타리나 씨는 그런 사람이니까. 게다가 분노의 감정을 억제한다는 건 간단히 할 수 있는 일이 아니야. 하지만 카타리나 씨의 분노가 누군가를 위해서 일어나는 것이라면, 그 누군가를 떠올리며 제정신으로 돌아오는 것도 가능하지 않을까?"

"떠올린다고?"

"카타리나 씨가 어둠에 삼켜져서 계속 폭주하면 지키려고 했던 누군가가 더욱 상처를 입게 될 거야. 이번에도 만약 카타리나 씨가 제정신으로 돌아오지 않았다면, 모처럼 구해낸 마리아 씨는 더 상처를 입었겠지."

그 말을 들은 나는 숨을 헉 들이켰다. 다정한 마리아는 내가 만약 그대로 어둠에 삼켜졌다면 얼마나 상처를 받았을까. 거기까지는 생각하지 못했다.

"만약 분노에 몸을 맡긴 채 어둠의 마법을 써버렸을 때는 곧바로 떠올리도록 해. 소중한 사람을."

「분노에 몸을 맡긴 채 마력을 폭주해서 써버리면 소중한 사람을 다치게 할지도 모른다고 생각하는 거야.」

"앗."

라파엘의 말을 듣고 라나가 했던 말이 생각났다. 그렇다, 사건이 일어난 후에도 라나와 지금과 똑같은 대화를 나누었다. 어째서일까, 깜빡 잊이버리고 말았다.

"왜 그래?"

"아니, 라나 님한테도 똑같은 말을 들은 게 생각나서."

"그렇구나, 라나 님도 똑같은 생각을 했구나."

라파엘은 어쩐지 복잡한 듯한 얼굴로 미소를 지었다.

즉 어둠의 마법을 쓸 때는 소중한 사람들을 떠올리고 있으면 괜찮은 걸까? 모두에게 상처를 주지 않게끔, 아니, 내 마법으로 지킨다는 마음으로 있으면 조금쯤 긍정적으로 생각할 수 있을 것 같다.

스스로를 타이르는 나를 라파엘이 다시 다정한 눈빛으로 바라보았다.

"그래서 맨 처음에 했던 얘기로 돌아가면, 마지막으로 금서를 읽고 내가 세운 가설은 '어둠의 마법의 시작은 카타리나 씨가 말한 대로 사람을 구하기 위한 것이고, 사실은 다정한 치유를 위한 마법이며 절대 악한 것이 아니었다'라는 거야."

라파엘은 거기서 일단 말을 끊고 나서 곧바로 말을 이었다.

"그래서 항상 이 훈련 시간에 생각했던 건데, 카타리나 씨가 쓰는 어둠의 마법은 뭐라고 해야 하나, 내가 쓰던 그 진득진득한 것과는 달리 어딘가 다정한 느낌이 들었어. 그런 상황에서 그 금서 속 동화를 발견하고 생각했지. 카타리나 씨가 쓰는 어둠의 마법은 나쁜 게 아니라, 맨 처음 만들어졌을 때처럼 사람을 치유하는 다정한 마법인 게 아닐까 하고."

"……다정한 마법."

나는 그렇게 중얼거리고 입술 끝을 내렸다.

"즉 카타리나 씨는 괜찮다는 말이 하고 싶었어. 너무 길어졌네. 미안."

그렇게 말한 라파엘이 머리를 톡톡 두드려주었다.

아까까지는 이제 어둠의 마법 같은 건 쓰고 싶지 않다고 생각했는데, 이 다정한 사람 덕분에 단순한 나는 조금 더 열심히 할 수 있을 것 같다는 기분이 들었다.

잠시 라파엘에게 머리를 맡기고 있다가, 나는 다시 평소처럼 라파엘과 어둠의 마법을 훈련했다.

그리고 훈련이 끝날 무렵에는 그렇게나 많이 느껴졌던 공포나 불안한 감정이 작아져 있었다.

오전 직무 시간이 끝나고 이제부터는 다른 업무를 하러 간다는 라파엘과 헤어져서 식당으로 향하는 길에 모퉁이에서 하트 선배와 딱 마주쳤다.

"아, 클라에스 씨. 훈련은 끝났습니까?"

"네, 지금 막 끝나서 식당에 밥을 먹으러 가는 참이에요. 선배도 점심인가요?"

"아뇨. 마력 · 마법 연구실에 서류를 내러 가려고요."

그렇게 말하는 하트 선배의 목소리가 약간 바들바들 떨리는 것 같았다.

우리 부서에서 하트 선배는 기본적으로는 서류를 제출하러 가지 않아도 괜찮다고 되어 있다.

그 이유는 그가 길을 잘 잃기 때문이다. 그래도 당사자는 왠지 갈 수 있다고 생각하는 모양인지 이렇게 가끔 직접 제출하러 가려고 한다. 하지만.

"선배, 마력 · 마법 연구실은 이쪽과는 반대 방향이랍니다."

그 말을 들은 하트 선배는 눈에 띄게 풀이 죽었다. 어쩐지 심부름에 실패한 어린아이 같아서 불쌍해졌다.

"마력 · 마법 연구실까지 같이 갈게요."

나는 그렇게 말했지만.

"아니, 후배에게 그렇게 폐를 끼칠 수는 없습니다. 일단 부서로 돌아가서 가이한테라도 부탁할게요."

하트 선배는 그러면서 또 이상한 방향으로 가려고 했다.

"또 헤매면 미안하잖아요."

나는 그의 팔을 잡았다.

그러자 하트 선배는 순간적으로 깜짝 놀란 얼굴을 했다가 이윽고 평소와 똑같은 얼굴로 돌아와서 말했다.

"죄송해요. 그럼 부탁드립니다."

선배, 역시나 혼자 갈 수 있을지도 모른다고 과신했구나.

하트 선배의 팔을 확보하며 복도를 걸어가는데, 나는 아까 라파엘과 있었던 일을 보고하고 싶다는 생각이 들었다.

라파엘은 금서를 읽었다고 했으니 그대로 이야기할 수는 없지만, 그래도 전에 하트 선배는 '어둠의 마법은 완전히 악이라는 건 아니고, 어쩌면 소중한 것을 지키려고 태어난 건지도 모릅니다' 같은 이야기로 나에게 새롭게 생각할 방향을 제시해줬다. 하트 선배에게는 어둠의 마법이 완전히 악인 건 아니었을지도 모른다는 이야기를 해두고 싶었다.

"저기, 하트 선배, 전에 저한테 어둠의 마법을 만들어낸 사람은 단지 소중한 사람을 지키려고 했을 뿐일지도 모른다는 이야기를 해주셨는데 기억하시나요?"

그렇게 물어보자 하트 선배는 웃는 얼굴로 대답했다.

"그러고 보니 그런 이야기도 했지요. 클라에스 씨가 어둠의 마법 훈련이 내키지 않는 것 같아서 이렇게 생각하는 방법도 있다고 하나 이야기한 건데, 너무 순순히 받아들여서 제가 더 깜짝 놀랐을 정도입니다."

"앗, 그랬던 건가요! 그 말씀 덕분에 생각이 넓어졌어요. 감사합니다."

그렇게 말하자 하트 선배는 왠지 굳어버렸다.

왜 그러는 걸까 생각했지만, 선배가 그대로 아무런 말도 하지 않아서 나는 계속해서 하고 싶었던 말을 늘어놓았다.

"그래서 그, 지금, 어둠의 마법에 관해 이것저것 조사하고 있는데요, 그러다가 어둠의 마법은 사람을 위해 만들어진 게 아닐까, 그런 분위기가 됐거든요."

거기까지 말했을 때 하트 선배가 내 쪽으로 빙글 고개를 돌리고 말했다.

"뭔가 알게 됐나요?"

심각한 목소리로 물었다.

평소의 선배와는 분위기가 다른 느낌이라서 저도 모르게 약간 뒤로 물러나버렸다.

그걸 눈치챈 선배는 곧바로 꾸벅 사과했다.

"미안해요. 조금 신경이 쓰여서."

이제는 선배의 평소 분위기로 돌아와 있었다.

"하트 선배는 어둠의 마법에 관심이 있어요?"

아까의 그 기세는 라나를 방불케 하는 구석이 있었던 지라 그렇게 물어보았다.

"글쎄요. 저는 이런저런 것에 흥미를 많이 가지는 성격이라 한번 알게 된 것, 특히 신경 쓰이는 것에는 상당히 푹 빠져버리는 것 같아요. 어둠의 마법도 그러한 흥미의 대상이 되었던 모양이라, 놀라게 해서 죄송합니다."

그런 대답이 돌아왔다.

그렇구나. 아까 그 반응은 그런 거였구나.

"아뇨. 약간 놀랐지만 라나 님 정도는 아니라서 괜찮아요."

그도 그럴 게, 흥미를 느낀 것에 대한 라나 님의 집착은 이상할 정도다. 신경이 쓰이니까 조사하고 싶다면서 그대로 끌려간 적도 많다.

"라나 님 정도면 문제겠군요."

하트 선배도 생각나는 게 있는지 약간 굳은 얼굴로 말했다.

"그래서 어둠의 마법이 사람을 위해 만들어진 게 아닐까 하는 건 무슨 뜻인가요?"

하트 선배의 질문에 나는 라파엘이 금서를 읽었다는 부분은 알 수 없도록 궁리하며 말했다.

"그게, 어떤 동화에서 어둠의 마법은 마음을 치유하기 위해 고안했다는 게 있었거든요. 다만, 그게 확실하다고 단언하지는 않겠지만요."

하트 선배는 잠깐 생각에 잠겼다가 입을 열었다.

"그렇군요. 어둠의 마법이 마음을 치유하기 위해 만들어졌다는 건 있을 법한 이야기네요."

고개를 끄덕이더니 웃는 얼굴로 말을 이었다.

"그렇다면 역시나 나쁘기만 한 건 아니었군요."

그 말에 나는 크게 고개를 끄덕였다.

"네."

그렇다. 어둠의 마법은 나쁘기만 한 건 아니었다. 알 수 있어서 다행이다.

어느새 마력 · 마법 연구실 앞까지 왔다.

"고마워요, 클라에스 씨."

그러고 나서 문으로 향한 하트 선배가 노크를 하고 방 안에 들어가는 모습을 지켜본 뒤, 나는 식당으로 갈까 하고 생각했을 때였다. 문득 가까운 곳에서 시선이 느껴져 그쪽을 쳐다보니 바로 어제 만났던 사람이 서 있었다.

"앗, 어라, 하루 씨?"

놀라서 소리친 나를 보고 저쪽도 놀란 얼굴을 했다.

"카타리나 씨?"

역시 어제 파티에서 만났던 사이러스의 소꿉친구인 하루 씨였다.

"저, 하루 씨, 어째서 마법성(이런 곳)에 있어요?"

내가 물어보자 하루 씨가 우물쭈물하며 대답했다.

"그게, 어제는 여러분 앞에서 갑자기 죄송했습니다. 사이러스와 재회했다는 기쁨에 들떠버려서 저도 모르게 그런 곳에서 고백해버렸어요. 오늘은 그걸 사과하고 재차 다시 고백하고 싶어서 사이러스의 직장과 부서를 조사해 찾아온 거예요. 지금은 휴식 시간을 기다리다가 나올 때 붙잡으려고 기다리는 참이에요."

부끄러운 듯이 그렇게 말했지만 '다시 고백'이나 '붙잡으려고'라는 단어에서 꽤 적극적이고 대담한 아가씨라는 게 생생하게 전해져 왔다.

이렇게 서 있는 모습은 마치 요조숙녀처럼 기품 있는 여성이지만 겉보기와 속이 상당히 다른 사람 같았다.

그러고 보니 영지에서는 바지를 입고 뛰어다닌다고 했던 것 같다.

이렇게 아름답고 적극적인 여성이 정면으로 접근하면 젊은 여성에 대한 내성이 초등학교 남학생 정도밖에 안 되는 사이러스가 대항할 수 있을까.

그렇게 생각하며 하루 씨를 쳐다보고 있는데 문이 달칵 열리더니 하루 씨가 기다리는 사람이 평소처럼 쿨한 느낌으로 밖에 나왔다.

곧바로 눈치챈 하루 씨가 엄청난 기세로 사이러스 쪽으로 향했다. 나도 어쩐지 반사적으로 그 뒤를 쫓아갔다.

"사이러스."

하루 씨가 이름을 부르며 가까이 다가가자, 사이러스는 눈을 휘둥그레 뜨고 깜짝 놀라더니 그대로 굳어버렸다.

그런 사이러스의 상태는 신경도 쓰지 않고 하루 씨가 물었다.

"저, 사이러스는 이제부터 휴식 시간인가요?"

아마 사이러스는 사태를 잘 파악하지 못한 것 같았다.

"……어."

그가 당황한 듯 고개를 끄덕였다.

"괜찮으시다면 점심을 같이 드시지 않겠어요? 제가 도시락을 만들어왔답니다."

곧바로 하루 씨가 다그쳤다. 그 기세에 밀려 사이러스는 또다시 고개를 끄덕였다.

"……어."

그러자 하루 씨는 "야호"라며 웃었다.

마치 소녀 만화처럼 정말 흐뭇하고 멋진 광경이지만, 마리아를 향한 사이러스의 마음을 알고 있는 나로서는 아무래도 복잡한 심경이었다.

으~음, 사이러스는 이대로 마리아를 포기하고 하루 씨와 결혼하게 된다거나 하는 걸까. 그런 내 시선을 눈치챘는지 사이러스는 퍼뜩 놀라서 정신을 차린 것 같았다.

"그, 미안해. 어쩌다 보니 고개를 끄덕여 버렸는데 오늘은 부하와 점심을 같이 먹기로 약속했어."

사이러스가 그렇게 말했을 때 마리아가 문밖으로 나왔다.

"사이러스 님, 식사는 식당에서."

마리아는 거기까지 말하다가 하루 씨가 있다는 것을 눈치챘다.

"당신은 어제 그?"

"네, 하루 카부라기라고 합니다. 그쪽이 사이러스와 점심 약속을 했다는 부하 직원분인가요?"

"마리아 캠벨이라고 합니다. 네, 점심을 같이 먹자는 말씀을 들었습니다만……."

아마 하루 씨가 왔다면 자신은 물러서야 하는 걸까 생각한 듯한 마리아에게 하루 씨가 밝은 느낌으로 말했다.

"점심을 만들어왔는네요, 의욕이 넘쳐서 너무 많이 만들었거든요. 괜찮으시면 캠벨 씨도 같이 드시지 않겠어요?"

하루 씨의 제안에 마리아는 '어떻게 할까요' 같은 느낌으로 사이러스를 쳐다보았고, 사이러스도 어떻게 해야 하냐는 듯한 표정을 지었다.

마리아를 좋아하는 사이러스, 사이러스를 좋아하는 하루 씨. 어쩐지 이 멤버로 밥을 먹는 건 약간 어색할 것 같았다.

그런 미묘한 분위기를 감지했는지는 모르지만, 그때 하루 씨가 이쪽을 빙글 돌아보았다.

"카타리나 씨도 괜찮으시면 같이 드실래요? 살마의 전통적인 요리 쌀로 만든 주먹밥이라는 거라든지 이것저것 만들어왔는데."

그리고 이렇게 말하는 게 아닌가. 나는 '주먹밥'이라는 단어에 반사적으로 반응했다.

"꼭 먹고 싶어요."

정신이 들었을 때는 잡아먹을 듯이 그렇게 대답하고 있었다.

이리하여 나와 마리아, 사이러스, 하루 씨 등 정말 신기한 조합으로 점심을 먹게 되었다.

"여기에요."

그렇게 말하며 마리아가 가리킨 곳은 정원에 접한 방처럼 넓은 테라스에 테이블과 의자가 몇 개 설치된 장소였다.

마리아가 "도시락을 가져온 사람들이 자주 이용하는 곳인데, 그렇게 혼잡하지도 않고 좋은 곳이에요" 라고 제안하며 안내해준 곳이다.

그곳에서 가장 큰 테이블에 하루 씨를 따라온 사용인들이 찬합에 담긴 도시락을 펼쳐 놓았다.

나는 그 내용물을 보고 말 그대로 침을 흘릴 기세로 기뻐했다.

그건 정말 전생의 일본에서 자주 먹던 도시락의 호화판 같았다.

주먹밥에 장아찌, 달걀말이, 채소 조림과 유채 나물, 구운 생선 토막 등등 일식 식재료가 가득했다. 심지어 "이건 식후에 먹는 과자입니다"라며 준비된 건 화과자였다.

근래 들어 가장 텐션이 올라갔다.

"이, 이것은 조림 요리인가요?"

"네. 치쿠젠니라고 하는데, 우리 영지에서 자주 먹는 조림입니다."

"치쿠젠니! 맛있어!"

어쩐지 전생에서 들어본 적이 있고 먹어본 기억도 있다. 그립다, 맛있다!

"이건 무슨 요리인가요?"

"그건 연어라는 생선에 된장이라는 조미료를 발라서 구운 거예요."

"오오, 연어 된장 구이! 그보다 된장이 있군요! 혹시 된장국도 있나요?"

"된장을 아시나요? 기쁘네요. 된장국도 준비했답니다. 필요하신가요?"

"네! 부탁드립니다."

설마 된장까지 있다니, 소르시에에서는 어디를 찾아봐도 없었던 된장이 지금 눈앞에!

"드세요."

보온병 같은 것에서 그릇에 따른 된장국은 약간 따뜻했다. 감동해서 몸이 부르르 떨렸다.

"정말로, 진짜 맛있어요."

진심으로 말하며 된장국을 다 마셨다.

"샬마 요리는 소르시에와 상당히 달라서 입에 안 맞으실지도 모르겠다고 걱정했는데, 마음에 드셨다니 다행이에요."

하루 씨가 기쁜 얼굴로 미소 지었다.

"네, 엄청나게 마음에 들었습니다!"

나는 몸을 앞으로 내밀며 선언하고는 된장국을 두 그릇 더 먹고 주먹밥도 네 개 먹었다.

"하아~ 맛있었어."

마지막으로 디저트인 팥이 들어간 과자를 먹은 나는 빵빵해진 배를 두드리며 말했다.

"이렇게나 기쁘게 먹어 주시다니, 만들어온 보람이 있네요."

하루 씨가 생글생글 웃으며 말했다.

"아까도 만들었다고 말씀하셨는데, 이 도시락은 하루 씨가 만든 건가요?"

"네, 맞아요. 물론 저는 약간 도왔을 뿐이고 대부분 요리사가 만들어준 것이지만요."

"그래도 대단해요. 저는 요리는 전혀 못 하거든요. 냄비가 폭발한 적도 있어서 저택의 조리실에는 출입 금지예요."

"폭발! 그거 대단하네요."

"굉장히 놀랐어요."

그렇게 과거의 실패담을 소개했을 때, 점심 휴식이 끝나는 시간이 되었다.

"음, 시간이 다 됐군."

사이러스의 목소리가 귀에 들려서 나는 깜짝 놀랐다.

아아, 이건 하루 씨가 사이러스와 대화하고 싶어서 세팅한 자리였지.

그런 건 완전히 잊어버리고 일식을 먹어 치우며 질문과 감상을 늘어놓으면서 하루 씨를 독점해 버리다니.

"저, 하루 씨, 저 때문에 사이러스 님과 대화하지 못하셨네요. 죄송합니다."

나는 조용히 사과했다.

"아니에요, 이렇게 재회할 수 있었으니 아직 얼마든지 기회가 있어요. 괜찮습니다. 카타리나 씨가 살마의 요리를 좋아하며 드셔주셔서 기뻐요."

하루 씨는 그렇게 말해주었다.

하루 씨, 엄청 좋은 사람이네. 사이러스가 마리아 러브가 아니었다면 응원해주고 싶었다.

그 후에는 일할 시간이 되어서 하루 씨와 헤어졌다. 사이러스는 자기 부서로 갔고, 나는 마리아와 함께 『계약의 서』 해독을 하는 방으로 향했다.

요즘은 오후부터 마리아는 『빛의 계약의 서』를, 나는 『어둠의 계약의 서』를 해독하는 작업을 업무로 하고 있다.

방에 도착해서 해독하려고 사전 등을 준비할 때, 나는 아까부터 신경 쓰였던 걸 물어보았다.

"있잖아, 마리아는 아까 그 하루 씨를 어떻게 생각해?"

스스로 생각해도 질문 방식이 서툴렀다. 마리아가 깜짝 놀란 얼굴을 했다.

마리아에게 마음이 있는 사이러스(다만 마리아는 그 사실을 알지 못한다), 그런 사이러스에게 마음이 있는 듯한 하루 씨, 그 하루 씨를 연적(이 될지는 모르겠지만)인 마리아가 어떻게 생각했는지 신경이 쓰였다.

"그게, 나만 이야기하고 마리아는 전혀 이야기를 나누지 않은 것 같아서."

아무리 그래도 사이러스의 마음을 멋대로 폭로할 수는 없기 때문에 어쩐지 횡설수설하면서 이상하게 질문해버렸다. 하지만 마리아는 으~음 하고 생각하고 나서 입을 열었다.

"글쎄요. 어쩐지 카타리나 님과 약간 닮았나 싶었어요."

그런 식으로 말했다.

"나랑 닮았다고?"

아니, 저쪽은 어디서 어떻게 봐도 청초한 요조숙녀 같은 느낌의 외모의 소유자고, 이런 악역 영애와는 비슷하지도 않은 느낌이었던 것 같은데.

고개를 갸웃하는 나를 보고 마리아는 쿡쿡 웃으며 말했다.

"겉보기에 어떻다거나 그런 이야기가 아니라, 이렇게 분위기가 밝고 즐거운 느낌이 비슷하다고 생각했어요."

외모 이야기가 아니라 분위기인가. 그 부분은 잘 알 수 없지만, 돌이켜보면 음식이 놓여 있던 곳에서 비슷한 움직임을 보이기도 했고 남자 형제에게 혼이 나는 방식도 비슷했다. 그렇게 생각하면 비슷한 타입인지도 모른다.

커다란 차이점은 하루 씨는 사이러스를 연모하고 적극적으로 어프로치하고 있다는 점이려나. 여전히 남녀의 연애 같은 좋아한다는 개념을 잘 모르겠는 나에게는 이해할 수 없는 부분이다. 아니, 그렇게 생각하면 연애 레벨이 초등학교 남학생인 사이러스도 마리아를 좋아한다는 점에서는 나보다는 연애 레벨이 높다고 할 수도 있겠다.

파티에서 '연애에 관해서는 모르는 어린애'라는 말을 듣고 울컥했지만, 그렇게 생각하면 사이러스도 연애의 선배이기는 하다.

으~ 하지만 그건 그것대로 약간 분하다. 아니, 일단 내 일은 내버려두고.

지금 마리아에게 물어보고 싶었던 건 그런 게 아니다.

하루 씨가 사이러스에게 고백한 것에 관해 어떻게 생각하는가, 그걸 묻고 싶은 참이었는데 어떻게 물어보면 좋을까. 이렇게 자연스러운 느낌으로 살—짝.

"그런데 파티에서 하루 씨가 고백한 건 좀 놀랐어요. 오늘 일도 그렇고 용기와 행동력이 있는 분이시군요."

이것저것 질문할 말을 궁리하던 내가 입을 열기도 전에 마리아가 그런 말을 했다.

놀랍게도 내가 넌지시 물어보려고 했던 바로 그 말을 해줬다.

"그렇지. 그 고백은 나도 놀랐어. 오늘 또 사이러스 님에게 어프로치하려고 했던 것도 대단하지."

뭐, 결과적으로는 내가 방해해버려서 제대로 대화도 나누지 못하고 끝나 버렸지만.

"맞아요, 적극적인 분이네요."

마리아가 대단하다는 식으로 말했는데, 질투심이라거나 복잡해 보이는 기미는 엿볼 수 없었다.

으ㅡ음, 보아하니 현재로서는 사이러스에게는 전혀 가망성이 없는 건가.

"사이러스 님은 하루 씨의 기세에 밀려서 약혼하게 되려나."

어쩐지 어제와 오늘의 모습만 보면 사이러스가 밀려서 질 것 같았다.

내 말에 마리아는 잠깐 생각하고 나서 입을 열었다.

"하지만 사이러스 님은 젊은 여성을 상당히 대하기 힘들어하시니까 간단히 그렇게 되지는 않을 것도 같아요."

그렇단 말이지. 사이러스는 젊은 여성을 대하기 힘들어한다. 지금은 나와 마리아 정도와는 어찌어찌 사적인 자리에서도 대화하게 되었지만, 다른 젊은 여성과는 여전히 업무 모드가 아니라면 제대로 대화도 나누지 못하는 상태가 계속되고 있다.

하루 씨에 대해서는 여태까지 남자라고 생각하고 있었으니까 평범하게 대화를 나눌 수 있었겠지만, 여성이라는 것을 알게 된 지금은 제대로 이야기를 나눌 수 있을지 없을지도 의심스럽다.

그렇게 생각하면 하루 씨가 적극적으로 어프로치해도, 사이러스가 받아들인다기보다 밀려서 그대로 약혼하는 경우는 아무리 그래도 불가능하려나.

하지만 나, 명탐정 카타리나 클라에스는 하루 씨의 등장으로 문득 어떤 생각이 들었다.

어쩌면 하루 씨는 게임 II에서 사이러스 루트의 라이벌 캐릭터 같은 게 아니었을까 하는 생각이다.

기본적으로 지금 내가 손에 쥔 정보에 따르면, 게임 II에서 새로 들어온 공략 대상의 방해꾼 역할은 다시 돌아온 악역 영애 카타리나 클라에스이다. 주인공과 함께 카타리나 클라에스를 무찌르면서 사랑을 키우는 흐름인 것 같은데, 사이러스의 상태를 보면 카타리나 한 사람 만으로는 사랑으로 발전하기 부족한 게 아닐까, 하고 평소에도 생각했었다.

이런 사이러스로는 도저히 주인공을 공략할 수 없다고(게임에서는 원래 주인공이 공략하는 쪽이지만).

그런 생각을 하던 참에 갑자기 나타난 이국의 미녀 하루 씨. 사이러스의 소꿉친구라는 정말 훌륭한 포지션을 보유한 데다 사이러스를 좋아한다고 한다.

이건 뭐, 사이러스가 주인공과 더 깊은 사이가 되기 위해 등장한 라이벌이 분명하겠지. 나는 그렇게 확신했다. 그 말인즉슨, 지금부터 사이러스 루트의 이벤트가 시작될지도 모른다는 뜻이다. 그러면 원조 악역 영애로서 파멸을 회피하기 위해서는 그 주변의 동향을 신경 써야 한다.

그런 생각을 하는 사이에 업무 시간이 되었고, 우리는 각자의 『계약의 서』 해독을 시작했다.

무척 오래된 알기 힘든 글자로 적혀 있는 『계약의 서』는 어떻게 해도 계약자 본인만이 읽을 수 있는 성가신 물건이다.

나보다 우수한 마리아는 이미 『계약의 서』에서 새로운 마법을 배워서 쓸 수도 있는데, 나는 주의 사항에서부터 전혀 나아가지 못했다. 『어둠의 계약의 서』는 위험 요소가 많기 때문인지, 어쨌거나 주의 사항이 많았기 때문이다.

요전까지는 주의 사항이 길구나~ 위험하다는 건 벌써 알고 있으니까 이제 그만 마법을 가르쳐 달라고, 그런 생각을 했는데, 어둠의 마법을 폭주한 그 상태를 겪은 지금은 주의 사항이 긴 이미를 잘 이해할 수 있었다.

어둠의 마법은 마법 그 자체도 위험하지만 쓰는 사람도 위험하기 때문이다. 그래서 가벼운 마음으로 사용하지 말라거나 자아를 잘 지닌 채로 써라, 같은 것들이 계속 적혀 있는 것이다. 이 『계약의 서』를 쓴 사람도 위험한 상황을 겪어본 적이 있는 걸까.

하지만 최근 그렇게 길었던 주의 사항 부분도 겨우 끝나고, 어둠의 마법에 관해 적힌 문장까지 읽어낼 수 있었다.

다만, 처음에는 지금 라파엘과 하고 있는 어둠을 꺼내는 것에 대해 적혀 있어서, 이건 이미 알고 있다는 생각이 드는 부분이지만.

앞으로 더 읽어 나가면 지금까지 없었던 새로운 마법도 나올까.

그건 과연 좋은 마법일까. 아니면…….

처음 어둠의 마법을 만들어낸 마법사는 '사람의 마음을 치유하기 위해서' 마법을 만들었다. 하지만 그런 마음과는 반대로 어둠의 마법은 무시무시한 마법이 되었고 금지되었다.

이 『계약의 서』가 최초의 마법사가 만든 것이라면 좋은 마법일 것 같지만, 이 『계약의 서』를 건네준 검은 구체는 '어둠으로 세상을 뒤덮을 수 있다' 같은 나쁜 말을 했으니, 그 사람이 아니라 금지된 것을 몰래 연구한 나쁜 놈인 듯했다.

이 『계약의 서』 자체에서도 어쩐지 꺼림칙한 느낌이 드니까.

그런 생각을 하고 있을 때였다. 누군가가 문을 노크했다.

가끔 『계약의 서』에 흥미진진한 기색인 라나가 찾아오거나 하니까 또 그런 건가 싶어서 "네" 하고 대답했다.

"실례하지."

딱딱한 목소리가 들리더니 사이러스가 들어왔다.

어라, 아까 막 헤어졌는데 무슨 일이지.

"두 사람 다 『계약의 서』 해독 중에 미안하지만, 들어줬으면 하는 얘기가 있어."

사이러스가 진지한 얼굴로 입을 열었다. 하루 씨에 관한 일인가 싶어서 그리 심각하게 생각하지 않고 있었는데 그가 놀라운 이야기를 했다.

"사실 나의 본가 영지 부근에서 동물들이 많이 마을로 내려와 논밭에 피해가 발생하고 있다는 보고가 있었어."

"동물들이 많이 마을로 내려와서 논밭에 피해가……. 앗, 그거 저희가 마법성에 들어온 뒤에 시험 보는 곳에서 일어났던 사건과 똑같나요?"

내가 기억을 떠올리고 물어보자 사이러스가 "그래" 하며 크게 고개를 끄덕였다.

"원래라면 이런 안건은 누군가 여유가 있는 사람이 가서 처리할 일이고 마력 · 마법 연구실까지 이야기가 오는 경우는 없는데, 이번 일이 그때 너희가 조우했던 사건과 무척 유사해서 여기까지 이야기가 올라왔어."

마법성에 들어온 뒤에 어디로 배정할지 결정하는 시험을 칠 때 우리는 간단한 의뢰라고 해서 시골에서 '동물이 논밭을 망치고 있어서 곤란하다'라는 의뢰 쪽으로 갔다.

원래는 신인이라도 간단히 정리할 수 있을 거라고 생각했던 그 사건은 놀랍게도 동굴에서 어둠의 사역마로 짐작되는 드래곤과 싸우는 사건으로 발전해버렸다.

"그리고 너희가 조우한 것과 같은 사태였을 경우에는 몹시 위험하니까 바로 현장에 가주길 바란다고 상부에서 너희들에게 요청이 들어왔어."

사이러스는 그렇게 말하고는 눈썹을 내리며 말을 이었다.

"솔직히 그렇게 위험할지도 모르는 장소에 너희를 가게 하는 건 괴롭지만, 만약 정말로 어둠의 사역마가 출몰했을 경우에는 너희가 없으면 대처하지 못하는 게 지금 상황이야. 미안해."

그렇게 말한 사이러스가 고개를 숙였다.

저번에 어둠의 사역마인 드래곤을 쓰러뜨린 건 거대화된 포치이고, 어둠의 마법에 대항할 수 있는 마법은 빛의 마법뿐이라고 일컬어진다. 그렇다면 위험하다 해도 나와 마리아가 호출을 받는 건 어쩔 수 없는 일이다.

"사이러스 님, 고개를 드세요. 그 주변 사정은 저희도 잘 알고 있으니까요."

내가 그렇게 말하자 마리아도 "그래요" 하고 고개를 끄덕였다.

그런 우리의 말을 듣고 천천히 얼굴을 든 사이러스가 이쪽을 똑바로 바라보았다.

"물론 나도 동행해서 혹시라도 너희들이 다치지 않게 전력으로 지키겠어."

보기 드물게 공략 대상처럼 멋진 대사를 말했다.

이거, 내가 주인공이라면 두근두근할지도 모른다. 슬쩍 옆에 있는 마리아를 쳐다보았다.

심각한 얼굴을 하고는 있지만, 두근거리는 기색은 보이지 않았다. 응, 역시 앞으로도 갈 길이 멀겠구나.

그러고 나서 상층부의 지시로 내일 아침에는 사이러스의 본가가 있는 영지로 향하기로 했으니, 준비할 것도 있고 할 테니까 오늘 근무는 여기까지 해도 된다고 해서, 우리는 일찍 집으로 돌아가게 되었다.

데리러 온 마차를 기다리는 시간 동안 마리아가 같이 있어 주었다.

마리아도 준비할 게 있을 테니 사양했지만, 그렇게 대단하게 준비할 것도 없다며 곁에 남았다.

우리는 나란히 문 근처에 있는 벤치에 앉았다.

"마리아는 얼마 전에 그렇게 위험한 일을 당했는데, 또 위험할지도 모르는 곳에 가는 게 무섭지 않아?"

내가 물었다.

"그러네요, 전혀 무섭지 않다고 하면 거짓말이지만, 카타리나 님도 같이 가니까 기분이 달라요."

마리아는 그렇게 말해 주었다.

의지해주는 것 같아서 무척 기쁘기는 하지만.

"으~음, 포치가 있긴 하지만 나 자신이 그렇게 강한 건 아닌데 마리아를 잘 지킬 수 있을까."

혹시나 위험할 때를 대비해서 뭔가 더 무기 같은 걸 가져가는 편이 좋을까. 그런 생각을 했지만, 마리아는 손을 옆으로 휘휘 내저으면서,

"아니에요. 카타리나 님에게 지켜날라는 생각은 하지 않아요. 오히려 항상 도와주시니까 제가 카타리나 님을 지킬 거예요."

그런 말을 해주는 게 아닌가.

"마리아."

"저는 카타리나 님과 함께라면 엄청 용기를 가질 수 있어요. 카타리나 님이 곁에 있어 주시는 것만으로도 강해질 수 있어요. 그러니까 다음에야말로 제가 카타리나 님을 지키게 해주세요."

이런 미녀가 반짝반짝 빛나는 눈으로 이런 말을 해주는데 마음이 어질어질하지 않은 사람이 있을까. 아니, 없을 것이다. 나는 예외가 아니라서 마리아에게 어질어질했다.

"고마워, 마리아. 하지만 나도 마리아를 지킬 테니까."

"카타리나 님."

우리는 손과 손을 맞잡고 서로 마주 보았다. 만화였다면 분명 배경에 반짝반짝 빛나는 효과가 날아다닐 것이다. 그때였다.

"아~ 두 분 신나게 얘기하시는데 찬물을 끼얹어서 미안합니다만, 사이러스 님과 저, 그리고 로라 선배와 라파엘 부부서장도 경호하러 따라가게 되었으니 두 분은 그렇게 의욕적으로 단둘이 위험에 맞서지 않으셔도 괜찮습니다."

소라가 어이가 없다는 얼굴을 하며 말을 걸었다.

"앗, 소라와 로라 선배, 라파엘도 같이 가는 거야?"

사이러스는 자기가 간다고는 말했지만 다른 멤버에 대해서는 말하지 않았다. 그래서 나와 마리아, 사이러스까지 함께 가는 건가 정도로 생각했다.

"그야, 얼마 전에 위험한 일을 당한 아가씨들에게 경호를 붙이지 않을 리가 없잖아요. 그래서 마법성에서 제일가는 무투파이자 저번에도 동행했던 로라 선배, 약간은 어둠의 마력을 지니고 있는 나, 그리고 어둠의 마법에 관한 지식이 있고 마력도 강한 라파엘 부부서장이 선택된 거예요."

어둠의 마법은 감춰야 하는 데다 너무 많은 사람한테 알려지면 위험하다는 이유로 원래 알고 있던 사람들 중에서 강해 보이는 사람을 전부 모은 느낌인 걸까? 하지만 그렇다면.

"멤버 중에 라나 님은 없어?"

어둠의 마법에 관해 알면서 마력도 강하다는 조건이라면 멤버에 들어와도 될 것 같은데.

오히려 지난번 드래곤 때는 '나도 보고 싶었는데'라며 소란을 피웠을 정도니까, 이번 이야기를 들으면 직접 입후보할 듯한데.

"아, 라나 님은 가장 먼저 입후보한 모양인데, 관심이 있는 마법을 발견하면 흥분해서 자아를 잃는 모습이 경호에는 어울리지 않는다면서 기각됐다고 하더라고요. 그렇다면 라파엘 부부서장 쪽이 더 적합하다는 얘기로 진행된 모양입니다."

소라의 대답을 듣자 어둠의 마법에 눈을 반짝이던 라나의 모습이 머릿속에 떠올랐다. 확실히 그 사람의 그 느낌은 경호에는 적합하지 않을 것이다. 상부도 의외로 잘 알고 있구나.

"그렇게 됐으니, 경호는 확실하게 할 테니까 두 분은 절대로 무리는 하지 마세요."

소라가 오빠 같은 얼굴로 그렇게 타이르면 나도 마리아도 고개를 끄덕일 수밖에 없다.

""네.""

그러고 나서 소라는 계속해서 절대로 단독행동은 하면 안 된다는 둥 주의 사항을 읊기 시작했다. 라파엘이 미리 말해놓으라고 했다는 모양이다.

아무래도 소라가 오빠 같다(원래 연상이기는 하지만)고 생각했더니, 진짜 오빠가 뒤에 있었나 보다. 라파엘은 정말로 모두에 대해 잘 알고 있으니까.

그렇게 주의 사항을 듣고 있을 때 마차가 데리러 왔다.

"그럼 내일 봐."

나는 그렇게 말하며 마리아와 소라와 헤어져서 집으로 돌아갔다.

저택에 도착한 뒤에는 내일부터 일 때문에 멀리 간다고 이야기했다. 다만, 걱정을 끼치면 미안하니까 어둠의 마법이 관련되어 있을지도 모른다는 부분은 숨겼다.

앤의 도움을 받으며 여행 준비를 했다. 마법성에 들어온 이후로 임무 때문에 멀리 나가는 것도 벌써 세 번째라서 짐을 꾸리는 것에도 나름대로 익숙해졌다.

이러니저러니 해도 멀리 나갈 때는 항상 마리아도 같이 가서 든든하다고, 사건 이후 얼마 지나지 않아서 멀리 출장 가는 걸 걱정하는 앤에게 설명했다.

그리고 일터에서 돌아온 키스에게도 똑같이 이야기하자, "얼마 전에 사건에 휩쓸렸는데 또 멀리 가다니"라며 역시나 앤과 마찬가지로 엄청나게 걱정해서 든든한 경호원이 잘 지켜줄 거라고 설명했다.

경호원의 면면을 듣고 나서 키스도 조금 안심한 것 같았지만, "절대 단독으로 행동하지 않을 것"이라며 집에 돌아올 때 소라에게 들었던 것과 똑같은 주의를 주었다.

역시 다들 나에 대한 인식은 대체로 똑같은 모양이다. 참고로 어머니도 평소처럼 "이상한 짓은 하지 말도록"이라고 말씀하셨다.

그리고 마지막으로 딸을 사랑하는 아버지에게 보고하러 갔더니, 이미 마법성에서 직접 이야기를 들었다는지 전부 다 알고 있었다.

"카타리나가 없으면 도저히 해결할 수 없다면서 위험이 있을지도 모르지만 반드시 무사히 돌려드린다고, 마법성은 물론이거니와 왕가의 말까지 덧붙여서 왔던데."

아버지는 평소와 똑같은 말투로 말했지만 어쩐지 눈이 번뜩이며 약간 화를 내는 것 같았다.

"저, 그, 아버지?"

"……왕가까지 끌어들여서 거절하지 못하게 하면서까지 공작 영애를 위험한 곳에 불쑥 데려가다니, 정말로 마법성은 어떻게 되어 있는 거지? 무능한 놈들의 집합체인가."

음, 목소리가 너무 낮아서 잘 안 들렸다. 혼잣말인가?

"아버지."

"아, 카타리나. 미안하구나, 잠깐 이것저것 쌓였던 게 저도 모르게 튀어나왔나 보다."

"아, 아버지는 항상 바쁘시니까요. 피로가 쌓일 만도 하죠."

"그렇지. 카타리나는 정말 솔직하고 귀엽다니까. ……음, 임무에는 우리 경호원도 딸려 보내야지."

여전히 딸을 사랑하는 아버지다. 다만, 후반부 말은 또 안 들렸다. 이것도 혼잣말인가? 아버지는 상당히 피로가 쌓여 있는 건지도 모른다.

"아버지도 피곤하신 것 같고, 저도 아직 준비가 남아 있어서 이만 실례하겠습니다."

바쁜 아버지를 이 이상 붙잡아두면 안 된다는 생각에 나는 그렇게 말했다.

"카타리나, 정말 조심해야 한다."

아버지가 심각한 표정으로 말씀하셔서 나는 등을 쭉 펴고 대답했다.

"네."

이렇게 가족들에게 한마디씩 듣고 준비를 끝낸 뒤, 나는 내일을 위해 일찌감치 잠자리에 들었다.

◆◆◆

"하루, 너라는 녀석은 왜 그렇게 잘 생각하지도 않고 곧바로 돌진

하는 거야!"

오빠인 료가 눈을 치뜨며 말했다. 나는 어깨를 축 늘어뜨렸다.

"네, 죄송합니다."

그야말로 맞는 말이라 솔직히 사과했다.

"내가 연락을 취해서 제대로 만날 날을 준비할 테니까 그때까지 기다리고 있으라고 그렇게나 말했는데, 어제 알겠다고 대답한 건 대체 뭐였어?"

"……."

대꾸할 말이 없어서 나는 입을 다물었다.

나는 어제 소르시에의 건국 기념 파티에 참가했다.

요 몇 년 동안 소르시에의 큰 파티에는 대부분 참가했다. 그건 만나고 싶은 사람이 있었기 때문이다.

지금 숙소를 빌려서 묵고 있는 소르시에 왕국의 이웃에 위치한 샬마라는 나라는 내가 태어나서 자란 곳이다.

그곳의 변경 쪽 영지를 맡은 가문에서 넷째 아이로 태어난 나는 어렸을 때부터 셋째인 오빠의 뒤를 뛰어서 따라다녔다.

겨우 태어난 외동딸에게 어머니는 여자 옷을 입히며 꾸미고 싶어 했는데, 오빠들을 따라갈 때 여자 옷은 움직이기 어려워서 항상 남자 옷을 입고 놀았다.

특히 제일 나이가 가까운 오빠인 료에게는 딱 붙어 다녔고, 같이 검술 훈련 같은 것도 해서 상당히 많은 사람들이 남자애라고 인식하고 있었던 모양이다.

그랬던 시절에 나는 오빠인 료와 함께 옆 영지인 이웃 나라 소르시에로 가는 아버지와 동행했다.

그때 우리는 검과 무술에 푹 빠져 있었기에 그런 것이 활발한 영지로 견학할 겸 데려가준 모양이지만, 그곳에서 나는 사이러스와 만났다.

오빠인 료와는 그리 나이 차가 나지 않는 사이러스는 그 무렵 우리와 마찬가지로 검과 무술에 푹 빠져 있어서 금방 친해졌다. 같이 들판을 뛰어다니고 훈련장에서 검과 무술을 배웠다.

우리 남매와 사이러스는 무척 가까워졌고, 그 뒤로도 우리는 아버지가 볼일을 볼 때 자주 사이러스에게 놀러 가게 되었다. 그 사이 사이러스는 점점 더 강해졌다.

그야말로 자기보다 몇 배나 몸집이 큰 어른까지 쓰러뜨릴 정도로 강해진 것이다.

사이러스의 강한 모습을 보고 나는 진심으로 멋있다고 생각했다. 그리고 그때까지 느껴본 적도 없는 두근거림을 경험했다.

하지만 그때까지 오빠들이나 비슷한 남자애들과만 놀았던 나는 그 마음이 무엇인지 모르는 채로 시간을 보냈다.

이윽고 사이러스는 15살이 되었고, 소르시에에서 마력을 지닌 자는 반드시 다녀야 한다는 마법 학교에 입학하게 되었다.

마법 학교는 2년제이고 전교생 기숙사제라서 영지에서 떠나는 사이러스를 배웅하고, 나도 검과 무술 이외에도 눈을 돌려야겠다는 생각이 살짝 들어서 평소에 어머니가 말씀하셨던 여자와의 교류라는 것에도 참가하기로 했다.

다만, 그때까지 숙녀로서의 매너도 제대로 배우지 않아서(도망쳐 다녔다), 그때부터 시작해 어찌어찌 어머니와 교사에게 합격을 받을 때까지 일 년 가까이 걸렸다.

그리하여 겨우 여자들과의 교류 모임에 참가하게 되자, 내가 사이러스에게 느꼈던 마음이 아무래도 사랑이라는 것을 알았다.

그렇구나. 나는 누구보다 멋있는 사이러스를 좋아했던 거구나. 그걸 깨닫자 도저히 기분이 가라앉지 않았지만, 그래도 이번에는 사이러스가 돌아오면 어떻게 다가갈지 생각하는 게 즐거워졌다.

숙녀 교육을 진지하게 받아서 어찌어찌 여성스러워졌다고는 생각한다. 어쩌면 사이러스는 나를 여자라고 인식하지 않았을 가능성도 있지만, 이렇게 제대로 된 숙녀로 바뀐 모습을 보면 조금은 가망성이 있을지도 모른다.

그런 생각을 하면서 사이러스가 돌아오기를 기다렸는데, 예상하지 못한 일이 벌어졌다. 사이러스는 마법 학교를 졸업해도 영지에는 돌아오지 않고 마법성이라는 곳에 취직해 버렸다는 것이었다.

나는 엄청난 충격을 받았다. 이제 기다리지 말고 마법성이라는 곳에 쳐들어가고 싶은 충동을 느꼈다.

하지만 상대는 나를 여자라고도 인식하지 못했을 가능성이 있다. 심지어 마법 학교에 들어간 뒤로는 소원해진 상태다. 아무리 나라도 갑자기 만나러 가는 건 무리라는 것 정도는 알 수 있었다.

그래도 드문드문 편지를 주고받고 있던 오빠에게 물어보자, 줄곧 중앙에 있는 것은 아니고 이곳에 부임하는 경우도 있는 모양이라는 말을 들었다. 어쩌면 희망해서 이쪽에 오는 일도 있을지 모른다고 잠시 기다려 봤지만…… 전혀 그럴 기미가 보이지 않는 채 몇 년이 흘렀다.

참다못한 나는 적극적으로 소르시에에서 열리는 큰 파티에 참가해 보기로 했다. 그곳에 가면 어쩌면 사이러스와 만날 수 있을지도 모르니까.

그리고 "저를 기억하시나요"라고 묻고 나서 숙녀답게 바뀐 이 모습을 보여주는 것이다! 그렇게 생각하며 파티를 돌아다녔지만, 전혀 만날 수 없었다. 샅샅이 찾아봐도 그 모습조차 발견할 수가 없었다.

어쩐지 다양한 남성이 말을 걸어와서 질려버렸지만, 그래도 그렇게 만나지 않으면 시작도 안 된다고 생각하며 몇 년 동안 파티를 돌아다니다가 겨우 어제 열린 파티에서 사이러스와 재회할 수 있었다.

다만, 몇 년이나 쌓아온 마음이 이제야 겨우 만났다는 기쁨으로 폭발해버리는 바람에 갑자기 고백하고 아내로 삼아달라는 말까지 해버렸고, 오빠인 료는 어이가 없다면서 나를 그대로 숙소로 강제 연행했다.

숙소에 도착하자 머리가 약간 냉정해져서 아무리 그래도 지나쳤다고 반성했다. 오빠인 료가 '내가 사이러스와 연락을 취해서 제대로 면회할 날을 만들 테니까 그때까지는 얌전히 있어'라고 충고했을 때도 순순히 고개를 끄덕일 수 있었다.

그렇다. 어제는 확실히 그걸로 납득했다. 하지만 아침에 눈을 뜨자 또다시 사이러스와 재회했다는 기쁨이 넘쳐흘렀고, 사이러스가 이름을 불러주며 다시 인식해줬다는 기쁨에 몸이 제멋대로 움직였다. 정신을 차렸을 때는 도시락을 만들어서 사이러스의 직장까지 쳐들어간 뒤였다. 어제 오빠가 했던 말 같은 건 머릿속 저편으로 날아가버렸다.

그렇게 머릿속이 꽃밭이 상태로 엄청난 행동을 저지른 나지만,

어제 만난 카타리나 씨라는 분 덕분에 어찌어찌 즐거운 시간을 보낼 수 있었다.

사이러스와는 거의 대화를 나눌 수 없었지만, 카타리나 씨와 샬마의 음식에 관해 많이 이야기를 나눌 수 있어서 즐거웠고, 사이러스나 동료분들도 샬마의 밥이 맛있다며 먹어줘서 기뻤다. 기분이 좋아서 집에 돌아왔더니 오빠한테는 이미 들킨 뒤였다. 사용인이 보고한 모양이었다.

그리고 오빠는 팔짝팔짝 뛰며 설교를 했다.

그래도 오빠의 말은 그야말로 맞는 말이기 때문에 가만히 듣고 있었는데, 도중부터 오늘의 사이러스도 멋있었다는 게 생각나서 저도 모르게 히죽거렸고 그 때문에 오빠의 화를 더욱 부추기게 되었다.

그렇다면 조금은 자숙해야만 한다. 그렇게 생각하면서도 사이러스와 또 만나고 싶다는 마음을 막을 수는 없었다.

제3장

사이러스가 태어나서 자란 영지로

사이러스의 본가인 변경 영지로 향하는 오늘은 날씨도 좋아서 이동하기 딱 좋았다.

원래라면 마차를 한껏 달려도 나흘은 걸릴 정도의 거리라고 하는데, 이번에는 급한 일이라서 마법성이 무척 특별한 말을 빌려줬다고 한다.

약속 장소에 도착해서 마차를 본 나는 어쩐지 말이 평소보다 근육질인 것같다고 느꼈다.

"이 말은 어쩐지 불끈불끈하지 않나요."

"이 말은 대륙 일부에만 존재하는 무척 귀중한 종류인데, 우리가 평소에 쓰는 말보다 세 배는 힘이 강하고 발도 빠르고 체력도 있는 말이라고 하더군요. 이 나라에서는 왕족과 마법성만 소유하고 있는데, 서두를 때 쓰고 있는 것이라고 합니다."

내 질문에 라파엘이 그렇게 가르쳐주었다. 이 말들이라면 사이러스의 고향에도 절반의 시간 만에 도착할 수 있다고 한다.

"대단하네."

"최악의 경우에 예의 그 적들에게서 재빨리 도망칠 수 있게끔 배려한 것도 있다고 합니다."

라파엘이 덧붙여 가르쳐줬다. 높으신 분들도 이것저것 생각해 주시는구나.

"하지만 그렇게 힘이 센 마차인데 마차는 두 대네."

"네. 아무리 그래도 어른 여섯 명이 탈 수 있는 마차를 긴 시간 동안 끌면 피로도가 심할 테니까요. 두 대로 나눈 만큼 말은 늘어나지만, 애초에 큰 마차를 타서 속도가 떨어지면 본말전도죠. 그래서 많이 빌려준 모양입니다."

라파엘이 쓴웃음을 지으며 말했다.

"높으신 분들은 통이 크시네요."

"이번 일은 마리아 씨 사건이 있고 나서 얼마 지나지 않기도 했으니 이런저런 곳에서 민원이 들어온 모양이라 더 신경을 썼다고 합니다."

"그렇구나. 우리 집 사람들도 엄청 걱정했으니까."

"그렇지요."

라파엘은 동의한다는 듯 고개를 끄덕이더니 마차 쪽을 가리키며 말했다.

"마차도 평소에 쓰는 마차가 아니라 마법 도구 연구실이 만들어 낸 마법 도구가 사용된 특별한 마차랍니다."

"어라, 그렇구나! 겉보기에는 평범한 마차인데."

"아래쪽에 바람 마법이 부여된 도구가 붙어 있어서 보통 마차보다 상당히 가벼워져요."

"그건 대단하네."

이렇게 최강의 말과 훌륭한 마차를 쓰면 원래는 나흘 걸리는 여정이 하루 반 정도만 있으면 도착한다고 한다. 정말 마법성은 대단하다.

그러고 나서 마차는 세 사람씩 탄다고 하길래 나는 사이러스와 소라와 함께 마차에 올랐다.

"어라, 잠깐만. 왜 이런 조합이야. 아니, 딱히 상관은 없지만 사이러스 님, 그렇게나 마리아를 지킨다고 말해놓고 막상 다른 마차를 타나요? 보통?"

마차에 타자마자 쌓여 있던 마음을 단번에 내뱉은 나를 보고 사이러스는 슬픈 표정을 지었고 소라는 폭소했다.

아니, 하지만 사이러스가 대단했다고.

다들 집합했을 때 마리아 앞에 딱 서더니,

"너는 반드시 지킬 테니까."

라며 그야말로 공략 대상답게 멋진 내사를 내뱉었던 말이다.

나는 와아 하고 놀랐지만 그 말을 들은 당사자인 마리아는 둔감 속성이 발동해서 전혀 두근거리는 기색을 보이지 않았다.

"고맙습니다."

그렇게 그냥 평범한 대답을 했을 뿐이다.

하지만 나는 그런 사이러스를 보면서 이건 분명 같은 마차를 타고 옆에 앉아서 온갖 위험에서 지키겠구나, 하고 생각했다.

그런데 타고 갈 마차를 결정할 때가 되자, 어느 쪽 경호 대상(이번 경우에는 나와 마리아)과 같은 마차에 탈 것인가 물었을 때 사이러스는 곧바로 이렇게 대답했다.

"그럼 나는 카타리나 양과 똑같은 마차에."

그 말을 들은 모두가 황당한 눈빛을 했다. 그렇게 선언해 놓고서는 같은 마차에 안 타다니! 마음속으로 성대하게 구박해버렸다.

하지만 어쩐지 다들 사정을 눈치챈 듯, 마법성 최강인 로라 선배가 먼저 나섰다.

"그럼 나는 마리아와 같이 탈게."

사이러스에게 뭐라 형언할 수 없는 시선을 보내며 그렇게 말해주었다. 사이러스는 시선을 돌리고 있었다.

그리고 로라 선배 다음으로 마력이 높은 라파엘은 나보다 스스로를 방어할 수단이 없는 마리아 쪽을 경호하는 편이 좋다는 말이 나와서 그쪽에 타기로 했다. 나에게는 포치가 있어서 스스로 경호할 수 있으니까.

그리고 남은 소라가 나와 사이러스와 같은 마차에 타게 되었다. 왠지 모르지만 내가 게임 II의 공략 대상 두 사람과 같은 마차를 타게 된 것이다.

그런 전개가 있었기 때문에 마차에 타자마자 사이러스에게 생각하고 있던 걸 전부 내던졌다. 하지만 사이러스는 슬픈 얼굴을 하며 작게 대답했다.

"……아직 같은 마차를 타는 건 무리야."

벌써 반년 가까이 함께 지내고 있는데 아직도 마차가 무리라니. 그러면 언제쯤 OK가 되는 건데.

그렇게 말하고 싶었지만, 사이러스의 얼굴이 너무나도 슬퍼 보여서 말할 수 없었다. 소라도 이번에는 어떻게든 웃지 않고 입술 끝을 바들바들 떠는 정도로 참았다.

그렇게 우리는 이동하기 시작했다.

처음에는 사이러스 때문에 마차 안이 어쩐지 애달픈 분위기였지만, 말이 달리기 시작하자 그 스피드 덕분에 감동해서 "오오!" 하며 신이 났다.

정말로 상상했던 것보다 훨씬 더 빨랐고, 심지어 마차 쪽도 평소보다 흔들림이 적어서 타기 좋았다.

아무리 생각해도 평소보다 스피드가 빠른 게 신기하다. 바람 마법 덕분일까.

귀중한 말이 우리가 탄 마차를 끌며 앞으로 계속 나아갔다. 평소보다 엄청난 스피드로 지나가는 풍경을 보고 있는 것만으로도 즐거웠다.

"이렇게 대단한 스피드로 달리는 말이 있다니, 세상에는 아직 모르는 게 많이 있구나."

창밖으로 흘러가는 풍경을 바라보며 감상에 젖어 말했다.

"그러네요. 생각했던 것보다 훨씬 세계는 넓은 것 같아요."

소라가 동의했다. 사이러스가 있어서 평소와 달리 존댓말이었지만, 반짝반짝 빛나는 눈을 보면 진심이라는 걸 알 수 있었다. 그런 나를 보고 사이러스가 말했다.

"그렇지. 나도 시골에서 왕도에 막 나왔을 무렵에는 그런 생각을 항상 했어."

사이러스의 본가는 소르시에의 가장 끝 외곽에 있는데, 변경백으로서 영지를 다스리고 있다고 했다.

다만 사이러스의 말에 따르면 직함은 훌륭하지만 그냥 시골이고, 사람보다 가축 수가 많은 곳이라고 한다.

오락거리도 없고 젊은이들은 다들 금방 도시로 나가버리기 때문에 나이 든 사람뿐이고 젊은 여성은 거의 없다. 그래서 사이러스는 젊은 여성을 능숙하게 대하지 못하게 되었다고 한다.

이런 정보는 모두 사이러스가 마법성 안에 만들어 놓은 비밀의 밭을 함께 경작할 때 들었다.

참고로 사이러스는 나에 관해서는 시골에서 같이 농작업을 하던 아줌마와 내가 아주 비슷하기 때문에 괜찮다고 한다. 그 부분은 기뻐해야 할지 적령기 여성으로서 슬퍼해야 할지, 미묘한 부분이다.

그렇게 소문으로만 듣던 사이러스의 본가로 향하는 것인데, 나에게는 남몰래 기대하는 게 있다.

만약 지금의 내 심경이 알려진다면 '어둠의 마법이 관련되어 있을지도 모르는 위험한 임무에서 기대하는 게 있다고 말할 때가 아니잖아'라며 걱정 많은 동생이 말할 것 같지만, 하지만 아무래도 기대가 되는 것이다. 사이러스의 본가가 있는 영지의 밥이.

사이러스의 본가는 바로 옆에 있는 일본풍 나라인 살미의 영향으로 일본 요리를 주식으로 먹는다고 한다. 사이러스와 관계가 돈독해진 이후에 그 사실을 알고 언젠가는 먹으러 가고 싶다고 생각하고 있었다.

그리고 어제 마침내 사이러스의 소꿉친구인 하루 씨(살마 출신) 덕분에 전생 이후 처음으로 일식을 탐닉할 수 있었다. 감개무량했다.

하지만 인간은 탐욕스러운 법이다. 한번 그리운 맛을 먹어버리자 또 먹고 싶다는 마음이 부글부글 끓어올랐다.

그런 마음은 품고 있었을 때 사이러스의 본가 쪽에 간다는 말을 들은 것이다. 일식을 또 먹을 수 있다는 생각에 가슴이 두근거렸다. 모두에게 들키지 않게끔 행동하고 있기는 하지만.

"그래서 어느 부근부터가 쌀 같은 것을 먹을 수 있는 지역인가요?"

나는 바깥쪽으로 슬쩍 눈을 돌리며 사이러스에 물어봤다.

“카타리나 양, 살마풍 요리가 기대되는 건 잘 알겠는데, 위험할지도 모르는 임무를 하러 가는 거니까 조금은 긴장하라고. 요리는 적합한 곳에 가면 제대로 먹게 해줄 테니까.”

내 말을 듣고 사이러스는 어이가 없다는 표정을 지으며 그렇게 대답했다.

“앗, 제가 살마풍 요리를 기대하고 있다는 걸 어떻게 아셨나요!”

나는 분명 잘 알아차리지 못하게끔 행동하고 있었을 텐데. 지금도 어느 부근부터 쌀을 먹을 수 있는지 잠깐 물어보는 식으로 가장했는데!

그런 내 모습을 보고 이번에는 사이러스가 아니라 소라가 어이가 없다는 듯 말했다.

“아니, 아까부터 줄곧 작은 목소리로 중얼중얼 살마의 음식 이름을 말하고 있었잖아요. 앗, 설마 자각이 없었어?”

네, 자각이 없었답니다. 아까 살마의 요리에 관해 생각하고 있을 때 입 밖으로 새어 나온 모양이다. 관심 없는 척하면서 물어본 게 되레 부끄러웠다.

어쩐지 뺨에 열이 오른 내 모습을 보고 소라가 또다시 즐겁게 웃었고 사이러스도 쿡쿡 웃었다.

그렇게 온화한(?) 시간이 흘러가고, 마차가 첫 번째 휴식 장소에 도착했다.

아무리 보통의 말보다는 체력이 있다고 해도 휴식 없이는 무리일 것이다.

작은 마을 외곽에 마차를 세우고 휴식하기로 했는데, 그때 엄청난 사실이 발각되었다.

"왜 네가 이런 곳에 있는 거야!"

평소에는 냉정한 사이러스가 깜짝 놀라서 절규하자 하루 씨가 어깨를 움찔 떨면서 눈썹을 내렸다.

그런 두 사람의 모습을 우리는 조금 떨어진 곳에서 바라보고 있었다.

시간은 얼마 전으로 거슬러 올라간다. 마을에 도착한 우리가 마차에서 내려 식사하러 가기로 했을 때, 마차의 마부가 마차 뒤에 사람이 타고 있었다고 보고하러 왔다. 타고 있었다는 사람을 데려왔는데, 놀랍게도 하루 씨였다.

그러고 나서 사이러스는 앞의 대사를 내뱉었다. 하루 씨는 눈썹을 내린 채로 아무 말도 하지 않았다.

곤란한 표정을 지은 채 굳어 있는 하루 씨를 고려한 마리아가 물었다.

"저, 뭔가 깊은 사정이 있는 게 아닌가요?"

그러자 하루 씨는 한층 더 눈썹을 내렸다.

"죄송합니다. 깊은 사정 같은 건 없어요. 사이러스를 한 번 더 보고 싶어서 몰래 마법성에 갔더니 그대로 마차를 타고 가버리길래 한번 보고 싶어서 그대로 마차에 뛰어들어서 탔고, 그랬더니 엄청나게 빨라서 내릴 수가 없었어요. 따뜻하고 흔들리는 느낌이 좋아서 점점 잠이 쏟아졌는데, 그대로 잠이 들어 버렸다가 지금에 이르렀습니다."

그 발언을 들은 나를 포함한 모두가 눈을 동그랗게 떴다. 한 번

보고 싶어서 마차에 뛰어들었다니 그런 일이 가능한가! 심지어 그대로 내릴 수 없으니까 잠이 들어버렸다니, 정말로 담대한 사람이다. 겉보기에는 섬세한 요조숙녀인데.

"엄청난 사정 같은 게 없어서 다행이에요."

다정한 마리아가 한발 빨리 분위기를 전환해서 그렇게 대답했지만, 하루 씨는 면목 없는 얼굴 그대로 고개를 숙였다.

아무리 봐도 역시나 요조숙녀 같은 분위기와 마차에 뛰어올라 그대로 잠드는 것 사이의 갭이 너무나도 나를 콕콕 찔러서, 나는 견디지 못하고 폭소를 터뜨렸다. 미안, 하루 씨.

"여기까지 데려와 버렸으니 어쩔 수 없어. 운이 좋게도 그녀는 우리 영지 바로 옆 영지에 사는 집안 딸이야. 이대로 영지까지 같이 가서 그대로 자기 영지로 돌아가라고 해야겠어. 그녀의 오빠에게도 편지를 써두고."

마지막으로 사이러스가 그렇게 모든 것을 정리했고, 하루 씨는 우리와 함께 사이러스의 본가가 있는 영지까지 가기로 했다.

그런 경위로 함께하게 된 하루 씨는 원래 붙임성이 좋고 사람을 잘 따르는 느낌이라 모두와도 금세 친해졌다.

이쪽도 기본적으로는 붙임성이 좋은 사람들이니까. 그래도 저런 비주얼인 로라 선배한테까지 금방 적응하는 건 놀라웠다.

작은 마을에서 간단히 식사와 휴식을 가졌고, 하루 씨가 자기소개를 했다.

"사이러스의 소꿉친구이자 살마 변경백의 딸인 하루 카부라기라고 합니다. 다시 한 번 잘 부탁드립니다."

참고로 마차에 탔을 때 부근의 발언으로 말미암아 어제의 고백

현장에 있었던 나와 마리아, 사이러스 외에 다른 사람들도 하루 씨가 사이러스에게 마음이 있다는 것을 알게 되었다.

그렇게 가벼운 식사(아직 소르시에의 양식)와 말의 휴식이 끝나자 다시 마차로 목적지를 향해 달리기 시작했다.

하루 씨가 탄 건 우리 쪽 마차였다. 원래 이쪽 마차 뒤에 타고 있었기도 하고, 무엇보다 사이러스의 소꿉친구니까.

그런데 나와 소라는 전혀 문제가 없었지만, 당사자인 사이러스는 약간 긴장한 기색이었다. 하루 씨는 소꿉친구이지만 그 당시의 사이러스는 하루 씨를 남자애라고 생각했는데, 지금 그녀는 무척 아름다운 미녀의 모습이다. 그런 여성과 좁은 공간에 같이 있다는 게 아무래도 긴장되는 것 같았다. 그래도 마리아를 앞에 두고 있을 때만큼 딱딱해지지는 않았지만.

그렇게 살짝 긴장 상태인 사이러스를 위해서라도 나는 하루 씨에게 밝은 화제를 건네며 말을 돌렸다. 주로 밥 이야기였다.

"저기, 하루 씨, 살마의 식사에 대해서 좀 물어보고 싶은데 괜찮을까요?"

"좋아요. 그렇다면 저도 소르시에의 식사에 관해 물어보고 싶은데 괜찮을까요?"

"물론 좋지요. 추천 요리부터 가게까지 뭐든 맡겨주세요."

"카타리나 씨는 믿음직스럽군요."

이런 느낌으로 서로 추천하는 요리나 가게에 관해 뜨겁게 대화를 나누었다.

참고로 나와 하루 씨의 식사 담론에 가끔 들어오는 소라와는 달리 사이러스는 시종일관 말이 없었다.

그렇게 신나게 이동하는 사이에 어느새 해가 지고 오늘 숙박할 장소에 마차가 도착했다.

오늘 묵을 숙소는 그리 크지 않은 마을에서 가장 비싸 보이는 곳이었다.

시기적인 문제인지 그렇게나 혼잡하지는 않아서, 여자 셋과 남자 셋, 그리고 로라 선배까지 모두 다 납득할 수 있는 만큼 방을 잡을 수 있었다.

로라 선배가 혼자 묵는 이유는,

"큰 방이면 메이크업을 지운 모습을 들킬지도 모르잖아."

이런 사정 때문이었다.

"하지만 전에 시험 칠 때는 큰 방 아니었나요."

"그때도 사실은 독방이 좋았는데 잡을 수가 없었거든. 칸막이를 세우거나 눈을 가리는 등 엄청 힘들었어."

그 정도로 맨얼굴을 드러내지 않는 로라 선배라니, 소녀다. 철저하다.

늦은 시간에 도착했기 때문에 가벼운 음식(소르시에의 양식)을 얼른 먹고 나서 각자 방에서 쉬기로 했다.

나는 마리아와 하루 씨와 함께 준비된 방으로 들어갔다.

"저, 뭔가 필요한 게 있으면 말씀해주세요. 빌려줄 수 있는 것이라면 빌려드릴 테니."

방에 들어오자, 마리아가 하루 씨에게 말했다.

그제야 하루 씨는 거의 몸 하나로 여기까지 와버렸다는 사실을 겨우 깨달았다. 충동적으로 마차에 뛰어올랐으니 당연히 여행 준비 같은 걸 했을 리가 없다. 그래서 마리아가 그렇게 말한 것이다.

마리아는 정말로 배려심이 많고 눈치도 빠르다.

"저도 이것저것 예비로 가져온 옷 같은 것도 있는데 필요하시면 쓰실래요?"

내 경우에는 앤이 '혹시나 음식이나 진흙으로 더러워질지도 모르니까'라며 옷을 많이 넣어 줘서 예비용이 많이 있다. 하지만 하루 씨는 웃는 얼굴로 말했다.

"배려해주셔서 감사합니다. 하지만 저는 어렸을 때부터 오라버니들과 들판을 뛰어다니다가 오두막 지푸라기 위에서 그대로 잠들 때도 있었을 만큼 그런 부분은 그다지 신경 쓰지 않으니까 괜찮습니다."

아무리 그래도 나는 오두막에서 그대로 자본 적은 없었다(엄청 즐거워 보여서 해보고 싶지만). 하루 씨는 역시 대단한 여성이다.

"오빠가 몇 분이나 있나요?"

마리아가 물어보았다.

"네, 세 명 정도."

하루 씨가 대답했다.

"오오, 세 명이군요."

나는 저도 모르게 소리쳤다. 나도 전생에서 두 사람 정도 있었지만, 둘 다 거칠고 시끄러워서 힘들었다.

"네. 세 명이나 있어서 시끄럽고 항상 싸우기만 했어요."

하루 씨가 쓴웃음을 지으며 말했다. 전생에서 우리 집도 비슷한 느낌이었다는 생각에 그리워졌다.

"어제 같이 있던 오빠는 몇 번째 오빠였어요?"

내 질문에 하루 씨가 생글생글 웃으며 대답했다.

"셋째 오라버니예요. 나이가 제일 비슷해서 어렸을 때는 어딜 가나 같이 갔거든요. 지금도 가장 사이가 좋아요."

제일 나이가 비슷한 오빠라. 그것도 어렸을 때는 어디에 가든 같이 다녔다니. 전생에서의 나 같다.

전생의 오빠의 얼굴이 머릿속에 떠올랐다. 그 사고로 목숨을 잃지 않았다면, 우리도 하루 씨 남매처럼 어른이 되어도 사이좋게 지냈을까. 그런 생각을 하니 약간 애달픈 마음이 들었다.

전생의 기억을 떠올린 뒤로 느끼던 괴롭다거나 슬프다는 감정은 시간이 흐르면서 옅어졌고, 지금은 거의 느끼지 않는다고 생각했는데, 아직도 가끔 이렇게 가슴이 아프다. 언젠가는 이 아픔도 사라질 날이 올까.

"카타리나 님, 괜찮으세요?"

아무래도 잠깐 멍하게 있었던 모양이다. 마리아가 걱정스러운 얼굴로 이쪽을 바라보았다. 나는 웃는 얼굴로 고개를 저었다.

"괜찮아. 조금 멍해졌을 뿐이야. 그보다 하루 씨는 언제부터 사이러스 님을 좋아했어요?"

그렇게 말하면서 기분을 전환할 겸, 한편으로는 엄청나게 관심이 있었기도 해서 사랑 이야기로 화제를 돌리기로 했다.

"예?!"

갑자기 사랑 이야기를 꺼내자 하루 씨가 딱 굳어버렸다.

어라, 그렇게나 모든 사람들 앞에서 고백할 정도니까 괜찮은 이야기일 거라고 생각했는데, 물어보면 안 되는 거였나!

"저, 그, 말씀하고 싶지 않으시면 괜찮지만요."

나는 황급히 말했다.

"아뇨, 아뇨, 그렇지는 않아요."

하루 씨도 당황한 기색을 보이며 머뭇머뭇 말을 이었다.

"그게, 지금까지 그런 이야기는 가족 외에는 해본 적이 없어서요. 그래서 약간 당황한 것뿐이에요."

앗, 가족에게 사랑 이야기를 하는 건가! 그건 친구한테 하는 것보다도 허들이 높지 않나 하고 생각한 게 그대로 얼굴에 나타난 모양이다.

"우리 영지는 시골이라 젊은 사람이 적고 나이가 비슷한 친구도 없거든요."

하루 씨가 수줍은 표정으로 말했다.

아하, 사이러스가 있는 곳은 시골이라고 들었지만, 옆에 있는 하루 씨의 영지도 시골이구나. 그래서 젊은 사람이 적고, 얼마 안 되는 아이들끼리 교류하게 된 거네.

"그럼 싫지 않으시다면, 말씀해 주시면 기쁠 거예요."

내가 말했다. 무엇보다 나는 친구는 있지만 연애 얘기는 제대로 해 본 적이 없는 몸이기 때문이다.

내 친구들은 다들 엄청나게 미녀인 데다 착하지만 누구 하나 좋아하는 남성조차 없다. 연애에 관심이 없다. 전생에서는 여고생쯤 되면 온통 사랑 이야기뿐이었는데(다만, 나는 친구와 2차원을 쫓아다니는 데 필사적이었기 때문에 그렇지 않았지만).

그렇게 돼서 인생(전생과 이번 생)에서 처음으로 제대로 된 연애 이야기를 들을 수 있다는 생각에 조금 두근거렸다.

하루 씨가 머뭇거리며 입을 열었다.

"어렸을 때 있었던 일이에요. 오라버니인 료와 함께 방문한 소르시에에서 사이러스를 만났지요. 그 시절 저희는 모두 검술 훈련과 무술에 푹 빠져 있었기에 그걸 통해 친해졌어요."

"검술 훈련과 무술을 통해서 친해졌군요."

어쩐지 소년 만화 같은 만남이다. 약간 생각했던 것과는 다르다.

"네. 그렇게 서로 기술을 연마해 나갔죠. 사이러스는 만날 때마다 강해져 있었는데, 어느 날 큰 어른에게 완승을 거두었어요. 엄청 멋있었어요."

"그렇군요."

응, 그래, 연애 이야기 같아지기 시작했어.

"나도 사이러스처럼 강해지고 싶다고 생각했답니다."

"그렇군요……. 어라."

어라, 역시 소년 만화 같은 전개다. 언제 사랑 이야기가 되는 걸까? 걱정이 들기 시작했을 때였다.

"언젠가부터 사이러스를 보면 가슴이 두근두근 술렁이기 시작했습니다."

"오오(역시나 사랑 이야기가 되었다)!"

응, 그래. 이건 가슴이 두근거린다는 그거네.

"그래서 뭔가 병에 걸렸다고 생각했거든요."

"헤에!"

하루 씨의 이상한 발언을 듣고 저도 모르게 괴성을 질러 버렸다.

"그, 심장이 두근거린다는 건 가슴이 설렌다는 게 아니었나요?"

의아한 얼굴로 물어보자 하루 씨는 또 수줍은 표정을 지었다.

"지금은 그런 거라는 걸 알지만, 당시에는 몰랐거든요. 갑자기 가슴이 괴로워져서 가슴 관련 병에 걸린 건가 싶었어요."

정말 애석한 미녀로구나, 하루 씨는. 가슴이 두근거리는 걸 가슴에 병이 걸렸다고 착각하다니. 소녀 만화의 둔감한 히로인 같다.

헉, 그렇게 생각하면 이 방에는 둔감한 히로인이 한 사람 더 있다. 둔감한 히로인 쪽으로 슬쩍 눈을 돌리자, 고개를 끄덕끄덕하며 듣고 있었다.

어라, 이건 역시 하루 씨와 똑같은 느낌인 걸까. 이게 무슨 일인가. 이 방에는 지금 나 외에는 둔감한 히로인들뿐이다.

좋아, 내가 정신을 똑바로 차려야 한다. 둔감한 히로인만 있으면 연애 이야기는 진행되지 않는다.

"그, 언제가 되면 제대로 된 마음을 눈치채나요?"

정신을 차리고 하루 씨에게 물어보았다.

"부끄럽지만 사이러스가 마법 학교에 입학하기 위해 집을 떠나고, 그 후로 근처에 사는 여성들과 다과회를 시작한 뒤에야 겨우 깨달았어요."

하루 씨가 뺨을 살짝 붉히며 말했다.

"……상당히 시간이 걸렸군요. 아니, 그 시점에서 사이러스 님은 이제 이쪽에 없었던 거네요."

"맞아요. 이제 이곳에는 없지만, 그래도 학교는 2년이면 졸업한다고 들어서 돌아오기를 기다리고 있었지요. 하지만 그대로 마법성에 취직해버려서 거의 돌아오지 않는 상태가 되었고, 전혀 만날 수가 없게 되었답니다."

그러고 보니 본가가 마법성에서 너무 멀어서 좀처럼 돌아갈 수 없다는 말을 사이러스에게 들은 적이 있다.

마차를 타고 나흘이나 걸린다고 하고, 왕복하면 여드레나 걸리는 거리니까.

성실하고 근면한 사이러스가 그렇게나 긴 휴가를 받을 거라는 생각은 들지 않으므로, 돌아와도 영지에 있는 건 얼마 안 되는 시간이었을 뿐이라고 상상할 수 있었다.

같은 영지에서 지냈다면 잠깐 돌아왔을 때 만나러 올 수 있지만, 옆에 있는 영지라면 그렇게는 할 수 없었을 것이다.

"그렇게 몇 년이나 만날 수 없어서 저도 행동을 시작하려고 소르시에의 커다란 파티에 참가하기 시작했어요."

"어라, 소꿉친구니까 직접 만나러 가면 됐던 거 아닌가요."

"아뇨. 긴 세월 동안 만나지 않은 소꿉친구가 갑자기 직접 만나러 가는 건 이상한 것 같아서요."

"……그렇군요."

소녀의 마음은 복잡하구나.

"그래서 파티에서 우연히 사이러스와 재회할 수 있을 날을 꿈꾸며 몇 년 동안 그런 파티에 계속 참석했습니다만, 사이러스와는 전혀 만날 수 없었지요."

아아, 사이러스는 젊은 여성이 접근해 오는 게 싫어서 파티도 '일 때문에 바쁘다'라며 줄곧 피하고 있었다고 하니까.

"최근에는 이제 포기할까 싶었던 참이었는데, 어제 열린 파티에서 드디어 만날 수 있었지만…… 마음이 폭주해버려서 그런 형태로 고백하게 된 거예요."

하루 씨가 풀이 죽어서 붉어진 얼굴을 푹 숙였다.

앗, 본인도 폭주했다는 자각은 있구나. 그 고백은 엄청났으니까.

하지만 뭔가 생각했던 것보다 두근거림의 정도가 적은 사랑 이야기였던 것 같다.

사랑 이야기란 게 원래 이런 건가? 하지만 한 가지 확실하게 할 수 있는 말이 있다.

"하루 씨의 그런 정열적인 기세는 대단해요. 그 행동력은 훌륭하다고 생각한답니다."

나는 그렇게 칭찬했다.

"어머~ 그런가요."

하루 씨는 부끄러운 듯 머리를 긁적였다.

우연히 재회하려고 몇 년이나 파티에 참석하고, 겨우 만났다고 생각했더니 곧바로 고백했다. 그리고 다음 날에는 직장에 도시락을 들고 찾아오고, 그다음 날에는 떠나는 마차에 뛰어오르다니.

여기까지 가능한 여성은 좀처럼 없을 것이다. 훌륭한 정열, 그리고 기세가 있다.

'생각이 나면 너무 곧바로 행동으로 옮긴다'라는 평을 받아온 나라고 해도 과연 거기까지 가능할지 모르겠다. 정말 훌륭한 행동력이다.

그때 수줍어하던 하루 씨가 풀이 죽어서 자세를 바로잡고 우리를 마주 보며 물었다.

"그래서, 두 분은 사이러스가 어떤 여성이 취향인지 알고 계시나요? 파티에서는 약혼녀나 마음에 둔 사람은 없다고 들었지만, 남성에는 좋아하는 타입이라는 게 있다고 다과회에서 들었거든요. 확인해 두어야 한다는 생각이 들어서요."

나는 그 질문에 뭐라 대답해야 좋을지 난감했다.

사이러스의 취향. 이건 부드럽고 귀엽고 다정하고, 그와 동시에 머리도 좋고 일도 잘하고 과자를 잘 만드는 여성, 즉 '마리아 캠벨' 바로 그 사람인데……. 여기서 그 말을 할 수 있을 리가 없다. 아니, 사이러스도 그 파티 때 이름은 말하지 않더라도 '마음에 둔 사람은 있어'라고 솔직하게 인정해 두는 편이 좋았을 텐데.

'약혼녀도 없고 마음에 둔 사람도 없다면 나도 괜찮지 않을까'라는 상태가 되어버린 하루 씨는 절대로 나쁘지 않다. 오랫동안 좋아한 사람에게 마음에 둔 사람이 없다면 열심히 노력하고 싶어지는 건 사랑에 빠진 소녀의 입장에선 당연한 일이다.

아아, 이럴 때는 어떻게 하면 좋을까. 연애 경험이 더 많았다면, 여자로서의 능력이 높은 로라 선배가 이 방에 있었다면 등등 '만약 ~라면' 하는 쪽으로만 머리를 굴리며 말을 잇지 못하고 있는데, 둔감한 히로인인 마리아가 입을 열었다.

"사이러스 님의 여성 취향에 대해서는 들어본 적이 없네요. 마법성 부서의 선배분이 '어떤 사람이 취향일까' 하고 이야기를 했는데, 사이러스 님은 그런 이야기에 참여한 적이 없다고 하시던걸요."

아, 사이러스는 직장에서는 신경을 쓰고 있는 것 같으니까. 마리아를 대할 때도 다른 부하들과 다르지 않게 하려고 철저히 신경 쓰는 모양이니, 부서 선배의 견해는 그렇게 될 것이다.

약간 업무에서 벗어나면 빤히 보이지만, 현재로서는 부서 사람들에게 들키지 않은 모양이다.

"그런가요. 옛날에 오라버니가 '사이러스는 그런 이야기에는 넘어오지 않아'라고 했던 말을 들은 적이 있는데, 지금도 그렇군요."

하루 씨가 난감한 얼굴로 으~음 하고 신음하며 생각에 잠겼다.

파티에서의 모습을 보면 하루 씨의 오빠인 료 씨도 사이러스가 여성을 불편하게 여긴다는 걸 알고 있는 듯했다.

하지만 친구가 힘들어하는 것을 일부러 동생에게 말해주는 게 좋지 않다고 생각했는지, 하루 씨는 전혀 모르는 것 같았다.

마리아는 사이러스가 젊은 여성을 대하기 어려워한다는 건 알고 있으니까, 취향에 대해 들어본 적은 없고 이야기에 참여하지도 않는 것 같다고 얼버무린 건지도 모른다.

"그렇다면 직접 물어볼까요."

고개를 휙 든 하루 씨가 올곧은 눈으로 말했다.

이건 진심이다. 내일이라도 당장 쳐들어가서 정면으로 사이러스에게 물어볼 생각인 것이다. 그다지 똑똑하지 않은 나라도 알 수 있는 안건이다.

자칫하다간 마음에 두고 있는 마리아 앞에서 고백한 여성에게 자신이 어떤 타입을 좋아하는지 질문을 받는, 엄청나게 귀찮은 사태에 빠질 가능성이 크다. 그건 아무리 그래도 사이러스가 불쌍하다.

"저기, 하루 씨, 아무리 그래도 그건…… 고백한 여성에게 전혀 다른 취향을 말하기는 어려울 테니까, 사이러스 님도 그걸 배려해서 진심을 말씀하시지는 않을 것 같아요."

어찌어찌 그럴싸한 이유를 쥐어짜서 말려 보았다.

"앗, 그 말씀이 맞네요. 제가 또 생각 없이 움직일 뻔했어요."

하루 씨는 그렇게 말하더니 눈에 띄게 풀이 죽어버렸다.

일본풍 미녀가 슬프게 고개를 떨구는 모습은 어쩐지 엄청나게 불쌍해 보였다. 하지만 이것저것 알고 있는 이 상태에서 하루 씨의 사랑을 전력을 다해 응원하는 것도 꺼려진다.

"저, 아무리 그래도 정면으로 물어보는 건 무리지만, 어떻게 틈을 봐서 약간이라도 좋아하는 취향을 알아낼 수 없을지 한번 시도해 볼게요. 하루 씨는 멋진 여성이시고 사이러스 님도 무척 좋은 분이니까, 저는 두 분이 잘되게끔 협력할게요."

내가 고민하는 사이에 둔감한 히로인 마리아가 그런 말을 하고 말았다.

나와 마찬가지로 하루 씨가 축 처진 모습이 불쌍하다고 느꼈나 보다. 다정한 마리아다운 발언이다. 하지만 마리아, 사이러스는 너를 좋아한단 말이야.

좋아하니까 어떻게든 다가가고 싶어서 초등학교 남학생 이하인 연애 레벨에서도 노력하는 중이다. 그러니까 마리아가 하루 씨에게 협력하는 건 약간…….

"정말인가요! 감사합니다."

아아, 하루 씨가 엄청 보기 좋게 웃는다.

"네, 가능한 한 노력해 볼게요."

마리아도 보기 좋게 웃었다.

이리하여 마리아가 하루 씨의 사랑에 협력하는 것 같은 흐름이 되어버렸고, 이제 내가 어떻게 손 쓸 수 없게 되어버렸다.

사이러스, 정말 미안해. 내가 사랑 이야기를 바랐기 때문에 이런 결과가 된 것 같아. 나는 마음속으로 사이러스에게 깊이 사과했다.

"어떤 식으로 하면 취향을 알아낼 수 있을까요."

그때, 마리아가 이런 말을 꺼냈다.

"저기, 내일도 일찍 움직여야 하는 것 같으니 오늘은 그만 쉬지 않겠어요?"

당황한 나는 말을 가로막았다.

맨 처음 사랑 이야기를 꺼낸 주제에 갑자기 내일 아침은 이르다는 이유로 대화를 끊은 게 약간 부자연스러웠을까 염려했지만, 순수한 두 사람은 바로 동의해주었다.

“맞아요, 내일 아침도 이르죠”

“잘 쉬어야 하겠네요.”

그러면서 순순히 이불 안으로 들어가는 두 사람, 무척 착하다.

사랑의 라이벌? 아니, 삼각관계? 같은 입장이 되어버린 두 사람이지만, 가능하면 둘 다 행복해졌으면 좋겠다고 바라게 된다.

“안녕히 주무세요.”

나는 그렇게 말하고 나서 복잡한 심정을 끌어안고 잠이 들었다.

◆◆◆

“여어, 시리, 안녕.”

회색 눈동자의 남자가 말을 걸었지만, 나는 대답하지 않고 시선을 돌린 채 그대로 준비를 계속했다.

“어라, 매정하네. 요전에 위험에 처했을 때 구해줬는데.”

남자가 히죽히죽 웃으며 그렇게 말했다. 하지만 나는 그 말에도 반응을 돌려주지 않고 묵묵히 준비를 이어 나갔다.

나는 이 경박한 남자를 좋아하지 않는다.

처음 만났을 때는 그 외모에서 어쩐지 그리움을 느꼈지만, 조금 접하다 보니 경박하고 대충 대충하며 눈동자 안에 보이는 어두컴컴한 느낌 때문에 혐오감을 느끼게 되었다.

나를 실험동물처럼 바라보는 그 남자와 마찬가지로, 이 남자와도 연루되고 싶지 않았다.

"흐음~ 외출 준비를 하는 건가. 또 뭔가 부탁받았어?"

내가 전혀 상대하지 않는데도 불구하고 남자는 가까이 다가와서 내 손 안을 들여다보듯 말을 걸었다.

갑자기 거리가 좁혀져서 약간 몸이 떨렸지만, 신경 쓰지 않는 척하며 준비를 계속했다.

"저번에도 그랬지만, 사라는 실수가 많은데도 아직 부탁을 받는구나."

그 발언에 저도 모르게 고개를 들고 남자를 노려보았다.

"정곡을 찔려서 화가 난 거야? 너도 아직 젊네."

남자가 유쾌한 듯 웃었다.

아아, 이 남자가 의도한 대로 반응을 보인 게 분하다.

분명 최근 들어 나는 일을 잘 완수하지 못하고 실패할 때가 늘었다. 스스로도 그렇게 느낀다.

카타리나 클라에스. 그 여자와 더 많이 접하게 된 뒤로 마음이 흐트러지고 실패할 때가 늘어난 것 같다.

이대로 가면 이제 아무런 부탁도 받지 못하고 이곳에서도 쫓겨날지도……. 그렇게 생각하자 오싹해졌다. 다음에야말로 절대 실패할 수는 없다.

나는 기분을 환기시키듯 고개를 흔든 뒤 다시 준비를 시작했다.

다음 목적지는 숲속이다. 많은 것이 필요하다.

처음에 만들려고 했던 건 그 여자가 가져가버렸고, 다음 것도 그 여자가 부숴버렸다.

하나로는 안 된다. 또 가져가거나 부숴버릴지도 모른다.

그러니까 이번에는 많이 만들자. 재료를 많이 모아서 강력한 것을 많이 만들어야 한다.

문득 시선을 들자, 남자는 이제 나한테 질린 것처럼 차가운 눈으로 어딘가 먼 곳을 바라보고 있었다.

◆◆◆

하루 씨가 합류해서 다 같이 숙소에 머문 다음 날, 원래 예정대로 해가 뜨자마자 출발할 시간이 되었다.

아직 졸려서 잠에 취한 눈으로 마차에 가자 다들 야무지게 준비하고 와 있어서 깜짝 놀랐다. 특히 로라 선배는 이미 메이크업까지 완벽하게 마친 상태였는데, 여성으로서 배우고 싶을 만큼 깔끔한 모습이었다.

어제와 똑같은 멤버끼리 마차를 타고 출발했다.

어제 사랑 이야기를 한 효과도 있는지, 하루 씨와는 완전히 편해졌다.

그리고 어제와 마찬가지로 식사 이야기를 하며 신나게 떠들었다. 하루 씨에게 듣는 살마의 요리는 정말 전생의 일본에서 먹던 식사와 똑같아서 그리운 데다 엄청나게 먹고 싶어졌다. 아아, 빨리 일식을 먹을 수 있는 지역으로 가고 싶다.

하루 씨도 소르시에의 다양한 요리가 흥미로운지 그것도 꼭 먹어보고 싶다며 눈을 반짝였다.

이윽고 태양이 머리 위로 올라갔을 무렵, 우리는 예정대로 사이러스의 본가가 있는 영지에 도착했다.

"여기서부터가 우리 일족이 관리하는 빅토와르령이야."

사이러스가 창밖을 바라보며 그렇게 말했다. 나도 그를 따라서 창밖으로 눈을 돌렸다.

어디까지나 쭉 이어지는 초원이 펼쳐져 있었다. 그렇다, 지금까지와 마찬가지로.

음, 어디서부터가 사이러스가의 영지일까.

솔직히 요 몇 시간 동안 줄곧 비슷하게 한가로운 시골 풍경이 이어지고 있었다. 달라진 건 초원인가 밭인가 정도고, 그 외에는 아무런 변화도 없었다. 그저 계속해서 자연이 펼쳐져 있을 뿐이다.

사이러스가 상당한 시골이라고 말한 건 겸손함 같은 게 아닐지도 모른다. 마법성의 시험으로 갔던 시골은 그래도 도시였다고 생각될 정도로 시골이었다.

전생에서 시골에 사는 할머니의 명언인 '도시 사람이 버스가 한 시간에 한 대밖에 없는 게 시골이라고 하지만, 애초에 진짜 시골에는 버스는 달리지 않는다. 일단 버스 정류장까지 차로 이동하지 않으면 버스를 탈 수 없다'라는 말이 떠올랐다. 즉 진짜 시골에는 아무것도 없다는 뜻이다.

그런 진짜 시골인 사이러스가의 영지에 들어섰다는 건 좋은 일이지만.

"지금부터 어디로 가는 건가요?"

잘 포장되어 있지 않은 시골길이지만, 귀중한 말과 하이테크 마차 덕분에 순조롭게 나아가고 있다. 하지만 가도 가도 아무것도 없어서 불안해진 나는 그렇게 물어보았다.

"이 영지에서 가장 큰 마을로 가고 있어. 마법성 지부가 거기 들어가 있거든.”

사이러스는 그렇게 가르쳐주었다.

놀랍게도 큰 마을이 있는 모양이다. 엄청난 시골이라고 생각했는데, 마을이 있다는 말을 듣자 약간 안심했다.

마차가 앞으로 나아가자 초원은 밭으로 바뀌었고, 드문드문 밭에 사람이 있는 모습도 보이기 시작했다.

대부분 죄다 나이가 든 분들이 수건을 푹 덮어쓴 채 밭에 나와서 마차를 빤히 쳐다보고 있었다.

“어쩐지 다들 마차를 엄청 보고 있지 않나요?”

창밖을 내다보기만 하면 반드시 할아버지나 할머니와 눈이 마주쳐서 약간 겸연쩍었다.

“아아, 본 적 없는 마차라서 신경 쓰이는 거겠지. 이 부근에는 거의 아는 마차밖에 다니지 않으니까.”

사이러스가 그렇게 가르쳐줘서 어쩐지 납득했다. 전생의 시골에서도 대부분 서로 얼굴을 알고 지내니까 모르는 사람이 있으면 주목을 받는다.

그렇게 할아버지나 할머니들과 가끔 눈을 마주치며 앞으로 나아가자, 겨우 건물 비슷한 게 몇 개 보이기 시작했다.

“저곳이 영지에서 가장 큰 마을인가요?”

“그래, 맞아.”

내 질문에 사이러스가 약간 미소 지으며 눈을 가늘게 떴다. 오랜만에 고향에 돌아와서 기쁜 모양이다.

창밖으로 마을 모습을 바라보았다. 으~음, 이게 영지에서 가장 큰 마을이구나~. 실례지만 이번 생에서 도시에서 자란 몸으로서는 상상했던 것보다 훨씬 더 작았다.

그리고 마을에 들어와도 걸어 다니는 사람은 나이가 든 분들뿐이고 젊은 사람들의 모습은 거의 보이지 않았다. 이번 생에서도 젊은 사람들이 시골을 떠나는 경향이 있구나.

잠시 그런 생각을 하는 동안 목적지에 도착했는지 마차가 멈췄다.

우리 앞에서 달리다가 먼저 도착한 마리아 일행은 벌써 모두 다 밖으로 나와서 마법성 지부 안으로 들어가고 있었다.

우리도 다 같이 마차에서 내렸다. 눈앞에 있는 건물은 예전에 너구리를 퇴치하러 갔던 곳의 지부보다는 상당히 커 보였다.

"전에 가본 지부보다 크구나."

소라에게 그렇게 말했는데, 사이러스가 그 말을 들은 모양이다.

"이곳은 영지에 몇 군데 있는 작은 지부의 거점 같은 장소라서 나름대로 크게 만들었어."

그렇게 가르쳐주었다.

즉 우리가 전에 너구리를 퇴치하러 갔던 장소는 몇 군데 있는 작은 지부라는 뜻인가. 그래서 할아버지나 할머니가 차를 마시고 있는 등, 완전히 전생의 동네 관청 같은 느낌이었구나. 이쪽도 똑같나 보네.

그렇게 해서 우리도 마리아 일행의 뒤를 이어 지부로 들어가려 하는데, 지팡이를 짚은 할머니가 이쪽을 가만히 바라보고 있다는 걸 깨달았다. 무슨 일일까 생각할 때였다.

"에구, 너는 란체스터 님의 막내 아들 아닌가?"

눈을 휘둥그레 뜨면서 할머니가 말했다.

음, 란체스터 님의 막내 아들이란 사이러스를 가리키는 건가? 할머니의 말을 들은 사이러스를 보니 어쩐지 아차 싶은 얼굴을 하고 있었다.

다만 금방 표정을 바꾸고 평소의 야무진 얼굴로 돌아와서 할머니에게 대답했다.

"그렇습니다, 오랜만입니다."

그러자 할머니는 지팡이 같은 건 필요 없지 않을까 싶을 정도의 기세로 사사삭 이쪽으로 다가오더니 어머나 하며 감탄했다.

"언제 이렇게 훌륭해졌니. 뭔가 도시의 마법성에서 훌륭하게 일하고 있다는 이야기는 들었단다."

할머니의 이야기는 길었다. 어렸을 때부터 알고 지낸 근처에 살던 아이가 훌륭해져서 돌아온 게 기뻐서 그러시는 듯했지만, 이런 할머니의 이야기는 어쨌거나 길다.

전생에서 옆집에 살던 할머니도 한번 붙잡히면 30분은 놓아주지 않았다. 이건 그런 케이스에 무척 가깝다. 사이러스도 입꼬리를 떨며 어떻게든 돌파구를 마련하려 했지만, 할머니의 이야기는 막을 수가 없었다.

마리아 일행의 뒤를 이어서 빨리 지부로 들어가고 싶었지만, 그렇다고 사이러스만 남겨두고 갈 수 있을 리가 없다.

"아~ 사이러스, 무사히 도착해서 다행이야. 할머니, 사이러스는 지금 급하게 할 일이 있어서 빌려갈게~."

갑자기 어떤 남자가 생글생글 웃으면서 나타나더니, 물 흐르듯 자연스럽게 사이러스의 어깨를 붙잡고는 그대로 건물 안으로 들어갔다.

우리도 황급히 뒤를 따랐다.

건물 안은 전에 갔던 마법성 지부와 별반 다르지 않은 모습이었지만, 크기가 상당히 크고 직원 수도 많았다.

물론 차를 마시고 있는 할머니나 할아버지도 없었다. 역시 지부의 거점이면 그냥 지부와는 다른 걸까. 나는 으음 하고 고민하면서 그 안을 둘러보았다.

"미안해, 살았어."

옆에서 사이러스가 생글생글 웃고 있는 남자에게 인사를 했다. 그는 생글생글 웃으면서 말했다.

"아니, 저 할머니는 어쩔 수 없지. 항상 너를 붙잡고 길게 이야기를 늘어놓는데 너는 도망친 적이 없잖아."

그가 말했다.

"아는 사이인가요?"

내가 물어보자 사이러스는 고개를 끄덕이며 가르쳐주었다.

"고향 친구인데, 이 지부의 직원인 타일러야."

"타일러 와이즈입니다. 여러분, 잘 부탁드립니다."

타일러 씨가 생글생글 웃으며 말해서 우리도 인사했다.

"카타리나 클라에스입니다. 잘 부탁드립니다."

"소라 스미스입니다. 잘 부탁드립니다."

"하루 카부라기입니다. 잘 부탁드립니다."

나와 소라의 인사를 생글생글 웃으며 듣고 있던 타일러 씨는 하루 씨의 이름을 듣고는 어라 하며 의아하다는 표정을 지었다.

"이름을 들어보니 샬마 분이 아니신가요? 마법성 직원은 아니시군요."

타일러 씨의 질문에 하루 씨가 대답했다.

"네, 살마 사람입니다. 마법성 직원은 아닙니다. 그, 생각 없이 행동하다가 돌아갈 수 없게 되어버려서 여러분들이 여기까지 데려와 주셨습니다."

그렇게 설명한 후 살마의 집에 연락을 취하고 싶다고 했더니 타일러는 흔쾌히 승낙해주었다.

타일러 씨는 하루 씨를 다른 직원에게 맡기고, 우리를 왼편 안쪽에 있는 문으로 안내해주었다.

"먼저 도착한 분들은 여기서 기다리고 있으니 들어가시죠."

타일러 씨의 말을 듣고 안으로 들어가자, 큰 테이블이 있고 그 주변에 의자가 몇 개 놓여 있는 회의실 같은 방에 마리아와 로라 선배, 라파엘이 앉아서 기다리고 있었다.

"너희들, 어쩐지 조금 늦어진 거 아냐? 마차는 바로 뒤에 따라왔잖아. 뭔가 트러블이라도 있었어?"

우리를 보고 로라 선배가 의아한 얼굴로 물었다.

"마차에서 내렸더니 어렸을 때 알고 지내던 부인과 딱 마주쳐서 말을 걸어오는 바람에."

사이러스가 피곤한 표정으로 말하자 눈치 빠른 로라 선배는 그 말 한마디에 대략적인 경위를 파악한 모양이었다.

"아, 그런 분들이 말을 걸면 길어지지."

불쌍하다는 듯한 눈빛으로 사이러스를 바라보았다.

"하루 씨는 어디 가셨나요?"

마리아가 물었다.

"그녀는 본가에 연락을 취할 방법을 찾고 있어. 그리고 업무 내용을 관계자도 아닌 그녀가 듣게 할 수는 없으니까."

사이러스의 대답은 실로 맞는 말이었다.

마법성의 업무, 심지어 비밀로 부쳐진 어둠의 마법이 관련되어 있을지도 모르는 업무 이야기를 하루 씨가 듣게 할 수는 없다.

다들 똑같이 생각한 모양이다.

"그렇군요."

마리아가 동의하고 다른 사람들도 고개를 끄덕였다.

"조금 있으면 이곳의 책임자인 분이 와주신다고 합니다."

라파엘이 그렇게 말해서, 우리는 잠시 이 회의실에서 기다리기로 했다.

"그건 그렇고 사이러스 부서장에게 들은 대로 시골이네. 마차가 달리고 달려도 보이는 풍경은 논밭뿐이고 아무것도 없어서 놀랐어. 게다가 밭에 있는 할머니나 할아버지와 너무 눈이 마주쳐서 어색하더라고."

로라 선배가 내가 느낀 것과 거의 똑같은 감상을 입에 올렸다.

할머니나 할아버지와 너무 자주 눈이 마주치는 이유를 사이러스가 나에게 해줬듯 설명하고 있는데 문을 두드리는 소리가 들려왔다. 이윽고 아까 봤던 타일러 씨가 들어왔다.

"기다리셨습니다. 빅토와르 지부장을 맡고 있는 타일러 와이즈입니다. 잘 부탁드립니다."

타일러 씨가 아까와 마찬가지로 생글생글 웃으면서 말했다.

놀랍게도 타일러 씨는 이 지부의 지부장이었다. 즉 가장 높은 사람이었던 모양이다. 깜짝 놀랐다.

소라도 나와 마찬가지로 놀란 기색이었지만, 사이러스는 알고 있었던 모양이다. 음 하고 얼굴로 고개를 끄덕였다.

타일러 씨 뒤쪽에서 포근해 보이는 나이 든 여성이 쟁반을 들고 와서 위에 놓인 차를 빠르게 나눠주었다.

깔끔하고 매끄러운 움직임을 감탄하며 바라보았다.

“이건 같이 드실 과자입니다.”

그녀는 생긋 웃으며 전생에서 할머니가 집에 놔두고 있었던 것 같은 나무로 만든 과자 상자를 한가운데보다 아주 조금 내 쪽에 가깝게 놓아주었다.

“감사합니다.”

인사를 하자 여성은 생글생글 웃으며 말했다,

“더 줄 수 있으니까 말하렴.”

그러고는 방에서 나갔다.

나는 곧바로 과자 상자 안을 쳐다보았다. 우선 눈에 들어온 건 전병이었다. 약간 갈색이 도는 맛있어 보이는 추억의 과자 전병. 이번 생에서는 처음 봤다.

그리고 다음으로 눈에 들어온 것은 뭔가 하얀 덩어리다. 꽃 모양 같은데, 이건 혹시 설탕을 굳힌 것 같은 그 과자일지도! 전생에서 할머니가 자주 먹었던 것으로, 엄청나게 달았던 그거다!

마, 마침내 나는 일본의 식문화권에 도착한 것이다! 이곳에서는 일식을, 일본풍 음식을 먹을 수 있다! 그렇게 엄청나게 흥분하고 있는데, 옆에 앉아 있던 소라가 내 어깨를 톡톡 두드렸다.

“과자가 신경 쓰이는 건 알겠는데, 조금 진정해.”

그가 작은 목소리로 말했다.

퍼뜩 놀라서 주위를 둘러보자 어쩐지 전생에서 할머니가 나를 보던 것 같은 눈빛으로 모두가 나를 바라보고 있었다.

과자에 정신이 팔린 모습을 다들 완전히 지켜보고 있었다니. 부끄럽다.

"죄, 죄송합니다. 과자는 나중에 먹을게요."

내가 그렇게 말하고 고개를 꾸벅 숙이자, 타일러 씨가 쿡쿡 웃고 나서 입을 열었다.

"그럼 사건의 개요를 말씀드리죠."

그러고는 말을 이었다.

"우선 숲의 동물이 몇 마리 내려와서 논밭을 들쑤시는 게 시작이었던 모양이야. 하지만 그런 일은 가끔 있으니까 농가 사람들은 신경도 안 쓰고 평소처럼 동물 대책을 세우며 지냈다고 해. 하지만 점차 내려오는 동물 수가 보통이 아니게 되었고, 그래서 당황한 농가 사람들이 마법성에 이야기하러 왔어."

"그렇군."

사이러스가 타일러 씨의 이야기를 듣고 고개를 끄덕였다.

"그 말을 듣고 나는 예전에 마법성에서 말해줬던 이야기가 떠올랐지."

"마법성에서 말해줬던 이야기?"

저도 모르게 의문을 입에 올리자 사이러스가 대답해 주었다.

"너희가 예전에 조우했던 사건을 보고, 다른 지부에서도 비슷한 사건이 일어나면 위험하니까 마법성 본부로 연락하라는 통지를 돌렸거든."

놀랍게도 우리 사건이 그렇게나 유명해졌나 보다.

"본부에서 들어왔던 상황과 상당히 비슷해서 바로 연락했어."

타일러 씨가 말했다.

그 말을 듣고 우리가 불려 온 건가 보다.

"그런데 설마 이렇게 빨리 와줄 줄은 몰라서 고맙네."

"말과 마차 모두 특별한 걸 빌려주더라고."

타일러 씨의 말에 사이러스는 그렇게 대답했다.

그러자 타일러 씨는 눈을 반짝 빛냈다.

"역시나 그 말은 평범한 종이 아니구나. 처음 봤어. 게다가 마차까지 특별 제작인 거야?"

"그래, 마법 도구 연구실에서 만든 특별 제품이야."

"그거 대단한걸."

거기까지 사이러스와 타일러 씨 두 사람이 대화를 나누다가, 타일러 씨가 퍼뜩 정신을 차렸다.

"죄송합니다. 사이러스와는 소꿉친구라서 저도 모르게 옛날 습관이."

그러면서 로라 선배나 라파엘, 마리아에게 사이러스와의 관계를 설명해 주었다.

나와 소라와는 달리 사정을 모르니까 사이러스와 단둘이 대화를 나누는 데 놀란 기색을 보이던 세 사람도 '아아' 하고 납득한 표정을 지었다.

"나이는 내가 조금 더 많지만, 이 부근에서는 아이가 적어서 항상 같이 놀았거든."

타일러 씨가 말했다.

"그래서 타일러가 먼저 마법 학교에 들어가서 마법성에 취직했고, 나도 똑같이 진학했지. 타일러도 처음에는 중앙에 있었는데, 역시 고향에서 사는 쪽이 적성에 맞는다며 이동으로 여기 돌아왔어."

사이러스가 이어서 말했다.

"그래, 개인적으로는 도시의 화려한 생활보다 시골의 느긋한 생활이 더 잘 맞아서 돌아와버렸지."

타일러 씨가 생글생글 웃으며 말했다.

"완전히 이야기가 딴 길로 샜네. 그래서 이번 사건으로 다시 돌아오면, 나는 마법성 본부에 서둘러 연락을 취하고 현장을 확인하러 갔거든. 그랬더니 이야기로 나온 것처럼 지금까지 없었던 수의 동물이 논밭에 내려와 있는 걸 목격했어."

"숲속 동물이라고 했는데, 어떤 종류 같은 느낌이야? 주로 작은 동물이야?"

사이러스의 물음에 타일러 씨가 대답했다.

"너구리나 여우 같은 건 자주 내려왔는데 이번에는 멧돼지나 곰 같은 대형 동물까지 내려와 있어. 너무 많아서 오싹할 정도더군. 그리고 그대로 숲을 보러 갔는데 무시무시할 정도로 동물이 없었어. 이건 정말 위험하다는 판단을 내리고 마법성에 서둘러 달라고 연락했지."

"그래서 상부도 빨리 서두르라고 하면서 재촉했던 거군."

"아니, 이렇게나 서둘러 올 줄은 몰랐으니까. 기본적으로 상부는 좀처럼 움직이지 않잖아. 몇 주일이나 기다리게 되면 곤란하다는 생각이 들었거든."

타일러 씨가 약간 눈썹을 내리며 말했다.

"그래서 지금도 그 상황은 계속되고 있다는 건가. 그렇다면 바로 그곳으로 가는 편이 좋겠군."

사이러스가 엉거주춤 일어나서 당장이라도 현장으로 갈 것 같은 기세를 보였다.

"아니, 지금 막 말했지만, 설마 이 정도로 빨리 와줄 거라고는 예상하지 못했던 일이라 그렇게까지 서두르지는 않아도 돼. 본부에 연락해서 지원이 오는 건 아무리 빨라도 나흘 이상은 걸린다고 예상했고, 이미 이런저런 대책을 세웠기 때문에 피해도 최소한이라서 현재 상황에서 큰 변화는 없어. 천천히 느긋하게 있으라고까지는 말하지 않겠지만, 짐을 놔두고 점심을 먹고 나서 갈 정도의 여유는 있다고."

타일러 씨가 그렇게 말하면서 일어나려는 사이러스를 타일렀다.

때마침 그 말이 끝나고 나서 내 배 속에서 꼬르륵~ 소리가 나는 바람에 타일러 씨는 눈을 끔뻑거리며 "역시 점심이 필요하겠네" 하고 웃었다. 사이러스도 "그런 것 같군" 하고 동의했다.

오늘은 출발이 빨라서 아침도 일찍 먹었기 때문에 배도 한계를 맞이한 모양이다. 내 배는 실로 정직하다.

"그럼 일단 묵게 될 숙소에 짐을 놔두고 그곳에서 점심을 먹지. 타일러, 숙소는 어디를 예약해 뒀어?"

사일러스가 타일러 씨에게 물어보자 타일러 씨는 의아한 얼굴을 했다.

"아니, 숙소는 안 잡았는데? 모처럼 오랜만에 고향에 돌아왔으니까 본가에 묵으면 되잖아. 어차피 방도 잔뜩 남아돌 테니까. 아주머니한테도 사이러스가 업무 때문에 동료를 데려올 테니 그 기간 동안 묵게 해달라고 확실하게 연락해 뒀어."

"뭐? 너, 왜 그런 짓을 한 거야?! 나는 고향에 온 게 아니라 일하러 온 거라고."

사이러스는 타일러 씨의 말을 듣고 눈을 동그랗게 뜨며 상당히 강한 말투로 말했다. 동요해서 일인칭도 나라고 하고 있다.

"그러니까 확실하게 업무를 보러 왔다고도 전달했다고."

"그게 아니라, 일하러 왔는데 왜 본가에 묵어야만 하냐는 뜻이야. 부하들을 데리고 본가에서 묵는 건 이상하잖아!"

"일반적인 집안이면 그럴지도 모르지만, 너희 집은 엄청나게 크니까 괜찮잖아. 아주 드물게 시찰하러 오는 마법성 본부의 높으신 분들도 너희 집에서 묵는 데다, 무엇보다 이렇게 화려한 일행이 며칠이나 묵을 만한 숙소는 이런 시골에는 없어. 얌전하게 본가에 묵으라고."

타일러 씨의 말을 듣고 사이러스도 포기한 모양이다.

"……알았어."

싫은 얼굴을 하면서도 내키지 않는 듯 고개를 끄덕였다.

그렇게 해서 우리는 일단 사이러스의 본가인 영주의 저택으로 향하기로 했다.

참고로 과자가 든 상자도 싸줬다.

정말 배려심이 많은 분들이라며 내가 감동하고 있을 때였다.

"그렇게나 먹고 싶다는 듯이 쳐다보고 있으면 누구라도 나눠줘야겠다고 생각하겠지."

소라가 어이가 없다는 듯 말했다.

그렇게나 먹고 싶다는 듯이 쳐다보고 있을 생각은 아니었는데, 전병과 설탕 과자를 받을 수 있었으니 엄청나게 만족한다. 곧바로 먹고 싶었지만.

"점심 먹기 전이니까 나중에 먹어."

소라가 그렇게 말해서 꾹 참았다.

우리의 대화가 끝날 무렵에 하루 씨도 본가와 연락이 닿았다는 모양이다. 일단은 사이러스의 본가까지는 같이 가기로 했다. 사이러스의 가족과는 면식이 있다고 하니, 거기서 데리러 올 사람을 기다리기로 한 모양이다.

어제 왕도에 있는 오빠에게 보낸 편지의 답신도 이쪽에 도착했는지, 그 편지가 너무나도 화를 내는 내용이었던 것 같다. 하루 씨는 상당히 풀이 죽어서 오빠와 만나는 게 우울하다고 중얼거렸다.

다시 똑같은 멤버로 마차에 타서 영주의 저택으로 가는 길에서는 사이러스의 낯빛이 어두웠다.

그렇게나 본가에 묵는 게 싫은 걸까. 영주의 저택이라고 하니 그렇게 흉한 집은 아닐 것 같은데. 그게 아니면, 가족이 개성적이거나 하는 걸까. 우리 아버지처럼 지나친 가족 러버라서 조금 부끄럽다거나?

"사이러스 님의 가족은 어떤 느낌인가요?"

약간 신경이 쓰여서 어두운 얼굴을 한 사이러스에게 물어보았다. 사이러스는 잠시 생각에 잠겼다가 대답했다.

"아버지는 영주 일에서 전부 은퇴했고 지금은 형이 물려받았어. 아버지는 보좌를 맡고 있는 모양이야. 형은 결혼을 했는데 아들이 둘 있어."

오오, 형은 결혼했다는 건 여성을 잘 대하지 못하는 건 아닌 모양이구나. 그리고 형의 아들이라는 건.

"사이러스 님의 조카라는 뜻인가요? 어려요?"

"아니, 형과는 상당히 나이 차가 나서 조카는 벌써 몇 년만 있으면 마법 학교에 입학할 정도야."

상당히 크다. 그렇구나, 형과 나이 차가 나는구나.

그렇다면 형의 아내도 그렇게 젊은 여성은 아닐지 모른다. 그렇다면 대하기 어렵다는 느낌은 괜찮은 걸까? 아니, 그보다.

"전에 이쪽에는 젊은 여성이 적다고 들었는데, 형님의 아내분은 어디 출신이신가요?"

시골은 어쨌거나 아내가 될 사람이 부족하다, 젊은 여성이 거의 없다고 했는데.

"형의 아내분은 형이 마법 학교에서 만나서 약혼해서 데려온 사람이야. 막 왔을 때는 선이 가늘고 귀족 영애 같은 느낌이었는데, 지금은 완전히 훌륭해지셔서 형님과 함께 매일 밭일을 하시지."

사이러스는 어쩐지 약간 먼눈을 한 것 같았다. 가련한 귀족 영애도 시골에 물들면 늠름해지는 모양이다.

그리고 사이러스의 형. 학교에서 아내 될 사람을 데려오다니, 사이러스는와는 달리 상당히 능력 있는 남자인 듯했다. 혹시.

"사이러스 님의 어머니도 그런 느낌으로 시집오신 건가요?"

내 질문에 사이러스는 딱 굳어버렸다. 그때까지는 매끄럽게 대답해 줬는데, 그렇게나 이상한 질문이었을까.

그때 말이 없어진 사이러스 대신 동승한 하루 씨가 대답했다.

"사이러스의 어머니는 학교에서 사이러스의 아버지를 좋아하게 되어서 맹렬하게 다가간 끝에 그대로 여기까지 따라와서 결혼하셨다고 해요. 본인이 자주 말씀해 주셨어요."

하루 씨가 부드럽게 가르쳐줬지만 사이러스는 복잡해 보이는 얼굴이었다.

좋아하게 된 남성을 따라오다니, 중앙의 귀찮은 귀족들이라면 무슨 말을 떠들어댈지도 모르지만, 나로서는 멋지다고 생각하는 데다 하루 씨도 그렇게 생각하는 기색이었다. 하지만 아들로서는 복잡한 걸까. 그런 생각을 하고 있을 때였다.

"어머니는 지금 들은 것처럼 강압적인 데다 행동력이 있고 기세가 좋고 오지랖이 넓고 성질이 강한 사람이니까 각오해 둬."

사이러스가 난감한 얼굴로 말했다.

아무래도 아버지에게 어필했다는 등 운운하는 것보다 어머니가 개성적인 게 신경 쓰이는 모양이다. 하지만 강압적이고 행동력이 있고 기세가 좋다니. 나는 어쩐지 하루 씨 쪽으로 눈을 돌렸다. 사이러스의 어머니는 하루 씨 같다는 뜻일까.

그런 생각을 하는 사이에 빠른 마차는 금세 목적지에 도착했다.

문을 지나서 안뜰을 빠져나가자 큰 저택이 서 있었다.

이것이 변경백 영지의 저택인가. 여기까지 오는 길은 우리가 타고 온 마차가 앞장서서 왔기 때문에 도착도 먼저였다. 저택 앞에서 마차를 멈추고 내렸다.

그러자 몸집이 작은 여성이 바로 이쪽으로 달려왔다.

우리 어머니보다는 약간 젊은 듯 보이는 여성은 사이러스의 형의 아내분일까? 그렇게 생각했을 때였다.

"어서 오렴, 사이러스."

놀랍게도 여성은 사이러스의 가슴을 향해 달려오더니 그 기세 그대로 뛰어들어 끌어안았다. 우리는 눈을 동그랗게 떴다.

어라, 형의 아내가 사이러스를 이렇게 맞이해도 되는 걸까. 가족이면 괜찮은 건가. 괜찮은 거야?

"정말이지 훌륭하게 자랐네. 너는 전혀 돌아오지 않으니까 걱정했잖니. 밥은 잘 먹고 있어? 다친 곳은 없니? 직장에서는 잘하고 있어?"

속사포처럼 물어보는 여성을 보며 사이러스가 눈살을 찌푸리더니 딱 잘라 대답했다.

"이제 어린애가 아니라고. 그만해, 어머니."

뭐어어~~~~~? 우리 어머니보다 더 젊어 보이는 이 여성이.

"어머니?!"

저도 모르게 내가 그렇게 소리치자, 사이러스의 어머니는 생긋 웃었다.

"네, 제가 사이러스의 어머니입니다. 아들이 항상 신세를 지고 있습니다."

그녀가 고개를 숙였다.

"앗, 아뇨, 제가 더 많이 신세를 지고 있답니다."

순간적으로 그렇게 대답했다.

"어머, 귀여운 분이군요."

어머니가 생긋 웃으며 말했다. 그 웃는 얼굴이 너무 귀여웠다. 아니, 아무리 봐도 사이러스 나이 정도의 아이가 있는 사람으로는 보이지 않는다.

앗, 아니다. 훨씬 나이가 많은 형님이 있다고 했다. 그렇다면 이 분은 대체 몇 살인 걸까. 전생이었다면 미중년 여성 선수권 같은 것에서 우승할 수 있을 것 같을 정도로 아름답다.

"어머, 하루구나. 오랜만이네."

미중년 여성이 하루를 알아보고 말을 걸었다. 그러자 아들인 사이러스가 경악한 듯 소리를 질렀다.

"앗, 어머니, 어째서 하루 씨라는 걸 아는 거야?!"

"왜냐니, 어렸을 때부터 자주 놀러 왔으니까 당연히 알지. 오히려 너는 몰랐던 거니?"

어머니는 의아한 얼굴로 사이러스를 가만히 쳐다보았다.

"아, 너는 누구를 닮았는지 엄청 둔감하니까."

그러고는 어이없다는 얼굴을 했다.

그렇다, 사이러스는 하루 씨를 남자애라고 착각하고 있었기 때문에 여성 모습으로 나타난 그녀를 보고 전혀 알아보지 못했다. 어머니는 사실을 꿰뚫어 본 모양이다.

"우리 둔감한 아들이 실례를 저질러서 미안해, 하루. 그래서 오늘은 어쩐 일이야?"

어머니가 하루 씨에게 물어보자, 하루 씨는 아까 지부에서 했던 것과 똑같은 설명을 했다.

"생각 없이 행동해서 돌아갈 수 없게 된 바람에 이분들이 여기까지 데려다 주셨어요. 집에는 연락했으니 내일이면 데리러 올 거라고 생각하지만, 그때까지 여기 있어도 될까요?"

'생각 없이 행동해서 돌아갈 수 없게 된 바람에'라는 말에서 어머니가 약간 눈을 끔뻑거렸지만, 이야기를 다 듣고 나서는 매우 즐거운 듯 대답했다.

"괜찮지. 좋을 만큼 느긋하게 있다가 가렴. 사람이 많은 편이 복작복작하고 즐겁잖아. 나도 의욕을 발휘해야지."

무척 즐거운 듯 대답했다.

응, 듣던 대로 파워풀한 어머니인 모양이다.

약간 늦게 도착한 마리아 일행에게도 우리한테 그랬듯이 "사이러스의 어머니입니다. 아들이 항상 신세를 지고 있습니다"라고 말하며 모두를 놀라게 했다. 그래, 다들 깜짝 놀라겠지.

하지만 낯선 사람을 보고 흥미진진한 기색은 있지만 도시에서도 상당히 눈에 띄는 로라 선배의 복장에 특히 주목해서 놀라는 사람은 적었다. 전에 갔던 시골에서도 그랬지만, 도시 사람은 다들 기발하구나~ 정도로밖에 생각하지 않는지도 모른다.

오히려 젊은 여성이 적은 탓인지 마리아와 나, 하루 씨 쪽이 더 주목을 받는 것 같았다.

"그럼 방으로 안내할게요."

어머니는 그렇게 말하며 우리를 저택으로 안내했다.

저택 안은 상당히 클라에스가와 비슷한 느낌이었다.

다만 장식품 같은 것들이 적게 놓여 있고 실용적인 게 많았다. 사용인도 몇몇 봤는데, 싹싹한 느낌이라서 왕도의 야무진 느낌과는 분위기가 달랐다.

"짐을 각자의 방에 옮기라고 할 테니 확인해 주세요. 그리고 식당에 식사를 준비했으니, 준비가 끝나면 그쪽으로 와주세요. 거기서 현 당주가 인사를 하겠습니다."

어머니의 말에 사용인들에게 짐을 맡기고 묵게 될 방으로 안내를 받았다.

영주의 저택이라서 방이 많기 때문에 이번에는 혼자 쓴다. 아무리 그래도 성이나 본가만큼 넓지는 않지만, 깔끔하고 편안한 좋은 방이었다.

앤과 함께 준비한 짐을 재빨리 확인하고 나서 사용인의 안내를 받아 식당으로 갔다. 이제 배가 너무 고팠다. 그리고 일식이 너무 기대된다.

뜀을 뛰고 싶은 마음을 꾹 참으며 어찌어찌 숙녀 같은 걸음걸이로 식당에 도착하자, 너무나도 기대한 나머지 상당히 빨리 온 듯 제일 먼저 도착해버렸다.

아니, 일행 중에서는 가장 먼저지만, 이미 집안 사람들 같은 분들은 있었다.

기분 좋게 들어온 나를 보고 의자에 앉아 있던 사람들이 일어섰다.

"처음 뵙겠습니다. 빅토와르의 영주이자 사이러스의 형인——."

그렇게 말하며 영주인 사이러스의 형님이 인사했다.

일굴은 사이러스와 닮았지만 형님 쪽이 더 부드러운 느낌이다.

옆에 있던 여성도 마찬가지로 인사해주었다. 그녀가 형님의 부인이라는데, 사이러스한테 들은 것처럼 원래는 가련한 귀족 영애였겠지만, 지금은 햇볕에 잘 탄 피부에 포근한 느낌을 줘서 엄청나게 '어머니' 같은 느낌이 드는 사람이었다.

"마법성에서 근무하는 카타리나 클라에스라고 합니다. 사이러스님께는 신세를 지고 있습니다."

나도 인사했다.

형님 쪽은 나를 알고 있었던 모양이다.

"아, 당신이 그 클라에스 공작가의 영애시군요."

나를 보고 부드럽게 말했다.

"앗, 저를 아시나요?"

저도 모르게 영애답지 않게 목소리를 높이며 물어보았다.

"예, 왕자의 약혼녀인 공작 영애가 마법성에 들어갔다는 게 상당히 화제가 되었으니까요."

형님은 그렇게 대답했다. 어느 정도 알고는 있었지만, 이런 변경까지 들릴 정도로 화제가 되었다고는 생각하지 못했다.

"마법성 일은 어떤가요?"

"보람이 있고 즐겁습니다."

그런 대화를 나누는 사이에 다들 차례차례 식당으로 들어와서 각자 형님과 인사를 나눴다.

형님은 들어온 사람 모두를 부드럽게 응대했지만, 마지막으로 약간 지친 얼굴로 어머니와 함께 나타난 사이러스에게는 달랐다.

"일도 바쁠 테니 자주 돌아오라고는 하지 않겠지만, 적어도 연락 정도는 조금 더 자주 해라."

형님처럼 충고했다.

사이러스는 "죄송합니다"라며 눈에 띄게 풀이 죽었다. 어쩐지 신기한 모습을 본 듯하다.

게다가 사이러스의 아버지와 조카들은 외출 중이라고 했다.

"애들 아버지는 은퇴한 뒤로 손자를 데리고 놀러 가는 걸 좋아하는 모양이야. 잠깐 시간이 나면 금방 손자들을 데리고 외출해 버리거든."

어머니가 즐거운 듯 이야기했다.

그리고 마침내 기다리고 기다리던 일식 요리가 들어왔다.

하루 씨의 도시락을 먹었을 때 이후로 첫 일식이다. 내 텐션은 맥스까지 올라갔다.

눈앞에 놓인 접시에는 그리운 일식이 잔뜩 담겨 있었다.

튀김, 생선구이, 계란찜 등이 말 그대로 일본이라는 분위기의 접시 위에 깔끔하게 담겨 있었다.

전생에서 고급 온천 여관에 갔을 때 놓여 있던 요리와 엄청 비슷했다.

잘 모르는 식재료도 있지만, 어쨌거나 아름답고 알록달록하게 놓여 있다. 보기에도 무척 예쁘다. 보기만 해도 침이 흐를 것 같았다.

사이러스의 형님이 말했다.

“우리 영지에서는 이웃 나라인 샬마풍 요리를 주로 먹습니다. 왕도 여러분께는 익숙하지 않은 것도 많을 것 같지만, 부디 맛있게 드시길.”

형님의 인사가 끝나자마자 나는 식사로 손을 뻗었다.

평소 소르시에에서 쓰는 포크와 나이프와 스푼도 있었지만, 젓가락도 준비되어 있어서 그걸 잡았다.

이 세계에도 젓가락이 있다는 건 사이러스에게 들어서 알고 있었지만 실제로 들어본 건 처음이다. 그것 또한 기뻤다.

전생 이후로 처음 잡는 거라 잘 쓸 수 있을지 약간 불안하긴 했지만, 젓가락은 생각보다 훨씬 더 자연스럽게 손에 딱 붙어서 마음대로 움직일 수 있었다.

우선 바로 앞에 있는 검은 접시에 든 조림 같은 것을 젓가락으로 잡아서 입에 덥석 넣어 보았다. 포슬포슬한 감자다. 식감을 보면 토란인가. 토란 조림이다. 맛이 잘 배서 맛있다.

그리고 저쪽 꽃 모양으로 잘라놓은 건, 이건 고구마 맛이다. 고구마를 꽃 모양으로 만든 것이다. 이쪽은 달콤하면서도 짭짤하게 양념을 했는데 이것도 맛있다.

다음으로는 튀김이다. 뭐부터 먹을까. 좋아, 연근처럼 보이는 것부터 가보자. 오오, 튀김옷과 속이 바삭바삭해서 엄청 맛있다. 다음으로는 생선구이를 먹자. 음, 이건 혹시 된장을 발라서 구웠나? 그리운 맛이다. 맛있어.

그런 느낌으로 나는 요리를 그야말로 탐닉했다. 너무 그립고 맛있어서 배와 가슴이 전부 꽉 찼다.

"잘 먹었습니다."

디저트로 나온 모둠 과일을 다 먹어 치운 내가 그렇게 말하고 나서 겨우 요리에서 고개를 들자, 모두가 나를 어쩐지 따뜻한 눈빛으로 바라보고 있었다.

"그렇게 기쁘게 드셔서 다행입니다. 젓가락 사용법도 완벽했는데, 혹시 살마풍 요리는 예전에도 드신 적이 있나요?"

사이러스의 형님이 온화하게 물었다.

앗, 그렇구나, 평소 왕도에 살면 살마풍 요리는 그다지 먹을 수 없고, 젓가락도 잘 사용하지 못하겠지. 그냥 전생의 일본을 떠올리며 써버렸네.

하지만 그래도 나는 공작 영애다. 신분이 있는 아가씨다.

"그게, 살마풍 요리가 마음에 들어서 몇 번 먹어본 적이 있거든요."

그렇게 대답하자 돈 많은 아가씨이니 그런 경우도 있을 거라는 분위기가 되었다. 사이러스나 하루 씨에게도 먹어본 적이 없다는 말은 하지 않았으니 세이프다.

"하지만 이번 요리는 지금까지 먹어본 적도 없을 정도로 정말 맛있었어요."

정말 고급 온천 여관의 요리 정도로 맛있었다. 그렇게 말하는 나에게 사이러스의 형님과 부인은 엄청 생글생글 웃으며 말했다.

"다행입니다."

그렇게 밥을 탐닉한 뒤로 슬슬 동물들이 모여 있는 현장으로 향하게 되었다.

마법성 업무라서 위험이 있을지도 모른다는 이유로 하루 씨는 영주의 저택에서 기다리라고 하고, 다른 사람들은 함께 마차를 타고 현장으로 향했다.

배웅하는 하루 씨가 쓸쓸한 얼굴을 하고 있었지만 이것만은 어쩔 수 없다.

그리고 잠깐 나가는 것뿐인데 사이러스의 어머니가 과자를 줬다.

"도중에 배가 고프면 먹으렴."

나는 고맙게 받았지만 아들인 사이러스는 복잡한 얼굴을 했다.

"저 사람은 우리가 놀러 왔다고 생각한다니까."

과자는 물론 일식 과자였는데, 아까 그렇게나 먹었는데 또 먹고 싶어졌다. 그런데 내가 과자를 가만히 바라보고 있을 때였다.

"그렇게나 먹었잖아. 더 먹으면 또 배탈이 날걸? 지금은 삼가도록 해."

소라가 그만 먹으라고 했다. 어쩐지 소라가 점점 키스(어머니)처럼 되어가는 것 같다.

특별 제작한 마차는 속도가 빨라서 금방 목적지에 도착했다.

숲이 바로 옆에 펼쳐져 있는 크고 훌륭한 밭이었는데, 들은 대로 동물의 발자국이 잔뜩 찍혀서 엉망이었다.

예전 임무에서 봤던 엉망이었던 밭과 비슷했다. 아니, 그 이상이었다. 이제 이 밭에서 작물을 수확하는 건 무리일 것 같았다.

게다가 울타리를 둘러놓은 반대편에서 훌쩍 이쪽을 들여다보는 너구리까지 있었다. 우리를 보고 도망쳤지만 보아하니 다시 돌아올 것 같았다.

타일러 씨가 '대책을 세워두긴 했다'라고 말한 건 이 울타리를 가리키는 것일지도 모른다. 숲과 밭을 격리하듯 높고 튼튼한 울타리가 설치돼 있다.

밭에는 사람이 몇 명 있었는데, 그들은 지역 농민과 마법성 직원이라고 했다.

"이제 곧 지부장도 올 겁니다."

직원의 말대로 잠시 후에 타일러 씨도 도착했다.

"죄송합니다, 기다리셨죠."

아무래도 우리 마차의 속도가 너무 빨랐는지, 바로 뒤를 따라왔는데 점점 더 거리가 벌어졌다고 한다.

이틀 사이에 특별 제작한 마차에 익숙해졌지만, 잘 생각해 보면 평범한 마차보다 두 배 이상 빠른 걸 자랑한다고 했으니까.

도착한 타일러 씨는 피해가 시작됐을 때부터 농가 사람들이 세웠던 대책이나 대략적인 동물 수와 종류 같은 것을 한 번 더 자세히 설명해주었다.

과연 지부들의 거점인 지부장이다. 지난 임무에서 만났던 느긋한 느낌의 지부장과는 상당히 달리 능력 있다는 느낌이 들었다.

생각한 대로 이 높은 울타리가 그 대책이었는데, 지금도 숲과 밭의 경계에 계속 세우는 중이라고 했다.

이것 덕분에 밭에 내려오는 동물은 약간 감소하는 경향을 보이고 있지만, 울타리 근처에 뭉쳐 있는 것들도 있어서 그걸 어떻게 해야 하나 이야기하는 중인 듯했다.

새가 많은 곳에는 나무에 망을 걸어두었고, 구멍을 파서라도 들어오는 동물들에 대한 대책으로 울타리를 땅속까지 깊이 묻어서 간단히 들어오지 못하게 했다고 한다. 농가 사람들도 본격적이라고 느꼈다.

그렇게 해서 타일러 씨의 안내를 받으며 밭을 한 바퀴 둘러본 우리는 다음으로 옆에 있는 숲을 확인하기로 했다.

바로 옆에 있다고는 하지만 울타리를 단단히 쳐 두었다.

“어디로 들어가나요?”

내가 물었다.

“조금 걸어간 곳에 문을 달아놓았어.”

타일러 씨가 문 쪽으로 안내해주었다.

그 문은 언뜻 보기에는 울타리와 비슷한 느낌이었지만, 잘 잡아당기자 열렸다. 이 부근도 동물이 간파하지 못하게끔 배려한 것이라고 한다. 내가 생각하는 것보다 동물은 똑똑한 모양이다.

울타리처럼 생긴 문을 열고 앞을 보니 숲이 펼쳐져 있었다. 어디까지 이어져 있는 건지, 전혀 끝이 보이지 않을 만큼 큰 숲이었다.

나무가 울창하게 자라서 음산한 분위기가 감돌……지는 전혀 않았고 청량한 느낌이었다. 나뭇잎 틈으로 쏟아지는 햇빛도 아름다워서 삼림욕 같은 것을 해도 좋을 듯한 숲이었다.

“밭 근처 쪽은 아이들끼리 와도 길을 잃거나 다치지 않게끔 정비돼 있어.”

타일러 씨가 그렇게 가르쳐주었다.

“아이들이 미아가 되지 않게 하기 위해서인가요…….”

중얼거린 나는 저번 임무에서 숲에 들어갔을 때를 떠올렸다. 다

같이 숲을 조사하고 있었을 때 그 사람이 길을 잃었다는 것을.

"너, 하트 선배를 생각했지."

약간 먼 눈을 하는 나에게 소라가 작은 목소리로 말을 걸었다.

"그야 이런 상황에서는 생각도 날 만하지. 그때는 큰일이었잖아."

"맞아, 그 곰 인형이 없었다면 찾아낼 수 있었을지 의심스러워."

소라가 말하는 곰 인형이란 사람을 찾는 마법 도구인데, 스스로의 의지로 움직이는 인형이다.

마리아 앞에서는 귀여운 척하고 있지만 사실은 성격이 참 별나서 나를 바보 취급하는 천적이다. 물론 그때는 엄청 도움이 됐지만. 참고로 이번에는 따라오시 않았다는 걸 마리아에게 세 번은 확인을 받았다.

"알렉산더 이야기인가요?"

내화가 들렸는지 마리아가 물었다.

알렉산더는 그 곰 인형의 이름이다. 제작자인 라나가 붙인 이름이지만 썩 어울리지 않아서 그 이름으로 부르는 사람은 거의 없다.

"응, 시험 임무 때 도움을 많이 받았다는 이야기를 하고 있었어."

내 말을 들은 마리아도 하트 선배가 길을 잃은 사건을 떠올린 모양이다.

"그렇군요. 그때는 그 아이 덕분에 하트 선배를 찾을 수 있어서 다행이에요. 하트 선배가 라나 님께 받은 수건을 소중히 여겨서 여행하는 곳까지 가져온 것도 운이 좋았고요."

"맞아. 하트 선배가 라나 님에게 받은 수건을 소중히 여겨서 여행하는 곳까지……. 잠깐, 무슨 이야기야, 그건?"

흐름에 따라 자연스럽게 끄덕거리며 마리아의 이야기를 듣고 있었는데, 도중에 모르는 이야기가 나와서 눈을 동그랗게 떴다. 그러자 마리아 쪽도 눈을 동그랗게 떴다.

"그때 프레이 씨를 구하러 갈 때 프레이 씨가 라나 님의 특별한 자수가 들어간 손수건을 가지고 있었는데, 그때 하트 선배의 타올에도 그 자수가 들어가 있었다는 게 생각나서요."

마리아가 말했다.

앗, 그러고 보니 프레이 구출 작전 때 마리아가 '손수건을 보고 눈치챘다' 같은 말을 했던 것 같다.

그때 딴생각을 하느라 제대로 듣고 있지 않았구나. 미안, 마리아.

"미안해, 마리아. 제대로 안 들었나 봐."

나는 사과했다.

"아뇨, 괜찮아요."

마리아는 그렇게 말하며 이어지는 이야기를 들려주었다.

그러고 나서 라나와 대화할 기회가 있어서 자수에 관해 잠깐 물어보았더니, 자주 물건을 잃어버려서 쉽게 손에 다시 들어오게끔 특별한 자수를 놓는다고 했단다.

다만, 라나는 물건에 그리 집착하지 않기 때문에 비교적 누구든지 쉽게 물건을 줘버려서, 부서 내부 등에서는 라나의 자수가 들어간 소품을 쓰는 사람도 상당히 많이 있다는 모양이다.

우리 부서에서 라나의 개인 물건이 그렇게 널려 있다는 사실에는 깜짝 놀랐지만, 하트 선배가 라나 님께 받은 물건을 소중히 쓰고 있다는 건 납득이 갔다.

선배들은 다들 부서로 데려와준 라나에게 감사하고 있다는 말을 했으니까.

“아끼는 물건이 가까이에 있고 하트 선배의 마력도 높아서 운 좋게 찾을 수 있어서 정말 다행이에요.”

마리아가 생글생글 웃으며 말했다.

그 말이 맞다. 하트 선배가 아끼는 물건이 가까이에 있고, 게다가 마력이 높아서 운 좋게 찾을 수 있어서——. 어라, 뭐지. 뭔가 중요한 걸——.

“카타리나 님!”

그때까지 생글생글 웃으며 대화하던 마리아가 갑자기 긴장된 목소리로 내 팔을 붙잡았다.

내가 퍼뜩 놀라 마리아 쪽을 쳐다보자 마리아의 얼굴이 새파랗게 질려 있었다. 이 느낌은.

“어둠의 마법의 기척이야?”

주위에 있는 사정을 모르는 마법성 사람을 고려해서 작은 목소리로 물어보자, 마리아는 말없이 고개를 끄덕였다.

곁에 있던 소라가 곧바로 우리를 감싸듯 움직이며 주위를 둘러보았다.

나는 가만히 주위를 응시하는 마리아 대신 앞에서 가는 사이러스를 불렀다.

“사이러스 님.”

그러고 나서 마리아가 어둠의 마력의 기척을 느꼈다는 사실을 보고했다.

“마리아, 어떤 느낌의 기척이었어?”

“여기서부터 더 안쪽까지 이어져 있습니다.”

“그렇군.”

마리아와 그런 대화를 나누고 나서, 사이러스는 본부에서 온 멤버인 우리를 제외한 다른 마법성 직원들에게는 일단 밭이 있는 곳까지 돌아가라고 설명했다. 위험할지도 모른다면서.

"익숙하지 않은 숲에서 무슨 일이 있으면 위험해. 이곳의 책임자인 나라도 같이 가지."

타일러 씨가 그렇게 말했지만 사이러스는 거절했다.

"이 숲은 어렸을 때부터 자주 놀던 곳이라 잘 알고 있어서 문제없어. 해가 지기 전에는 반드시 돌아갈 테니 괜찮아."

"해가 져도 돌아오지 않으면 바로 찾으러 갈 거야."

타일러 씨가 마지못해 고개를 끄덕였다.

그리하여 우리는 마리아가 느낀 어둠의 기척을 따라 숲속으로 들어갔다.

이번에도 마리아가 느꼈다는 어둠의 기척을 나와 소라는 느낄 수 없었다.

나와 소라가 쓸 수 있는 게 어둠의 마법이고 마리아가 쓸 수 있는 게 빛의 마법이기 때문인 건지, 단순히 마리아의 힘이 강해서 그런 건지는 알 수 없다.

어둠의 기척을 따라서 숲속 깊은 곳으로 들어갔다. 숲 안쪽은 그리 정비되어 있지 않아서 출구 근처보다 약간 어두컴컴했다.

그리고 이건 숲에 들어왔을 때부터 느꼈던 건데, 동물 소리가 들리지 않았다.

저번에도 그랬지만 평소에는 들려야 할, 새가 지저귀는 소리 같은 게 전혀 들리지 않았다. 그 사실이 어두워져 가는 숲속을 한층 더 꺼림칙한 느낌으로 만들었다.

바람 소리만 쉭쉭 불어오는 어두컴컴한 숲속으로 얼마나 들어갔을까, 얼마간 앞쪽에 헛간 크기의 뭔가 작은 산 같은 게 보였다.

저게 뭐지. 헛간인가? 아니 작은 산 같은 건가?

그런 생각을 하면서 더 가까이 다가가 '그것'이 무엇인지 깨달았을 때 나는 할 말을 잃었다.

"우와."

옆에 있던 소라가 그렇게 말하는 소리가 들렸다. 그 밖에도 누군가가 숨을 들이켜는 소리가 들렸다. 아마 나도 무의식적으로 숨을 들이켰을 것이다.

다들 할 말을 잃고 바라보는 곳에는 수많은 동물이 겹치듯 쓰러져서 쌓여 산처럼 덩어리를 이루고 있었다.

처음에는 단순히 쓰러져 있을 뿐일지도 모른다고 생각했지만, 더 가까이서 봤을 때 공허하게 뜨고 있는 눈이 보여서 그들이 살아 있지 않다는 것을 알았다.

너구리, 여우, 토끼 같은 작은 동물이 많았지만, 개중에는 사슴처럼 약간 큰 동물도 있었다.

어떤 동물도 상처 같은 건 보이지 않았고 피도 나지 않았다. 그저 눈을 부릅뜨고 목숨이 끊어진 모습이 몹시 기분 나쁘고 오싹했다.

"이 아이들에게서 엄청나게 강한 어둠의 마력의 기운이 느껴져요."

동물들의 사체를 가리키며 마리아가 눈살을 찌푸리면서 말했다.

"그럼 이 아이들은 어둠의 마법에 당한 걸까? 눈에 띄는 외상도 없고."

그렇게 말하며 로라 선배가 동물들의 사체로 다가갔고, 소라와 라파엘도 뒤를 따라가서 시체를 확인했다. 나도 모두의 뒤를 따라 자세히 보는 편이 좋을까 하는 생각이 들었지만 아무래도 발을 내디딜 수가 없었다.

"외상은 전혀 없는 것 같군요."

토끼를 관찰하던 소라가 말했다.

라파엘도 너구리를 자세히 들여다보고 말했다.

"이쪽도 외상은 없어요. 역시 어둠의 마법에 당한 걸지도 모르겠네요. 하지만 어둠의 마법 중에 동물을 죽이는 것 같은 게 있었던가요?"

"사람의 힘 같은 것을 빼앗아서 죽이는 안건이 있었던 것 같아. 이것도 그런 종류일지도. 사이러스 부서장은 어떻게 생각하세요?"

로라 선배가 사이러스에게 물어봤지만 사이러스는 가만히 서 있을 뿐이었다.

어라, 자세히 보니, 사이러스의 안색이 안 좋은 것 같다.

"사이러스 님, 괜찮으세요?"

내가 물어보자 사이러스는 퍼뜩 정신을 차렸다.

"괘, 괜찮아. 미안해, 조금 동요했어. 그래서 어떤 느낌이지?"

원래 느낌을 되찾으려고 한 걸음 내디뎠다가 작은 돌에 걸려 넘어질 뻔했다.

그렇게 상태가 안 좋은 사이러스를 보고, 나는 얼마 전에 밭에서 들은 이야기를 떠올렸다. 귀여워하며 아끼던 개를 눈앞에서 잃고 난 이후로 동물에 관여하는 게 무섭다는 이야기였다.

그렇다, 사이러스는 동물을 대하는 걸 힘들어한다. 지금의 이런 상태를 보면 시체도 대하기 힘든 모양이다. 하지만 대하기 어려워한다고 해도 젊은 여성을 상대할 때처럼 업무 모드일 때는 괜찮은 정도일 거라 생각했는데.

그런데 안색이 안 좋아지고 발걸음도 위태로워질 정도로 힘들어할 줄은 몰랐다.

"사이러스 부서장님, 정말 괜찮으세요? 괜찮으시면 업을까요?"

로라 선배가 다부진 등을 가리키며 말했지만 사이러스는 거절했다.

"아니, 괜찮아."

그러고는 상황을 확인하는 데 합류해서 다 함께 이야기하기 시작했다. 하지만 역시 안색은 여전히 안 좋았다.

"그러게, 이건 어둠의 마법일 가능성이 크겠어. 그래서 마리아, 여기 어둠의 마력의 기척이 강한 것 외에 달리 느껴지는 건 있어?"

일단 말투와 태도는 원래대로 돌아온 사이러스가 마리아에게 물었다.

"네, 동요해서 바로 알아차리지는 못했지만, 기적을 자세히 보면 어둠의 마력의 기운은 더 안쪽까지 이어져 있습니다. 이걸 따라가면 원인을 알아낼 수 있을지도 몰라요. 쫓아가도 될까요?"

그대로 기척을 따라 달려갈 것 같은 기세로 마리아가 말했다. 평소보다 험악한 얼굴을 하고 있다는 것을 나는 깨달았다.

마리아가 화를 내고 있다. 마리아는 온화하고 다정하지만, 학교에서 내가 누명을 쓸 뻔했을 때도 진심으로 화를 냈다.

지금의 마리아도 그때와 똑같은 얼굴을 하고 있었다. 분명 목숨을 빼앗긴 동물들 때문에 화가 잔뜩 났고, 그래서 범인을 꼭 붙잡고 싶은 것이리라.

하지만 그렇게 달려갈 것 같은 기세의 마리아를 사이러스가 제지

했다.

"그렇게 하고 싶은 마음은 굴뚝 같지만 이제 해가 질 것 같아. 지금부터 숲속 더 깊은 곳으로 더 많이 들어가는 건 너무 위험해."

"하지만 내일이면 기척이 사라져 버릴지도 몰라요!"

마리아가 초조한 얼굴로 말했다.

"그래도 일단 우리가 안전한 게 최우선이야. 여기 있는 모든 사람들을 위험하게 만들 수는 없어."

사이러스가 딱 잘라 말했다.

그 말을 들은 마리아도 화들짝 놀라서 우리를 돌아보았고, 입술을 꽉 깨물었다.

범인을 쫓고 싶다. 하지만 동료를 위험하게 할 순 없다. 답답한 기분이 들었을 것이다.

"……알겠습니다."

마리아가 고개를 떨구며 말했다. 그래서 우리는 그대로 일단 숲 밖으로 나가기로 했다.

사이러스의 말대로 돌아갈 때 점차 해가 기울어지기 시작했다.

우리는 점점 더 빨리 내려오는 태양을 보며 서둘러 빠른 걸음으로 걸었다.

한층 더 어두워지는 숲은 아까 수많은 동물들의 시체를 봤다는 이유도 있어서 더욱 꺼림칙하게 변한 것 같았다. 빨리 빠져나가고 싶었다.

쏟아지는 햇빛이 오렌지색으로 바뀌기 시작했을 무렵, 우리는 무사히 숲에서 빠져나올 수 있었다.

사이러스는 타일러 씨에게 말한 대로 길을 잘 기억하고 있었던 모양이라, 잘 빠져나와서 울타리가 있는 곳까지 도착할 수 있었다.

울타리 근처에서 기다리던 타일러 씨가 우리의 모습을 보고 무척 안심한 표정을 지었다.

아무래도 상당히 걱정을 끼친 모양이다.

하지만 잘 생각해 보면 '위험하니까 돌아가'라는 말을 듣고 기다리는 쪽은 그야말로 안절부절못하지 않을까. 사이가 좋은 사람이라면 더더욱.

"무사히 돌아와서 다행이야."

안도한 목소리로 말하는 타일러 씨에게 사이러스는 말했다.

"그래, 걱정을 끼쳐서 미안해."

그렇게 말하며 사이러스가 사과했는데, 저녁 해에 물들어서 이제 안색이 어떤지 잘 알 수 없었다.

그리하여 우리는 해가 지면 위험하기 때문에 서둘러 마차를 타고 마법성 지부 건물로 향했다.

창밖이 어두워질 무렵 지부에 도착해서 아까 있었던 방으로 다시 들어갔다. 마법으로 불빛을 켜둔 방은 아까의 저녁 노을과는 달리 밝았고, 그래서 사이러스의 안색이 여전히 좋지 않다는 것을 알 수 있었다.

아직 회복하지 못한 모양이다. 젊은 여성을 대하기 힘들다는 것보다 훨씬 더 중증으로 힘들어 보였다.

타일러 씨도 그제야 사이러스의 안색이 안 좋은 걸 눈치챈 모양이다.

"괜찮아?"

그가 걱정스럽게 물어봤지만 사이러스는 딱 잘라 대답했다.

"괜찮아."

더 이상 말을 걸기를 사양하는 것 같았다.

"그보다 숲속에서 있었던 일 말인데, 숲속 중간쯤에 수많은 동물의 사체가 쌓여서 산을 이루고 있더군."

"동물의 사체가 산을……."

"어. 작은 동물부터 큰 동물까지 다양한 동물이 눈을 뜬 채 숨이 끊어져 있었어. 다들 외상도 보이지 않았고."

"……그게 대체 어떻게 된 일이지?"

의아한 얼굴을 하는 타일러 씨에게 사이러스가 말했다.

"여기서부터는 한정된 사람들에게밖에 말할 수 없는 안건이 관련되어 있어서 자세히 말할 수는 없어. 미안해."

그렇게 사과했다. 적당히 얼버무리면 될 텐데 솔직히 말하는 부분은 사이러스다웠다.

"나도 마법성에서 일하고 있으니 공적으로 말할 수 없는 안건이 있다는 건 알고 있어. 하지만 사이러스, 그 건은 상당히 위험하지 않아?"

타일러 씨가 걱정스러운 얼굴로 사이러스에게 물었다.

"위험하기는 할 것 같아. 하지만 그런 일까지도 상정해서 꾸린 멤버들이야. 물론 아무도 위험하게 만들 생각은 없지만."

사이러스는 그렇게 말하며 우리 쪽으로 시선을 돌렸다.

"알겠어. 다만 너도 반드시 무사히 돌아온다고 약속해."

"그래."

타일러 씨의 말에 사이러스는 확실하게 고개를 끄덕였다.

그렇게 해서 보고가 끝나고 오늘은 이대로 사이러스의 본가에서

다 함께 신세를 지기로 했다.

밖에 나가자 벌써 해가 넘어가고 주위가 어두웠다. 마차에 마법등을 달고 사이러스의 본가인 영주의 저택으로 향했다.

마차 안은 어두컴컴해서 사이러스의 안색은 더 이상 살펴볼 수 없었다. 하지만 어딘가 무리를 하고 있다는 듯한 생각이 들었다.

점심때와 마찬가지로 특별 제작한 마차는 금세 저택에 도착했다.

"어서 오렴."

뛰쳐나온 사이러스의 어머니를 필두로 가족 모두가 따뜻하게 맞이해 주었다.

점심 식사에 이어 저녁 식사도 준비했다고 해서 고맙게 얻어먹기로 했다.

다만, 숲속에서 충격적인 사건도 있었기 때문에 그다지 식욕이 생기지 않아서 못 먹을지도 모른다는 불안감은 있었다.

하지만 다시 그리운 일식이 차려져서 그런 불안은 싹 날아갔고 맛있게 싹싹 먹어 치웠다. 심지어 된장국은 더 받아먹었다. 나는 의외로 대담한 성격인 모양이다.

한편으로는 식사하는 자리에서 사이러스의 안색은 괜찮아졌지만 그가 밥을 거의 먹지 못하는 게 신경 쓰였다. 사이러스는 아직 상태를 회복하지 못한 것 같았다.

동물 때문에 힘든 건 젊은 여성을 상대로 힘들어하는 것과는 비교가 안 되는 듯했다. 정말로 심각한가 보네. 하지만 전에 밭에서 포치를 내어놓았을 때는 이 정도로 반응하지는 않았던 것 같은데, 이유가 뭘까.

「그 아이는 사고로 죽어버렸어. 내 눈앞에서.」

그때 사이러스의 말이 선명하게 떠올랐다. 아, 그렇구나. 어쩌면 사이러스는 동물보다 동물의 사체 쪽이 더 힘든 것일지도 모른다. 눈앞에서 죽었다면 분명 시체도 눈앞에서 봤을 테니까.

그걸 깨달았다 해도 내가 할 수 있는 일은 없다. 가족과 하루 씨가 걱정하며 괜찮냐고 물어봤지만,

“조금 피곤할 뿐이야.”

사이러스는 계속 얼버무릴 뿐이었다.

식사가 끝나자 다들 빌린 각자의 방으로 돌아갔다.

나도 다른 사람들과 마찬가지로 방에 돌아가서 앞으로 어떻게 할지 생각하려 했는데 때마침 화장실에 가고 싶어졌다. 된장국을 세 그릇이나 먹은 탓인지도 모른다.

화장실을 향해 걸어가는 길에 테라스로 이어지는 입구 근처에서 사이러스와 하루 씨를 발견했다.

아까 사이러스가 신경 쓰여서 말을 걸려고 다가갔더니, 두 사람이 너무나도 심각한 표정을 짓고 있어서 역시 그만둘까 망설여졌다. 그런데 나를 눈치채지 못한 두 사람이 대화를 하기 시작했다.

“사이러스, 그, 숲에서 수많은 동물의 사체를 발견했다고 들었어요. 사이러스가 상태가 안 좋아 보이는 건 그게 원인인가요? 과거 그 아이의 일 때문에.”

하루 씨가 머뭇거리며 말하자 사이러스는 잠깐 잠자코 있다가 입을 열었다.

“……너에게는 그 부분도 알려져 있으니까 말하겠지만, 그 말이 맞다. 하지만 이건 내 스스로 어떻게 해야 하는 문제니까 내버려뒀으면 좋겠어.”

그렇게 말하고 나서 혼자 테라스 쪽으로 나가버렸다.
사이러스가 딱 잘라 거절하자 하루 씨는 슬픈 표정을 지었다.
아무리 봐도 심각한 전개라서 내가 개입할 구석은 없을 것 같았다. 이대로 아무것도 못 본 척 화장실에 가려고 할 때,
"……카타리나 씨."
고개를 떨구고 있던 하루 씨가 얼굴을 드는 바람에 눈이 딱 마주쳤다. 아무리 그래도 이 상태로 그대로 떠날 수는 없다.
"아, 안녕하세요."
나는 헤벌쭉 웃으며 말했다.
"다 들렸나요?"
그게 사이러스와의 대화를 가리키는 말이라는 건 아무래도 알 수 있었다.
"미안해요, 멋대로 듣고 말았네요."
나는 곧바로 사과했다. 하루 씨는 고개를 젓고 나서 말했다.
"아니에요. 이런 곳에서 이야기를 꺼낸 제 잘못이에요."
"저기, 그 애라는 건 혹시 옛날에 사이러스 님이 키우던 강아지를 말하는 건가요?"
내 질문에 하루 씨는 눈을 끔뻑거리고 말했다.
"아, 카타리나 님도 아시는군요."
"앗, 네. 전에 밭이 아니라 마법성에서 잠깐 들은 적이 있거든요. 옛날에 귀여워하던 강아지가 눈앞에서 사고로 죽어버렸다고."
내 말에 하루 씨는 생각에 잠긴 듯한 기색을 보이더니 약간 망설이듯 입을 열었다.
"그 애는 레오라는 이름의 큰 개였는데, 저도 몇 번 같이 놀았어

요. 그 애가 사이러스와 왕도에 갔을 때 사고로 죽어버렸다고 들었습니다."

"왕도에서 사고를 당했군요. 그건 몰랐어요. 마차에 치인 건가요?"

"아뇨, 사이러스는 사고라고 했지만, 저는 숨바꼭질을 하다가 우연히 그 당시에 아저씨들이 나누던 이야기를 듣고 말았어요. 아무래도 레오가 죽은 건 사고가 아니라…… 누군가가 죽였다는 모양이라."

하루 씨의 말을 들은 나는 눈을 휘둥그레 떴다.

"네? 누가 죽였다고요?! 누, 누가요?"

"거기까지는 모르겠어요. 다만, 그때 아저씨들의 목소리가 너무 무서워서 당시에는 아무한테도 말하지 않았죠. 그러고 나서 자란 뒤에 잘 생각해 보니, 변경백이 아들이 아끼는 소중한 강아지가 죽임을 당했는데도 공론화하지 않았다는 건 엄청나게 지위가 있는 사람이 관련되어 있었던 게 아닐까 하는 생각이 들었어요."

"……그렇군요."

나라를 지키는 핵심인 변경백은 지위가 높다. 그런 변경백이 소중한 개가 죽임을 당했는데도 잠자코 사고였다고 말할 수밖에 없는 인물은 한정되어 있을 것이다.

그때 문득 전에 성에서 디올드에게 들은 이야기가 떠올랐다. 왕궁 안에서 죽는 사람도 있었고, 어둠의 마력이 세상에 나오는 계기가 된 국왕의 후계자 다툼. 내가 철들기 전에 벌어진 그 사건으로 왕궁은 지독하게 어지러웠다고 들었다.

나보다 나이가 몇 살은 더 많은 사이러스가 만약 그렇게 어지러운 곳에 저도 모르게 가버렸다면, 사랑하는 개가 죽임을 당하는 일도 있었을지 모른다. 그리고 아무리 변경백이라 해도 왕족에게 불평을 늘어놓을 수는 없을 것이다.

어디까지나 내 상상에 지나지 않지만 만약 거기서 벌어진 일로 사이러스가 동물, 그리고 그 사체를 대하기 무척 어려워졌다면, 그건 내가 어떻게 할 수 있는 안건이 아니다.

그럴 때 사이러스를 위로해 줄 수 있는 사람이 있다면 그건——.

"——그래서 그 사건 이후로 사이러스는 다른 강아지는 물론이고 동물에게 다가가는 것도 최대한 피하게 되었죠. 그 후로 얼마 지나지 않아서 같이 놀고 있었을 때 개가 죽어 있는 것을 발견했는데, 얼굴이 새파래져서 쓰러진 적이 있거든요."

"쓰러졌다니! 그렇게나 심했나요!"

"네, 그렇게나 심했어요."

역시 동물을 대하기 무척 힘들어한다기보다는 완전 트라우마가 된 것이리라. 사이러스는 대체 왕노에서 어떤 것과 조우했을까.

"그래서 오늘도 사정을 듣고 걱정이 돼서요. 저는 어렸을 때 그 부분의 사정도 알고 있으니까 어쩌면 조금은 의지해줄지도 모른다고 생각했는데……."

하루 씨는 그렇게 말하면서 무척 슬픈 표정을 지었다.

아까 딱 잘라서 거절당했으니까. 하지만.

"사이러스 님은 항상 저런 느낌이고 그다지 남에게 의지하지는 않으니까요."

나는 그런 말로 위로했지만 하루 씨의 얼굴은 변하지 않았다.

"그렇군요……."

그렇게 말하고는 그대로 입을 다물어버렸다.

"죄송합니다. 카타리나 씨를 봤더니 저도 모르게 긴장이 풀려서 쓸데없는 이야기를 너무 많이 해버렸어요. 이 이야기는 특히 제가 들은 아저씨의 이야기는 다른 사람들에겐 부디 비밀로 해주시지 않겠어요?"

그러면서 대화를 끝내는 것처럼 고개를 숙였다.

"앗, 네."

내 대답을 들은 하루 씨가 이어서 말했다.

"그럼 저는 쉬러 가겠습니다. 카타리나 씨도 푹 쉬세요."

그러고는 가버렸다.

뒷모습이 무척 쓸쓸하게 보인 건 사이러스가 테라스로 나가고 나서 하루 씨가 중얼거린 말이 들렸기 때문인지도 모른다.

"……저로는 안 되는 거군요."

작은 중얼거림이라 금방 어둠 속으로 사라졌지만, 내 가슴에는 어쩐지 그 말이 남아버렸다.

그건 예전에 게임 I에서 라이벌 캐릭터인 메리가 했던 대사와 유사했기 때문이다.

자신은 좋아하는 사람을 받쳐줄 수 없다고 생각한 메리가 중얼거린 말이다. 하루 씨의 입장이나 지금의 상황이 그것과 비슷해서 애달팠다.

그런 마음으로 잠깐 멍하게 서 있다가, 바람이 불어와서 몸이 부르르 떨렸다. 그제야 화장실에 가려고 했다는 사실을 떠올린 나는 서둘러 화장실로 향했다.

화장실에서 돌아오면서, 아직 사이러스가 테라스에 있으면 뭔가 말을 거는 편이 좋을까, 하지만 내가 사이러스의 트라우마를 어떻게 할 수 있을 것 같지는 않다. 하지만 안색이 안 좋은 사이러스를 내버려둬도 될까.

이런저런 생각을 하며 돌아가고 있는데 사이러스가 나간 테라스에서 마리아와 함께 있는 모습을 발견했다.

아까까지 그렇게나 굳어 있던 사이러스의 얼굴이 무척 평온해져 있었다.

아아, 내가 나설 곳은 없을 것 같다고 안심했지만, 그와 동시에 하루 씨의 모습이 뇌리를 스쳐서 가슴이 아팠다.

나는 이번에는 들키지 않게끔 조용히 방으로 돌아갔다.

사이러스가 지독한 트라우마를 가지고 있다는 것을 알게 됐지만, 마리아와 저러고 있는 모습을 보면 일단 내가 뭔가 바로 할 일은 없을 것 같았다.

그렇다면 지금의 내가 해야 할 일을 생각해야 한다.

그러기 위해서라도 내일 할 일, 사건에 관해 일단 생각을 정리하기로 했다.

의장 카타리나 클라에스, 의원 카타리나 클라에스, 서기 카타리나 클라에스.

『그럼 여러분, 이번 사건에 대해 정리합시다.』

『그 숲과 동물의 느낌으로 볼 때 지난번 사건과 똑같을 가능성이 엄청 크다고 생각해!』

『그럼 이제부터 또 드래곤이 나오는 걸까?』

『앗, 그랬지! 지난번에는 숲 안쪽에서 어둠의 사역마인 드래곤이 나와서 싸웠어.』

『그랬죠. 그때 포치가 거대해져서 싸워줬죠.』

『응, 그때 포치는 멋있었어.』

『맞아, 맞아. 평소에는 자유롭고 귀여운 강아지인데 유사시에는 강하다니, 우리 포치는 너무 훌륭해.』

『정말이야, 우리 애는 최고야!』

『크흠, 이야기가 딴 길로 샜으니까 다시 돌아올게요. 숲 안쪽에 또 드래곤이 있을 가능성이 생겼으니 대책을 생각해 둡시다. 이번에는 어쩌면 수가 많거나 저번보다 클지도 모르잖아요.』

『앗, 왜 수가 많거나 크기가 크거나 할지도 모르는 거야?』

『오늘 본 동물의 사체 말이에요. 그렇게 많은 생명이 목숨을 빼앗겼다면, 적도 레벨 업한 게 아닐까 싶어서요.』

『대단해, 카타리나. 똑똑하네. 확실히 맞는 말이야.』

『정말 천재로구나.』

『훗, 몇 년이나 악역 영애를 맡아온 건 겉멋이 아니랍니다.』

『아니, 그것과 악역 영애는 상관이 없지 않나?』

『그건 그래~.』

『……크흠, 그럼 이야기를 다시 돌려서 적이 파워 업했다고 하고, 어떻게 하겠어요?』

『으~음, 그건 또 포치한테 해치워 달라고 할 수밖에 없지 않아? 내가 흙을 봉긋하게 솟아오르게 하는 정도로는 무찌를 수 없을 테니까.』

『찬성.』

『하지만 포치만으로 무찌를 수 있을까요. 만약 포치가 지면 포치는…….』

『사이러스가 아끼던 강아지가 죽임을 당했다는 이야기 때문에 불안해졌는지도 몰라. 생각하고 싶진 않지만 만약 포치가 죽임을 당한다면…….』

『하지만 포치는 강한데…….』

『그래도 패배하지 않는 건 아니야. 그러니까 나도 싸우겠어. 포치는 소중한 가족이니까 지켜야지.』

『그렇군요. 흙 봉곳 정도로는 싸울 수 없지만 어둠의 마법이라면 싸울 수 있을지도 몰라요.』

『어둠의 마법이라고 해도 포치와 어둠을 빨아들이는 마법밖에 못 쓰지만.』

『응, 어둠의 사역마라면 어둠을 빨아들이는 마법으로 빨아들일 수 있잖아. 그 검은 뱀도 빨아들였고.』

『그렇군요! 어둠의 사역마라면 분명 빨아들일 수 있을 거예요. 또 다시 그 드래곤이 나타나면 쏙 빨아들여 버립시다!』

『좋네. 드래곤은 쏙 빨아들인다. 그걸로 만사 해결이야.』

『그렇다면 드래곤은 해골 지팡이로 빨아들여서 해치우는 걸로 하면 될까요?』

『『이의 없습니다.』』

이렇게 해서 내일의 작전이 정해졌다. 나는 절대로 포치에게 맡기지 않고 나 스스로도 싸우기로 결심했다.

그리고 그대로 침대에 누워 자기로 했다. 포치를, 모두를 지킨다는 결의를 새로이 다지며.

◆◆◆

나, 사이러스 란체스터는 숲에서 돌아와도 몸 상태가 완전히 돌아오지 않아서 짜증을 느꼈다.

몸 상태가 안 좋다는 것 때문이 아니라, 아직도 이런 일로 몸 상태가 안 좋아지는 스스로에게 짜증을 느낀 것이다.

모두에게도 걱정을 끼쳤다. 사정을 모르는 마법성 사람들, 사정을 다 알고 있는 가족이나 오래된 사용인들, 소꿉친구, 모두 다 신경을 쓰게 만들었다. 부끄럽기 그지없다.

젊은 여성도 대하기 힘들고 동물도 어렵고, 특히 그 사체는 보기만 해도 기분이 안 좋아진다니, 마법성에서 부서장을 맡은 몸으로서는 한심하기 짝이 없다.

원인은 잘 알고 있다. 하지만 항상 '그 일'에는 단단하게 뚜껑을 덮어서 시선을 두지 않으려고 해 왔다. 그 덕분에 평소에는 신경을 쓰지 않는다.

하지만 오늘처럼 한번 동물의 사체, 심지어 그렇게 이상한 사체를 목격하면 단번에 뚜껑이 억지로 열리며 이렇게 된다.

심지어 한번 떠올리면 좀처럼 사라지지 않는다. 다시 뚜껑을 닫을 때까지 시간이 걸린다. 아니, 애초에 다 큰 어른이 언제까지나 못 본 척하고 있는 게 잘못이다.

나는 이제 '그때 있었던 일'을 똑바로 마주하고 극복해야만 한다.

아직 어렸을 때 있었던 일이다. 아버지가 왕도에 일하러 가신다고 해서 같이 가게 되었다.

철든 이후로 왕도에 가는 건 처음이었기 때문에, 가기 전까지는 엄청 기대하고 있었다는 걸 지금도 기억한다.

그 무렵 내 옆에는 같이 자란 레오라는 강아지가 있었다. 새하얗고 커다란 아이였는데, 당시의 나와 몸 크기가 그리 다르지 않아서 틈만 있으면 딱 붙어 있었다.

레오는 형과 나이 차가 나게 태어난 내가 쓸쓸하지 않도록 부모님이 내가 태어난 지 얼마 안 됐을 때 받아온 강아지로, 형제처럼 자란 소중한 가족이었다.

친구들과도 다 같이 놀았고 밤에도 같이 자는 등, 하루도 떨어진 적이 없었다.

그래서 왕도에도 데려가겠다고 고집을 부렸다. 나이가 어린 막내 아들에게 약했던 부모님도 목줄을 잘 맨다면 괜찮다고 허락해 주었다.

하지만 그게 잘못이었다. 레오를 그런 곳에 데려가서는 안 되는 일이었다.

왕도에 도착한 나는 관광을 잔뜩 하면서 즐겼다. 그리고 거기서 보이는 큰 성을 동경해서 가게 될 용건이 생겼다는 아버지를 따라 성으로 향했다. 물론 레오도 함께 갔다.

과연 성 안에는 동물을 데려갈 수가 없어서 나는 정원에서 레오와 함께 아버지를 기다렸다. 처음으로 온 큰 성에 감동했고 큰 정원에도 두근거렸다.

그때, 쾅 하고 큰 소리가 들려왔다. 어렸던 나는 엄청 신경이 쓰여서 레오를 데리고 그쪽으로 향하고 말았다.

아버지가 얌전히 있으라고 했는데, 당시에 호기심이 강한 아이였던 나는 아주 잠깐일 뿐이라며 사용인을 따돌리고 달려가버렸다.

그리고 얼마간 앞으로 갔을 때 지금까지 본 적이 없었던 광경을 목격했다.

나와 그다지 나이가 다르지 않은 아이가 여자에게 발로 차이고 있었다. 그것도 몇 번이고 몇 번이고. 심지어 발에 밟혀서 비명을 질렀다.

비통한 목소리를 들은 나는 저도 모르게 그 아이에게 달려갔다.

"엄청 아파 보입니다. 그만하세요."

나는 그런 식으로 말했다.

발로 차고 있던 여성이 이쪽을 찌릿 노려보았다. 눈에 핏발이 서 있어서 등줄기가 바르르 떨렸다.

"왜 이런 곳에 애랑 짐승이 있는 거야!"

높다랗게 울리는 목소리로 말한 여성은 내 쪽으로 성큼성큼 걸어와서 발을 들어 올렸다. 발에 차일 거라고 생각했을 때, 하얀 덩어리가 뛰어들었다.

레오였다. 레오가 나를 감싸며 앞으로 튀어나온 것이다. 레오의 몸이 흔들렸다. 아마 세게 발로 차인 듯했다.

"짐승 주제에. 구두가 더러워지잖아!"

쨍쨍한 목소리가 난 뒤에 여성이 이쪽에서 멀어져서 나는 안심하고 레오를 끌어안았다.

"고마워, 레오. 미안해."

레오에게 그렇게 말했을 때였다. 샥 하고 그것이 내려왔다.

처음에는 그게 뭔지 알 수 없었다. 그저 갑자기 레오의 몸에서 선혈이 넘쳐흘렀다.

"레오, 레오!"

고개를 들어 레오를 똑바로 본 나는 검 하나가 몸을 꿰뚫고 있다는 것을 깨달았다.

멍하게 서 있는 내 귓가에 쨍쨍 울리는 목소리가 들려왔다.

"짐승 주제에 내 앞을 가로막다니, 용서할 수 없어."

그 목소리와 함께 레오를 찔렀던 칼이 뽑혔고, 레오에게서 선혈이 튀어 내 시야를 새빨갛게 물들였다.

붉은 시야 속에서 입술이 새빨간 젊은 여자가 무시무시한 형상으로 일그러진 미소를 짓고 있었다. 거기서 내 기억은 끊어졌다.

정신을 차렸을 때는 나는 왕도의 타운 하우스 침대 위에 누워 있었다.

아버지가 반쯤 울면서 말했다.

"그런 곳에 데려가서 미안하다."

몇 번이고 몇 번이고 사과했다.

나는 어쩐지 고열이 나서 머리가 몹시 멍했고, 무슨 뜻인지 잘 알 수 없었다.

다만, '레오가 죽었다'라는 말을 들었을 때는 눈물이 마를 정도로 통곡했다.

이윽고 열이 떨어졌을 무렵, 나는 영지로 돌아왔다. 어머니와 형이 울 것 같은 얼굴로 나를 안아준 것도 기억하고 있다.

그 이후로 나는 젊은 여성을 엄청나게 상대하기 힘들어졌고, 동물에게 다가가는 것도 무섭다고 느끼게 되었다.

사용인들이나 친구들에게는 레오가 사고로 죽었다고 해두었다.

나 때문에 죽임을 당했다고는 도저히 말할 수 없었다.

그리고 다들 내가 너무나도 낙담했기에 그 화제는 피해주었다.

그 후에 료나 하루와 놀고 있을 때 개의 사체를 목격하고 쓰러지는 경우가 있긴 했지만, 그때처럼 고열이 나지는 않았고 시간이 흐르면서 조금씩 증상도 회복되었다.

이윽고 시간이 흘러 나는 평소에 그 일을 떠올리지 않게끔 '그때의 기억'에 뚜껑을 닫기로 했다. 그렇게 하면 가장 살기 쉽다는 것을 깨달았기 때문이다.

하지만 젊은 여성을 대하기가 힘들거나 동물이 무섭게 느껴지는 건 그 후로도 계속 남아서 이어졌다.

15살이 되어 마법 학교에 가야 했을 때 아버지와 어머니가 괜찮냐며 걱정했지만, 기억에 뚜껑을 덮고 있던 나는 아무렇지 않게 '괜찮아'라며 집을 나왔다.

하지만 왕도에서 입술을 붉게 바른 화장을 하고 차려입은 젊은 여성을 볼 때마다 기분이 안 좋아졌다.

기억의 뚜껑이 슬금슬금 열리려고 했지만, 사투리를 쓰면 촌뜨기라 놀리고 무시당하기도 해서 그것 때문에 대하기 힘들어진 것이라 억지로 생각하며 무사히 넘어갔다.

이윽고 마법성에 근무하게 되었을 때, 동물의 사체를 목격하고 기억의 뚜껑이 열렸다. 그제서야 그때 있었던 일을 조사해야겠다는 생각이 들었다. 사실은 언제까지나 이렇게 있어서는 안 된다고 계속 느끼고는 있었기 때문이다.

그렇게 조사한 결과, 당시 후계자 다툼이 심했던 성 내부는 몹시도 엉망이었고, 심지어는 죽은 사람까지 있었을 정도였다는 것 같았다.
하지만 예나 지금이나 그 사실은 숨겨져 있었고, 그래서 변경에서 그 일을 잘 알지 못했던 아버지가 나를 데리고 성을 방문했다가 운 나쁘게 질 나쁜 왕족 중 한 사람과 얽혀서 그런 일이 벌어진 것이었다.
그 후로 일어난 현 국왕의 개혁으로 악질적인 왕족들은 다들 처형되었고 이제 이 나라에는 없다. 이미 모든 것은 끝난 뒤였다.
아아, 몇 번이나 머릿속에 되살아나는 그 무시무시한 여성은 이제 사라졌구나. 그렇게 안심하기는 했지만 그래도 대하기 힘들다는 감정은 개선되지는 않았다.
올해 들어 카타리나와 마리아 덕분에 여성을 대하기 힘들다는 의식은 상당히 좋아졌다.
어쩌면 이대로 괜찮아질지도 모른다는 생각까지 하던 참에 오랜만에 동물의 사체를, 심지어 그렇게나 이상하게 죽은 사체를 목격하자 제 정신을 유지할 수가 없었다. 스스로가 한심해졌다.
이제는 못 본 척하면서 계속 도망치지 말고 맞서서 극복해야 할 때가 왔는지도 모른다.
그렇게 생각하긴 하지만 어떻게 해야 좋을지 알 수가 없어서 이렇게 그저 풍경만 바라보고 있을 뿐이다.
"사이러스 님."
누군가가 부르는 목소리가 들려서 화들짝 놀라 뒤를 돌아보자 마리아가 서 있었다.
생각에 잠겨서 그녀가 여기까지 왔다는 것도 전혀 눈치채지 못했다.

"괜찮으세요?"

마리아가 조심스럽게 물었다.

"아, 이건 내가 스스로 어떻게 해야만 하는 문제니까 내버려둬."

나는 아까 하루에게 했던 것과 똑같은 말을 했다.

마리아도 그러면 내버려둘 거라고 생각했는데.

"안 돼요."

단호한 대답이 돌아와서 나는 눈을 휘둥그레 뜨고 마리아를 응시했다.

"아무리 봐도 혼자서 지나치게 생각에 잠긴 것처럼 보이는데, 그런 사이러스 님을 이대로 내버려두는 건 무리예요."

이쪽을 똑바로 바라보며 그렇게 말하는 마리아를 보자, 나는 어쩐지 어깨에서 힘이 빠져나가는 느낌이 들었다.

"……그래. 아까부터 어지럽게 고민만 하고 있는데 어떻게 해야 좋을지 여전히 모르겠어."

쓴웃음을 지르며 그렇게 말하자 마리아가 엄한 표정을 지었다.

"일단은 혼자서 어지럽게 생각하는 것보다는 다른 사람에게 이야기를 해보면 뭔가 바뀔지도 몰라요. 말할 수 있는 게 있다면 어서 해주세요."

두 팔을 벌리며 이야기하라고 재촉했다.

어쩐지 친근한 그 느낌에 아까까지 어지럽게 맴돌던 어두컴컴한 기분이 가벼워지면서 나는 자연스럽게 입을 열었다.

"전에 마법성의 밭에서 옛날에 키우던 아끼던 강아지가 눈앞에서 죽었다고 이야기했잖아."

"네, 그 후로 동물을 대하기가 조금 무서워졌다고 하셨죠."

"그래, 맞아. 하지만 그 이야기는 사실 진실이 아니야. ……사실은 내가 키우던 강아지 레오는 나 때문에 죽임을 당했어."

"죽임을 당했다니……."

"응. 어렸을 때 왕도를 방문했는데 레오를 성에 데려갔어. 그곳에서 나는 호기심이 이끄는 대로 레오를 데리고 정원을 달리다가 참혹한 현장을 목격하고 말았지."

"……참혹한 현장이라고요?"

"그 당시 나와 비슷한 또래의 어린아이가 땅을 구르고 있었고, 젊은 여성이 그에게 발길질을 하고 있었어. 그 아이가 비명을 질렀고 나는 저도 모르게 그 아이를 구하러 갔지. ……어린애 나름의 무분별한 정의감으로 그 여성에게 '그만두길 바란다'라고 말했어. 그게 그 여성을 더욱 화나게 만든 모양이라, 여성은 발을 들어서 나까지 차려고 했어."

"……."

"레오는 나를 동생처럼 생각했는지 내가 위험하면 항상 지켜주려고 했거든. 그래서 그때도 똑같이 여성에게서 나를 지키려고 한 건지 나와 여성 사이에 끼어들었어. 레오는 나 대신 여성에게 발로 차였지."

"……그래서 죽은 건가요?"

"아니. 레오는 커다란 강아지였고 여성의 힘으로 발로 찬다 해도 죽지는 않아."

"그럼 어째서?"

"레오가 나를 지키기 위해 앞에 나선 게 그 여성에게 거슬렸던 모양이야. 여성은 가까이 있던 기사의 검을 빼앗아서 돌아오더니 그

검으로 레오를 찔렀어."

"?!"

"사방에 흩날리듯 피가 뿜어져 나왔고 레오는 내 품 안에서 죽어버렸어. 나는 그때 기절한 모양인지, 정신이 들었을 때는 왕도에 있는 타운 하우스의 침대 위에 누워 있었다."

"……그 여성은……."

"당시 왕궁은 왕위 다툼 때문에 지극히 험악했어. 그 여성과 아이 또한 관계자였지. 그래서 신분 때문에 아무 말도 할 수 없었어."

그때는 왕족이 키우던 개를 죽여도 뭔가 말할 수 있을 리가 없었다.

"타운 하우스에서 눈을 떴을 때, 아버지가 '그런 곳에 데려가서 미안하다, 모두 나 때문이다'라고 사과했지만 그건 틀린 말이야. 전부 내가 다 잘못한 거였어! 왕도에 레오를 데려가고 싶다고 고집을 부린 것도, 성에 가고 싶다고 말한 것도, 기다리고 있으라고 한 장소에서 벗어나 멋대로 돌아다닌 것도, 어린애 같은 정의감으로 그 자리에 뛰어든 것도 전부 나였어! 모두 내가 나쁜 거야. 내가……."

한번 말하기 시작하자 끊을 수가 없어서 숨도 쉬지 않고 소리치듯 말했다.

"……사이러스 님."

"내가 그런 짓을 하지 않았다면 레오가 그렇게 무참하게 죽임을 당하지는 않았을 거야. 내가 생각 없는 바보였기 때문에 레오는 나를 지켜주려다가 나 때문에 죽었어……. 같이 자란 소중한 가족이었는데……."

“……사이러스 님이 동물을 대하는 걸 무서워하는 건, 혹시 자기 때문에 무슨 일이 생기면 어쩌지 싶어서 무서운 건가요?”

마리아의 질문에 나는 저도 모르게 눈을 크게 떴다.

“나 때문에 무슨 일이 생기면 무섭다, 라.”

나는 마리아의 말을 되풀이했다.

그 말은 지금까지 공백이었던 부분에 딱 들어맞았다.

“그렇구나. 나는 나 때문에 동물이 또 죽임을 당하기라도 하는 일이 생기는 게 무서웠던 거야. 레오처럼…….”

나는 멍하니 서 있었다.

지금까지 신경 쓰지 않도록 뚜껑을 덮어 놓았기 때문이기도 하지만, 단지 ‘무섭다’라는 감정이 싹을 틔운 것밖에 인식하지 않았다. 하지만 지금 마리아 덕분에 ‘무엇이’ ‘무서운가’를 깨달았다.

“저, 사이러스 님.”

“응.”

아직 멍한 상태에서 회복하지 않은 내가 건성으로 대답하자, 마리아가 불쑥 가까이 다가왔다.

“아까 들은 이야기 말인데요, 레오가 죽임을 당한 건 사이러스 님 탓이 아니에요.”

“아니, 무슨 말을 하는 거야. 아무리 생각해도 나 때문에…….”

“아무리 생각해도 사이러스 님 때문이 아니에요. 물론 아버님 때문도 아니고, 나쁜 건 전부 다 그 상도를 벗어난 여자라고요!”

“사, 상도를 벗어난 여자…….”

설마 마리아의 입에서 그런 말이 나올 줄을 몰랐기에 나는 굳어 버렸다.

"그렇잖아요. 조그마한 어린애를 발로 차고 구하러 온 아이한테까지 손을 대려고 하고, 그걸 구하러 온 강아지를 검으로 찌르다니 제정신이 아니에요. 누가 들어도 분명 그 여자가 나쁘다고 할 거예요. 사이러스 님이 나쁜 게 있다면 그건 운뿐이에요. 제정신이 아닌 이상한 인물을 만나서 운이 나빴던 거예요. 그 외에 나쁜 점은 하나도 없어요!"

눈썹을 치뜨며 화난 목소리로 말하는 마리아. 이런 마리아는 처음 봤다.

"나빴던 건 운뿐……."

"그래요, 운뿐이에요!"

"하지만 내가 그런 곳에 레오를 데려가지 않았더라면."

"사이러스 님, 그때 사이러스 님은 다치지 않았나요?"

갑자기 바뀐 이야기를 의아하게 생각하면서도 나는 대답했다.

"응, 나는 아무렇지도 않았어."

"그렇다면 레오는 분명 소중한 가족을 지킬 수 있어서 다행이라고 생각했을 거예요. 왜냐하면 항상 같이 있는 무척 소중한 가족이었다고 했잖아요. 레오는 그 자리에 있어서 사이러스 님을 지킬 수 있었던 걸 후회하지 않을 거라고 생각해요."

마리아의 말을 듣자 레오의 모습이 머릿속에 되살아났다. 몸집이 비슷해서 그런지 나를 동생처럼 생각해서 항상 구해줬던 레오. 그때도 곧바로 나를 감쌌다.

어깨에서 힘이 빠지고 빙글빙글 맴돌던 어두운 생각들이 조금씩 맑아지는 것 같았다.

공포의 이유를 잘 알게 되자 동물들을 상대로 그렇게나 많이 느꼈던 공포심도 편해졌다.

무엇보다 마리아의 말대로 그 여자 때문에 레오가 죽임을 당했다면, 그 여자가 없는 지금은 이제 동물에게 접근해도 나 때문에 죽임을 당하는 경우는 없을 테니까.

"고마워, 마리아. 네 말을 듣자 구원받은 기분이 들어. 다만, 역시 나는 아직 나 자신을 완전히 용서할 수는 없을 것 같아."

'나쁘지 않다. 내 탓이 아니다'라는 말을 들어도 계속 생각해 왔던 것을 그리 간단히 바꿀 수는 없다.

"그렇지요. 긴 시간의 공포나 괴로움은 금방 사라지지는 않을 거예요. 하지만 부디 조금씩이라도 용서해주세요. 사이러스 님을 지켜준 레오도 사이러스 님이 줄곧 스스로를 책망하고 있으면 슬퍼할 거예요."

"……아아, 그래."

그렇게 말하니 마리아가 다정하게 미소 지었다.

그 미소를 보자 심장이 쿵 떨어졌다.

직장에서 꾸민 모습이 아니라 시골 출신임을 그대로 드러낸 옷차림으로 밭을 일구는 모습까지 인정해주고 멋지다고 말해준 마리아 캠벨.

그녀를 접하면 접할수록 강한 내면과 아름다움에 점점 더 이끌렸다. 그래도 지금까지는 전혀 여성과 접하지 못한 가운데 만난 멋진 여성이라서 두근두근하거나 머리가 멍해지는 거라고 생각하기도 했다.

하지만 지금 확신했다. 나는 마리아 캠벨이라는 여성을 사랑하는 것이다.

그녀에게 지금까지의 인생에서 느껴본 적 없는 감정을 느꼈다. 그녀를 원한다. 그녀와 함께 살아가고 싶다. 이런 마음은 지금까지 몰랐다.

마리아를 따라 자연스럽게 입꼬리가 올라갔을 때, 문득 시선을 느낀 것 같아서 그쪽으로 눈을 돌리자 검은 머리 여성의 모습이 보였다.

내가 눈길을 준 걸 알아챘는지 곧바로 자리를 뜬 그녀에게는 조만간 제대로 고백하지 않으면 안 된다. 나에게는 마음에 둔 사람이 있다고.

이렇게 마리아를 생각하면서 다른 사람, 그것도 나에게 호의를 품고 있는 사람과 약혼을 진행하는 건 불성실한 일이다.

어느새 밤하늘에 뜬 달의 위치가 바뀌어 있었다.

내일은 일찍부터 숲으로 갈 예정이다. 이제는 나도 그렇고, 같이 가줄 마리아도 쉬어야 한다.

하지만 조금만 더 마리아와 단둘이 보내는 이 시간을 음미하고 싶어서, 나는 조금만 더 밤하늘을 올려다보았다.

제4장

자, 숲속으로

해가 뜨자마자 우리는 다시 그 숲으로 향했다.

숲까지 타고 갈 마차를 나누는데 엄청난 사건이 발생했다. 놀랍게도 사이러스가 오늘은 '마리아와 같은 마차에 타겠다'라고 말한 것이다.

어제까지는 '같은 마차는 긴장돼서 무리다'라고 말했는데 무슨 변화일까 싶었지만, 어젯밤에 두 사람의 부드러운 분위기를 봤기 때문에, 예리한 나는 무슨 일이 있었던 모양이라는 걸 눈치채고 일부러 아무 말도 하지 않았다. 나는 그런 부분에서는 분위기를 파악할 수 있는 여자다.

사이러스는 어제 몸 상태가 안 좋았던 게 거짓말이었던 것처럼 명랑하게 마리아를 에스코트해서 마차에 올랐다.

가족과 하루 씨도 배웅하러 나와줬는데, 사이러스와 마리아의 모습을 바라보는 하루 씨의 눈이 어쩐지 슬퍼 보였다.

사이러스가 다른 마차를 타게 돼서 나와 소라의 마차에는 우리의 로라 선배가 같이 탔다. 오늘은 숲속 깊숙이 들어간다고 해서 프릴을 억제한 옷을 입었다,

어찌어찌하다 보니 마법 도구 연구실 멤버들만 있게 된 마차 안에서 로라 선배가 곧바로 말을 꺼냈다.

"사이러스 부서장 말인데, 어젯밤에 마리아 양과 무슨 일이 있었던 걸까?"

"어제와는 상당히 분위기가 다르더군요. 심지어 그렇게나 무리라고 말했던 같은 마차 타기도 가능하게 되었고요."

요전에 사이러스가 마리아와 같은 마차에 탈 수 없어서 소집된 소라도 감개무량한 듯 말했다.

"뭔가 진전이 있었던 걸까. 하지만 그 사이러스 부서장이라서 말이야. 카타리나 양은 뭔가 아는 거 있어?"

로라 선배의 말에 나는 고개를 저었다. 두 사람 사이에 무슨 일이 있었는지는 모른다. 다만 온화하게 웃는 얼굴로 대화를 나누는 모습을 봤을 뿐이다. 하지만 분명 그렇게 될 만한 어떤 일이 있기는 했을 것이다.

이로써 드디어 사이러스도 마리아를 사로잡기 위해 움직이기 시작하는 걸까?

그러면 듀이와 일대일 승부, 아니, 소라도 들어가는 건가. 게다가 숨겨진 캐릭터인 세자르나 또 한 사람 더.

그러고 보니, 또 한 사람의 숨겨진 캐릭터는 결국 여전히 모르는 상태다. 공략 캐릭터를 모른다니, 앞을 예측할 수 없어서 무섭다.

게임 I의 숨겨진 캐릭터가 학생회장인 라파엘이었다는 것을 고려하면 아직 전혀 접촉하지 않은 사람은 아닐 것 같다. 가령, 나는 눈앞에 앉아 있는 로라 선배를 흘끗 쳐다보았다.

요전에 목격한 화장하지 않은 상태를 고려하면 이 선배는 미남이란 말이지. 하지만 여성향 게임에 여장 마초인 공략 대상이 있을까.

"있잖아, 소라. 카타리나 양이 어쩐지 나를 보면서 이런저런 표정을 짓기 시작했는데, 뭘까?"

"아마 엄청나게 별것 아닌 생각을 하고 있을 테니 신경 써봤자 아무 쓸모도 없어요."

"……그렇구나. 그럴 것 같아."

그러는 사이에 마차가 어제 갔던 숲과 접한 밭에 도착했다.

마차에서 내려 어제와 똑같이 울타리 문을 지나 숲으로 들어갔다.

오늘도 타일러 씨 일행은 입구에서 대기한다고 했다.

"무슨 일이 있을 때는 이걸로 알려주세요. 숲의 꽤 안쪽까지 들어가지만 않는다면, 이 마법 도구에서 여기까지 소리가 도착하게끔 돼 있습니다."

타일러 씨가 그렇게 말하며 피리 같은 것을 건네주었다. 이렇게 주변부에 있는 지부에까지 마법 도구가 침투해 있다는 사실에 조금 놀랐고, 마법 도구 연구실의 일원으로서 자랑스러웠다.

그리하여 마차 안까지는 어쩐지 느긋한 무드였던 것이 여기 와서 단번에 긴장된 분위기로 바뀌었다.

순서는 어제와 똑같이 진행했는데, 마리아가 사이러스와 함께 앞에서 걸어가며 뚫어져라 앞을 살폈다.

"죄송합니다. 어제는 보였던 어둠의 마법의 기척이 오늘은 이제 보이지 않아요."

마리아가 눈썹을 내리며 슬프게 말했다.

어둠의 마법의 기척은 줄곧 보이는 게 아니고 사용한 시간과 함께 사라진다고 하니, 시간이 흘러서 보이지 않게 된 것이리라.

"그건 어쩔 수 없는 일이야. 신경 쓰지 않아도 괜찮아. 일단 어제 동물의 사체가 있었던 곳으로 가보자."

사이러스의 말에 우리는 다시 어제 사체가 산처럼 쌓여 있던 곳으로 향했다.

숲은 어제와 똑같을 텐데, 그 사체의 산을 목격한 탓인지 어제보다 훨씬 꺼림칙한 장소처럼 느껴졌다.

그리고 사이러스의 안내를 받아 어제 동물들의 사체가 잔뜩 쌓여 있던 장소까지 왔다.

"어라, 이곳인가요?"

무심코 말한 내 목소리를 듣고 사이러스가 말했다.

"그래, 여기가 맞아."

하지만 그곳에는 아무것도 없었다.

어제까지는 그렇게나 많은 동물들의 사체가 쌓여 있었던 장소에 지금은 아무것도 없었다.

어쩐지 그 자리에는 풀이 쓰러져 있어서 그곳에 '뭔가'가 있었다는 느낌은 남아 있지만 사체는 하나도 없었다.

어제 누군가가 정리한 건가? 어두운 숲속에서 하룻밤에 그렇게나 많은 동물들의 사체를 전부 다?

"아무것도 없지만 여기 왔더니 어둠의 마력의 기척이 보입니다."

마리아가 딱 잘라 말하는 걸 보면 역시 틀리지 않은 모양이다.

그리고 나서 마리아는 주위를 가만히 살펴보았다.

"있어요! 어제보다 상당히 옅어졌지만, 어둠의 마력의 기척이 아직 보입니다. 좇아갈 수 있어요."

의지가 강한 목소리로 말했다.

"그렇군. 잘했어, 고마워. 그럼 기척을 따라가지. 다만 나한테서 떨어지지 마."

사이러스가 그렇게 말하며 마리아 옆에 붙었다.

"네."

마리아도 단단히 고개를 끄덕였다.

완전히 그럴 때가 아니지만 두 사람이 좋은 느낌이구나 하는 한가로운 감상이 뇌리를 스치고 말았다.

다만 지금은 정말로 그럴 때가 아니기 때문에 머리를 흔들어 감정을 전환한 뒤, 나도 로라 선배와 소라, 라파엘과 함께 두 사람의 뒤를 따랐다.

어둠의 마력의 기척을 따라가는 마리아와 사이러스는 점점 더 숲 속 깊은 곳으로 나아갔다. 들어가면 갈수록 숲이 더 어둡고 조용해져서 더욱 기분 나쁘게 느껴졌다.

그렇게 나아간 곳 앞에는——.

"또 동굴이야……."

저도 모르게 그렇게 말해 버렸지만 옆에 있는 소라와 로라 선배도 똑같은 마음이라는 표정을 지었다.

그렇다. 마리아가 기척을 따라온 곳에는 또 동굴이 있었다. 이건 정말 지난번에 있었던 사건과 똑같은 전개가 펼쳐지고 있구나.

지난번과 다른 점은 저번 동굴은 후미진 길 끝에 있었는데 지금은 비교적 알기 쉬운 위치에 있다는 점, 그리고 입구가 상당히 좁다는 점 정도일 것이다.

"어렸을 때 이 안에서 놀아본 적이 있어. 입구는 좁지만 안에는 상당히 넓은 공간이 있었지."

이곳 출신이 사이러스가 그렇게 가르쳐주었다.

"앞에서 엄청나게 강한 어둠의 마력의 기운이 느껴집니다."

마리아가 말했다.

이건 분명 그거야. 어둠의 사역마 드래곤 비슷한 게 있는 거잖아!

저번에 갔던 멤버는 물론이고, 그때 없었던 사이러스와 라파엘도 그때의 상황은 보고를 들어서 알고 있다. 모두의 얼굴이 굳어졌지만 그래도 가지 않는다는 선택지는 나오지 않았다. 사이러스는 마리아를 감싸면서 허리에 찬 검에 손을 짚고 있었다.

나도 그림자에게 말을 걸었다.

"포치, 나오렴."

"멍."

포치가 평소처럼 짖으면서 그림자에서 튀어나왔지만 평소처럼 기쁘게 꼬리를 흔들면서 앉지는 않았다.

동굴 쪽을 보며 작게 으르렁거렸다.

아아, 포치도 이 앞에 뭔가가 있다는 건 알고 있구나. 나는 포치의 머리를 아주 조금 쓰다듬었다.

'괜찮아. 무슨 일이 있으면 나도 싸울 테니까' 하는 마음을 담아서. 그런 마음이 전해졌는지는 알 수 없지만 포치는 내가 손으로 쓰다듬자 눈을 가늘게 떴다.

입구 쪽은 좁다는 사이러스의 말대로 당분간 좁은 통로 같은 공간이 이어졌다. 다들 말없이 그 통로 같은 장소를 나아갔다. 이윽고 앞쪽에 통로의 끝인 듯한 장소가 보였다.

선두에서 걷던 사이러스가 모두에게 멈추라는 듯한 제스처를 취했다. 신중하게 통로 앞을 확인하더니 이윽고 이쪽을 돌아봤다.

"안쪽에 뭔가 있는 것 같아."

그가 보고하고는 말을 이었다.

"하지만 저쪽이 우리를 눈치챈 기미는 없어. 여기서부터는 공간은 넓지만 바위가 많아서 숨을 수 있는 곳도 충분해. 바위에 숨으면서 들키지 않도록 나아가자고."

그의 말에 우리는 고개를 끄덕였다. 그 모습을 확인한 사이러스가 일단 통로에서 나왔고, 순서대로 다 같이 경계하며 밖으로 나갔다.

통로에서 나오자 사이러스가 말한 대로 넓은 공간이 펼쳐져 있었다. 어른이 뒤에 숨을 수 있을 정도로 커다란 바위가 많이 보였다.

그 외에는 탁한 검은 안개 같은 게 보였는데, 안쪽으로 이어져 있었다. 어둠의 마법의 기척이다. 드디어 나에게도 보이는 정도가 된 모양이다. 뒤에 있는 소라를 흘끗 돌아보자 눈이 마주쳤다.

"어둠의 마법의 기척이 보여."

작은 목소리로 말했다.

"마찬가지야. 검은 안개가 안쪽으로 이어져 있어."

소라도 작은 목소리로 대답했다. 아무래도 나와 소라의 어둠의 마법 탐지 레벨은 비슷한 정도인 모양이다.

이건 사이러스의 말대로 안쪽에 뭔가 있겠군. 하지만 사이러스는 어둠의 마법의 기척은 보이지 않는데 어떻게 알았을까. 의외로 무도파니까 기척을 읽을 수 있다거나.

그렇게 우리는 사이러스를 선두로 해서 바위 뒤에 몸을 숨기듯 안쪽으로 나아갔지만, 도중에 내가 작은 돌에 발이 걸리는 바람에 데굴데굴 굴러가면서 어느 정도 큰 소리를 내고 말았다.

"죄, 죄송합니다."

새파랗게 질려서 작은 목소리로 사과했다.

"일부러 그런 게 아니니까 어쩔 수 없어. 여기 멈춰서 상황을 지켜보자."

사이러스가 모두에게 바위 뒤에서 정지하라고 했다.

심장을 두근거리며 상황을 살피고 있는데, 안쪽에서 호리호리한 남자 하나가 나와서 이쪽으로 다가왔다.

우리는 바위 뒤에 숨어 있어서 곧바로 찾을 수는 없지만 주위를 두리번거리는 모습을 보자 조마조마했다. 들키는 건 시간문제다. 이대로 있다간 위험하겠군.

"이대로 있다간 위험하겠군."

마음속의 목소리가 그대로 나온 거라고 생각했는데, 그건 내 목소리가 아니라 사이러스의 목소리였다. 작게 중얼거리더니 사이러스는 곧바로 바위 뒤에서 슥 빠져나가 소리도 없이 남자의 뒤쪽으로 접근했다. 그러더니 남자가 소리를 내는 것보다 더 빠르게 목덜미에 손날을 내리쳐서 남자를 쓰러뜨렸다.

대, 대단하다, 사이러스. 전에 마을에서 시비가 붙은 걸 구해줬을 때도 느꼈는데 사이러스는 정말 강하다. 그렇게 감탄하고 있는데 사이러스는 쓰러진 남자를 그대로 방치하고 심각한 얼굴로 이쪽에 돌아왔다.

"이 남자에게서 뭔가 이상한 기척이 느껴져. 뭔가 싫은 게 올 것 같은 기척이야. 다들 바위 뒤에 잘 숨어 있도록."

그가 빠르게 말했다.

앗, 역시 사이러스는 뭔가 기척 같은 걸 느낄 수 있구나. 그렇게 생각한 직후였다. 고오오오오 하고 커다란 소리가 나더니 격렬한 바람이 불어왔다.

그때와 똑같다! 태풍, 아니, 회오리바람 정도는 되지 않을까 싶을 정도의 바람이다. 나는 바위 뒤에 숨어서 몸을 굽혔다.

그래도 엄청난 바람에 몸이 날려갈 것 같아서 바위에 손을 뻗어 어딘가 붙잡을 만한 곳을 찾았지만 보이지 않았다. 위험하다. 날아갈지도 모른다. 그렇게 초조해하고 있을 때 누군가가 어깨를 딱 붙잡아주는 것을 알 수 있었다. 강한 바람으로 눈을 뜨지 못해서 누군지는 알 수 없었지만.

겨우 바람이 잠잠해진 걸 알고 눈을 뜨자 로라 선배가 다부진 팔로 내 어깨를 단단히 붙잡고 있었다.

참고로 옆에서는 사이러스가 똑같이 마리아를 감싸고 있었다. 소라와 라파엘은 약간 떨어진 곳에 있었는데, 라파엘이 마법을 썼는지 바람의 막 같은 것에 둘러싸여 있었다. 다들 무사해서 다행이다.

"감사합니다, 선배."

내 말에 로라 선배는 여전히 험악한 얼굴로 말했다.

"아직 뭔가가 더 와."

그 말을 들은 내가 눈을 동그랗게 뜨자마자 아까처럼 고오오오오 하는 커다란 소리와 함께 강한 바람이 불었다. 이게 뭐야!

로라 선배에게 어깨를 잡힌 채로 바람이 지나가길 기다렸다. 이윽고 바람이 다시 약해져서 다행이라고 생각하자마자 또다시 금방 고오오오오 하는 커다란 소리가 나더니 강한 바람이 불어왔다. 정말 이게 뭐야!

세 번째 강풍이 겨우 가라앉고 나서 잠시 상황을 살폈지만 아무래도 네 번째 바람은 오지 않는 듯했다. 드디어 끝났나 싶어서 안심했다.

"겨우 끝났어. 다행이다."

내가 그렇게 중얼거리자, 로라 선배가 바위 뒤로 얼굴을 조금 내밀고 나서 험악한 표정으로 말했다.

"아니, 이제부터 시작이야."

사이러스도 곧바로 확인하고 나서 말했다.

"다들, 지금 엄청나게 위험한 사태가 벌어졌어."

나도 똑같이 확인해 봤더니, 언젠가 봤던 적이 있지만 더 이상 보고 싶지는 않았던 그것이 있었다.

"또 드래곤이야……. 심지어 세 마리나……."

내가 멍하니 중얼거린 말은 남은 바람에 실려 사라졌다.

어쩐지 예상은 했지만 지금 또 드래곤이 나타났다. 크기는 지난번과 비슷하지만 이번에는 세 마리나 있다. 위험하다. 엄청 위험한 상황이다. 허락된다면 이대로 못 본 척하고 동굴을 떠나고 싶다.

"로라 선배, 이거 못 본 셈 치고 돌아가거나 하면 안 될까요?"

작은 목소리로 옆에 있는 로라 선배에게 물어보았다.

"나도 가능하면 그러고 싶지만, 모두의 안전을 지키는 마법성 직원으로서는 그럴 수 없지."

로라 선배가 약간 먼 눈을 하며 말했다. 마법성 직원은 모두의 안전을 지키는 직업이기도 했던 건가. 처음 듣는 말이다.

"하지만 카타리나 양과 마리아 양은 잘 지키고, 만에 하나의 경우가 있으면 도망치게 해줄 테니까 걱정하지 마."

로라 선배가 생긋 웃으며 말했다. 정말로 든든하고 멋진 선배다.

"아뇨, 소중한 로라 선배를 남겨두고 도망칠 수는 없어요. 저도 끝까지 싸울게요!"

"카타리나 양!"

그렇게 두 사람이 손을 맞잡고 있을 때였다.

"지금은 그런 건 됐으니까 역할 분담을 정할게."

사이러스가 담담하게 말했지만 이쪽을 보는 눈빛은 날카로웠다.

아니, 나와 로라 선배는 장난을 치고 있던 건 아니다. 힘든 싸움을 앞두고 기합을 넣고 있었을 뿐이다. 하지만 지금 그렇게 말해도 변명처럼 될 테니 얌전하게 역할 분담에 대한 사이러스의 말을 듣기로 했다. 확실히 일단은 드래곤이 이쪽을 눈치채지 못한 지금 얼른 이야기를 진행해 두지 않으면 안 될 것 같다.

"일단 두 사람씩 나눠서 저 생물에게 대응하자."

사이러스가 말했다. 뭐, 여섯 명이니까 그렇게 되겠지.

"그래서 어떻게 나눌 거냐면 일단 카타리나 양, 너의 어둠의 사역마는 저번에 실적이 있으니까 내보내도록 할게. 그때 카타리나 양에게 무슨 일이 생기면 안 되니까 월트 군에게 경호를 부탁하지."

""알겠습니다.""

"멍."

나와 라파엘과 포치가 활기차게 대답했다.

"그리고——."

"사이러스 님, 제가 빛의 마법으로 공격하겠습니다."

마리아가 나섰다.

"저번과는 달리 계약의 서 덕분에 쓸 수 있는 마법이 늘어났습니다. 저게 어둠의 마법으로 된 것이라면, 분명 빛의 마법이 먹힐 거예요. 하게 해주세요."

의젓한 표정으로 말하는 마리아를 보고 사이러스는 잠깐 황홀한 표정을 짓고 나서 말했다.

"알겠어. 내가 잘 경호할 테니까 너는 마법에 집중해줘."

"그럼 남은 건 나와 소라네. 먹힐지 안 먹힐지는 모르지만, 나는 어쨌거나 마법을 쏘아 볼 테니까 소라는 물리적으로 공격해 봐."

로라 선배가 말했다.

"알겠습니다."

소라가 고개를 끄덕였다.

이렇게 팀이 결정되었다.

"그럼 다들 건투를 빌지."

사이러스의 말과 함께 각자 두 사람씩 서로 다른 드래곤 쪽으로 향했다.

나와 라파엘은 아마 처음 나타났다고 짐작되는 드래곤(맨 처음 사이러스에게 당한 남자의 옆에 있다) 쪽으로 향했다.

참고로 남은 두 마리의 드래곤은 아까 사이러스에게 당한 남자의 동료처럼 보이는 호리호리한 남자들이 붙어 있었지만, 순식간에 사이러스와 로라 선배가 각각 때려눕혔다. 사이러스와 로라 선배는 강하다.

그 모습을 곁눈으로 확인하면서 나는 포치와 라파엘과 함께 우리가 맡은 드래곤(말고도 두 마리 더 있으니까 일단 드래곤①이라고 이름을 붙이도록 하겠다)과 마주 보았다.

일단 드래곤①이라는 이름을 붙이기는 했지만, 다른 두 마리와 겉보기에는 거의 똑같았다. 아니, 차이점을 발견할 수가 없었다.

전생의 동화 속 삽화나 게임 화면에서 봤던 '드래곤' 그 자체 같은 느낌이다. 즉 전에 봤던 놈과 똑같다.

드래곤①은 눈앞에 나타난 우리를 검은 눈동자로 가만히 바라보았다.

으~음, 어떤 기분인 건지 전혀 모르겠다. 다만 바로 공격할 기미는 보이지 않았고 우리를 관찰하는 느낌 같았다.

배틀 만화로 치자면 각자 이름을 밝히는 장면쯤 되려나? 아니면 공격성은 그렇게 높지 않나?

그 부분은 잘 모르겠지만 딱히 저쪽이 공격해 오기를 기다릴 필요는 없다. 이런 건 먼저 공격하는 게 이기는 거다.

나는 옆에 있는 포치에게 '포치'하고 말을 걸었다. 그러자 포치의 형태가 일그러지더니 단숨에 거대해졌다. 겉보기가 예전에도 봤던 늑대 모습으로 바뀌었다.

겉보기로는 사나운 느낌으로 변했지만, 나에게 '맡겨줘' 같은 눈빛을 보내는 모습은 평소와 똑같은 포치다.

드래곤①이 포치의 변화를 경계하듯 작게 으르렁거렸다.

이대로 늑대 포치가 공격하게 하는 것도 좋을지 모르지만.

"일단 내가 어둠을 흡수할 수 있을지 시험해 봐도 될까?"

만약 그게 먹히면 포치뿐만 아니라 나도 싸울 수 있다.

내가 물어보자 포치는 '뭐야, 내가 나설 차례가 아니었나'라는 듯 약간 풀이 죽었다.

"알겠습니다. 저쪽이 무슨 짓을 하면 제가 어떻게든 할 테니까 카타리나 씨가 생각하는 대로 해 보세요."

라파엘이 말했다.

"고마워, 라파엘."

나는 라파엘에게 감사를 전하고, 평소처럼 상상을 통해 해골 지팡이를 꺼냈다.

손안에서 완성된 그 독살스러운 물건은 완전히 악역들이 들고 다니는 지팡이 같았지만 나는 이것으로 싸운다. 소중한 사람을 지키기 위해서.

상상하는 건 늘 그렇듯 어둠을 스르륵 빨아들이는 이미지로 가능할 것 같았다. 그게 커졌을 뿐이라고 생각하면 분명 가능할 터였다.

지팡이로 저 드래곤①을 빨아들인다. 청소기로 슥 빨아들이듯이——.

"움직인다!"

라파엘의 목소리였다. 빨아들이는 이미지에 집중하던 나는 바로 눈치채지 못했지만, 그 목소리에 깜짝 놀라서 드래곤① 쪽으로 시선을 돌렸다. 드래곤의 꼬리가 확실하게 이쪽으로 움직이는 것 같았다. 마치 당겨지는 것처럼.

"해냈어!"

가능하다. 이대로 빨아들일 수 있다. 나는 더 강하게 빨아들이는 이미지를 상상했다.

그러자 드래곤①의 꼬리가 연기처럼 내 지팡이 속으로 스르륵 빨려 들어왔다.

이 기세로 전부 다 빨아들이면——하고 생각했지만, 드래곤①은 저번의 뱀처럼 끝까지 착하게 빨려 들어오지 않았다.

꼬리가 내 지팡이에 빨려 들어가는 것을 눈치채자 '위험해!' 하고 생각한 것처럼 지팡이 반대편으로 도망간 것이다!

"헛?!"

설마 드래곤①이 도망칠 거라고는 생각하지 못해서 그런 소리가 새어 나왔다.

아니, 어쩐지 반격할 것 같아서 경계하고 있기는 했지만, 설마 도망칠 거라고는 생각하지 못했다.

드래곤은 겉보기에는 사나워 보이지만 사실은 섬세한 생물일지도 모른다. 그런 생각을 하고 있을 때가 아니었다. 이렇게 놓칠 수는 없다.

"기다려!"

나는 그렇게 말하면서 드래곤①을 쫓아갔다.

"잠깐, 카타리나 씨. 너무 무리하면."

라파엘의 그런 목소리가 뒤쪽에서 희미하게 들려온 것도 같았지만, 반응할 여유는 없었다.

"기다리라고!"

해골 지팡이를 앞으로 내밀자 괜찮은 느낌으로 꼬리를 빨아들일 수 있었다. 좋았어, 따라다니면서 빨아들이면 가능하겠네. 다행히 흡수되고 있는 탓에 드래곤①의 움직임도 느릿느릿했다.

그리하여 지팡이를 앞으로 내밀고 드래곤을 빨아들이는 나와 빨려 들어가지 않으려고 도망치는 드래곤의 그림이 완성되었다.

그럴 때가 아닌데, 내 머릿속에는 전생에서 했던 모 유명 형제의 동생이 귀신을 퇴치하는 게임이 떠올랐다. 이 상황은 그것과 비슷했다.

아니, 지금은 그런 생각을 하고 있을 때가 아니다. 빨리 귀신이 아니라 드래곤을, 청소기가 아니라 지팡이로 빨아들여야 한다!

동체 부분도 슥 연기가 되어 지팡이 안으로 들어갔지만, 드래곤①은 포기하지 않고 계속 도망쳤다. 나는 지팡이를 들고 뒤를 쫓았다.

그렇게 드래곤①을 쫓아가고 있다 보니, 로라 선배와 소라가 싸우는 곳 옆을 지나갔다.

로라 선배가 담당한 드래곤②에게 마법을 쏘고 소라가 검으로 베어도 드래곤②는 멀쩡한 것을 목격했다.

역시 어둠의 사역마인 드래곤에게는 평범한 마법이나 물리적인 공격은 듣지 않는구나. 이대로 가다간 로라 선배와 소라가 힘이 다할 것 같다.

그렇게 생각한 나는 포치에게 말했다.

"포치, 로라 선배와 소라에게 가. 나는 괜찮아."

내 말에 포치는 잠깐 망설이는 기색을 보였다.

"부탁이야."

내가 한 번 더 말하자 포치는 로라 선배와 소라 쪽으로 달려갔다.

그리고 그대로 포치가 드래곤②에 돌진해서 물어뜯자, 드래곤②는 비틀거리며 "크아악" 하고 비명처럼 소리를 질렀다. 포치의 공격이 먹힌 모양이다. 다행이다. 마음속으로 '고마워, 포치'라고 인사한 뒤, 나는 내 상대 쪽으로 의식을 돌렸다.

이제 가슴 부분 정도까지 빨아들였다. 조금만 더.

하지만 가슴 부분까지 빨아들였는데도 드래곤①은 아직도 도망쳤다. 포기를 못 하는 놈이다.

그렇게 드래곤①을 쫓아가다 보니 이번에는 마리아와 사이러스 옆을 통과했다.

마리아가 담당한 드래곤③에게 빛 덩어리 같은 것을 연달아 쏘아대자, 드래곤③이 "크아악" 하고 비명을 지르며 점점 약해지는 것이 보였다. 보였다. 이쪽은 괜찮은 것 같아서 다행이다.

역시 마리아의 저 공격은 멋있다.

빛의 마법 공격과 거대화한 포치의 싸움은 옆에서 봐도 엄청난 전투처럼 보였다. 그에 비해 나는 혼자서 귀신 퇴치 게임 상태다.

아니, 괜찮아, 귀신 퇴치 좋지. 드래곤이나 귀신이나 그게 그거다. 확실하고 정확하게 청소기가 아니라 지팡이로 빨아들여야지!

한 번 더 힘내자. 나는 지팡이를 꽉 고쳐 쥐었다.

그러는 사이에 지팡이는 이제 머리 부근까지 빨아들였다.

뭐라 해야 하나, 지금은 지팡이에서 드래곤①의 머리가 나 있는 것 같은 상태다. 좋아, 이제 머리를 빨아들이면 끝이다. 그렇게 약간 방심했을 때였다.

이 상황에 이르러서야 도망만 치던 드래곤①이 예상치 못한 반격에 나선 것이다.

마지막으로 발버둥 치겠다는 듯이 남아 있던 머리 부분을 빙글 돌려 이쪽을 바라보더니, 그 커다란 입을 활짝 벌리고는 검은 연무 같은 것을 뿜어내는 것이 아닌가!

앗, 어라, 맞으면 위험한 거 아닌가?! 하지만 지금은 드래곤을 빨아들이고 있으니까 연무까지 빨아들일 수는 없다. 어떡하지? 숨을 뿜어서 막아 볼까. 아니, 무리인가. 어떻게 해야…….

그때 등 뒤에서 강한 바람이 훅 불어와서 눈앞으로 다가와 있던 연무를 날려 보냈다. 깜짝 놀라서 뒤를 돌아보았다.

"조금은 도움이 돼서 다행이야."

라파엘이 안심한 얼굴로 서 있었다.

"고마워."

라파엘에게 인사하는 것과 거의 동시에 스르륵 소리를 내면서 드래곤①이 해골 지팡이 안으로 완전히 빨려 들어갔다.

끝났다. 안도감으로 온몸에서 힘이 빠졌다. 하지만 겨우 나와 드래곤①의 싸움이 끝났을 뿐이다.

다른 사람은 어떻게 됐을까 싶어서 드래곤②와 로라 선배와 소라, 그리고 포치 팀 쪽을 쳐다보자, 포치가 드래곤②의 목덜미를 물어뜯어 땅에 쓰러뜨리는 참이었다.

"해냈어!"

저도 모르게 소리를 지르며 주먹을 쥐는 내 눈앞에서 드래곤②가 연기를 뿜으며 그대로 사라지는 모습이 보였다. 이건 저번과 똑같았다. 역시 이 드래곤도 지난번과 똑같은 것이었구나.

남은 드래곤③도 마리아의 빛의 공격으로 땅에 쓰러졌고, 이윽고 드래곤②와 마찬가지로 사라졌다.

"해냈어. 전부 쓰러뜨렸어."

이번에야말로 모두 끝났다는 생각에 안심했을 때였다.

"아아, 전부 당해버렸네. 모처럼 동물을 많이 써서 큰 걸 세 마리나 만들었는데."

그런 목소리가 아까 남자들이 나왔던 쪽에서 들려왔다. 어느새 나는 남자들이 나왔던 부근까지 와버린 것이다.

목소리가 들린 쪽으로 눈을 돌리자, 이제는 상당히 익숙해진 사라라고 불리는 검은 머리의 여성이 보였다.

요전에 마리아 사건 때도 그녀를 봤지만, 그때는 내가 폭주해버려서 대화할 수 없었다.

마지막으로 대화한 건 랜들가에 프레이를 구하러 갔을 때다. 그때 사라는 아무렇지 않게 우리를 못 본 척해주었다.

지독한 환경에서 살아온 사라라는 이름의 여성이 나는 신경이 쓰여서 줄곧 제대로 대화하고 싶다고 생각하고 있었다.

그렇게 크지 않은 목소리가 들릴 만큼 가까이 있던 나는 곧바로 사라 쪽으로 다가갔다.

"있잖아, 사라."

내가 가까이 가서 말을 걸자, 허공을 헤매던 사라의 시선이 나를 향했다.

"또 너구나. 저기, 왜 너는 나를 방해만 하는 거야? 내가 또 실패했잖아. 어떻게 할 거야?"

사라가 눈살을 찌푸리며 화가 난 듯이 말했다.

"실패라니, 그, 사라, 너는 뭘 하려는 건데?"

"그걸 너한테 말할 필요가 있어?"

"예전에도 말했지만 나는 너와 제대로 대화하고 싶어. 너에 대해 알고 싶으니까."

"너, 정말 항상 무슨 말을 하는──."

그 순간 사라는 순식간에 굳어버렸다. 눈을 부릅뜨고 입을 벌린 채로, 지금까지 본 적 없는 표정을 지었다.

어라. 어떻게 된 거지. 시선이 나를 보고 있지 않다. 그걸 눈치채고 사라의 시선을 따라갔더니 아무래도 내 뒤쪽을 보는 듯했다.

그대로 뒤를 돌아서 사라의 시선이 닿은 곳을 보자, 그곳에는 아까 나를 구해준 라파엘이 있었다.

사라는 눈을 크게 뜨고 라파엘을 응시하고 있었다.

어떻게 된 거지. 왜 라파엘을 보고 놀라는 거지? 의문을 가진 직후, 사라의 시선을 받은 라파엘 쪽도 똑같이 굳어져서 눈을 동그랗게 뜨고 있다는 걸 깨달았다.

이 느낌은 두 사람 다 서로를 인식하고 있는 건가? 아는 사이?

"저기, 너는……."

라파엘이 입을 열자 사라는 훨씬 더 크게 눈을 부릅뜨더니, 빙글 돌아섰다. 그 순간, 동굴 안이 단숨에 어둠으로 덮였다.

이건 사라가 쓰는 어둠의 마법이다. 이 마법에 몇 번 당한 적이 있는 나는 곧바로 깨달았지만 다른 사람들은 그렇지 않은 듯했다.

"마리아, 괜찮아?"

"앗~ 이게 뭐지~."

"잠깐만요, 로라 선배. 그건 제 손입니다."

사이러스의 걱정스러운 목소리와 로라 선배의 난감한 듯한 목소리, 로라 선배에게 어떤 피해를 입은 듯한 소라의 목소리가 들렸다.

다들 혼란에 빠지면 큰일이다 싶어서 나는 목소리를 높였다.

"이건 아마 어둠의 마법일 거예요. 조금 있으면 원래대로 돌아올 테니까 잠깐만 가만히 기다리고 있으면 문제없어요."

내 목소리에 다들 반응했다.

"그렇군. 알겠어."

"어머, 그러니."

"아, 그렇구나. 이건 어둠의 마법이구나."

각자 대답했다.

잠시 기다리고 있으니 예상했던 대로 어둠이 사라지고 주위가 보이게 되었다. 하지만 이미 사라의 모습은 보이지 않았다.

"음, 정말로 원래대로 돌아왔군."

그렇게 말하는 사이러스에게 내가 대답했다.

"이게 사라가 쓰는 어둠의 마법이에요. 전에도 몇 번 당한 적이 있어서 알아요."

"사라라는 건, 소문의 그 사람? 여기 있던가?"

아무래도 사이러스는 사라를 보지 못한 듯했다. 드래곤을 쓰러뜨린 직후라서 그쪽에 정신이 팔렸던 건지도 모른다.

"아, 네. 아까 안쪽에서 나와서 잠깐 대화했는데, 방금 그 마법으로 도망쳤어요."

내가 설명했다.

"그렇군."

사이러스가 유감스러운 표정을 지었지만, 어둠의 마법은 아직 사라 쪽이 훨씬 더 잘 써서 이길 수가 없다. 면목이 없다.

그보다 지금 가장 신경 쓰이는 건.

"라파엘, 괜찮아?"

아직도 멍한 기색인 라파엘에게 말을 걸자, 라파엘은 깜짝 놀란 표정을 지었다.

"괜찮습니다. 죄송해요. 잠깐 당황했네요."

그가 고개를 숙이며 말했다.

평소에 냉정한 라파엘이 이쪽이 말을 걸 때까지 굳어 있었고, 주위가 눈에 들어오지 않는 것처럼 보이는 건 몹시 드문 일이다.

"저, 라파엘은 사라와 아는 사이였어?"

내 질문에 라파엘은 고개를 가로저었다.

"아뇨, 아는 사이가 아닙니다."

어라~ 그렇게나 서로 마주 보고 있었으면서!

오히려 사라 쪽은 라파엘을 보고 도망쳐버린 것 같았는데, 어떻게 된 거지? 그런 의문이 얼굴에 드러난 모양이다.

"죄송합니다. 조금 더 머릿속을 정리하고 나서 말씀드릴 테니, 지금은 기다려 주시겠어요?"

라파엘이 쓴웃음을 지으며 말했다.

"응."

나는 고개를 끄덕였다.

우리가 그런 대화를 나누고 있을 때였다.

"어이, 마리아, 괜찮아?!"

사이러스의 당황한 듯한 목소리가 들려왔다.

놀라서 그쪽을 쳐다보자, 마리아가 축 늘어져 쓰러져 있었고, 사이러스가 그녀를 받치고 있었다.

"앗, 마리아!"

황급히 그쪽으로 달려가자 마리아는 얼굴이 새파랬다.

"왜 그래, 마리아? 괜찮아? 혹시 아까 싸우다가 어디 다쳤어?"

허둥지둥하는 나에게 마리아는 새파랗게 질린 얼굴 그대로 살짝 고개를 저었다.

"아뇨, 괜찮아요. 다친 곳은 없어요. 그냥 좀 마력을 너무 많이 쓴 모양이라……."

그렇구나. 마력을 너무 많이 써서 그런 거구나. 아까 드래곤③을 쓰러뜨릴 때 빛의 마법을 너무 많이 쓴 것이다.

마리아는 마력이 높지만 그래도 무한하지는 않다. 너무 많이 쓰면 피로해진다.

어둠의 마력과는 달리 일반적인 마력은 쉬면 회복하지만, 이런 상황에서는 곧바로 회복하지 못할 것이다.

하지만 마리아는 너무 열심히 하는 아이이다.

"저, 괜찮아요."

그런 말을 하면서 사이러스가 부축하는 걸 거절하려 했다.

"안 돼, 마리아. 너는 낯빛이 엄청 안 좋아. 이대로 가면 쓰러질 거야. 아니, 쓰러질 뻔했잖아. 무리하지 말고 사이러스 님에게 안겨서 쉬어!"

나는 단호하게 말했다.

"자, 사이러스 님, 안아주세요."

그러고 나서 사이러스에게 지시를 내렸다. 사이러스는 내 말에 따라 마리아를 안아 들었다.

"저기, 이렇게까지 해주시면……."

나는 당황하는 마리아에게 다가가서 눈을 손으로 가렸다.

"눈 감고 쉬어."

딱 잘라 말했다.

"그렇지 않으면 또 쓰러져서 더 큰일이 생길 거야."

그렇게 덧붙이자 겨우 마리아도 단념했는지 눈을 감았다.

이렇게 해서 마력을 너무 많이 써서 몸 상태가 안 좋아진 마리아를 사이러스에게 맡기고, 나와 라파엘, 로라 선배, 소라는 함께 동굴 안을 확인하는 작업을 시작했다.

"이쪽에는 아무것도 없습니다."

"안쪽에도 아무것도 없어."

"이쪽도 문제없습니다."

"여기도 괜찮아. 그럼 이제 이 동굴 안에는 아무것도 없네. 그럼 해가 지면 큰일이니 돌아갈까."

로라 선배는 그렇게 말하고 나서 내팽개쳐둔(밧줄로 묶어 두었다)

남자들 두 명을 쌀가마처럼 휙휙 어깨에 얹었다.

"그럼 제가 이쪽을 들겠습니다."

소라가 남은 남자 하나를 짊어졌다.

"피곤하면 내가 그것도 들 테니까 말하렴."

로라 선배가 말했다.

"아무리 그래도 세 사람이나 부탁할 수는 없죠. 그리고 한 사람 정도는 아무렇지 않아요."

소라가 대답했다.

"세 사람이니까 저도 들어도 되는데요."

어쩐지 비뚤어진 느낌으로 그렇게 말하는 라파엘에게 로라 선배가 말했다.

"진정한 부서장은 육체파가 아니라 두뇌파잖아. 그리고 혹시나 했을 때 카타리나 양을 지키기 위해서는 손이 빈 사람이 있는 편이 좋고."

그렇게 납득시켰다. 하지만 비뚤어진 느낌의 라파엘은 상당히 드물어서 어쩐지 귀여웠다.

참고로 사이러스는 마리아를 공주님처럼 안고 옮기는 것을 담당했다.

왔을 때와 마찬가지로 또다시 좁은 출입구를 빠져나와 밖으로 나가자, 들어왔을 때와는 숲이 뭔가 달라진 것 같았다.

뭐가 다르지 생각했을 때 새가 짹짹짹 우는 소리가 드려왔다. 그쪽을 보자, 나무 위에 새가 앉아 있었다. 그렇구나, 숲에 동물들이 돌아왔구나.

이것도 지난번과 똑같다. 그 드래곤, 어둠의 사역마 때문에 동물들이 도망쳤던 거구나.

이제 분명 숲도 원래대로 돌아올 것이다.

그렇게 우리는 원래 왔던 길을 돌아가서 타일러 씨 일행이 기다리는 울타리 입구까지 무사히 도착했다.

"어라, 캠벨 양, 괜찮아?"

우리가 돌아오자마자 사이러스가 마리아를 안고 있다는 것을 눈치챈 타일러 씨가 걱정스럽게 물었다.

"마력을 너무 많이 써서 몸이 안 좋아졌어. 빨리 쉬게 하고 싶으니까 먼저 지부로 돌아가고, 거기서 자세한 이야기를 하게 해줘."

사이러스는 그렇게 말하고는 마리아를 무척 소중하게 끌어안고 마차에 올라탔다.

마차로 가버린 사이러스 대신 라파엘이 말했다.

"사건은 타일러 씨가 예상한 대로 통지가 내려온 사건과 비슷한 경우였습니다. 그리고 이 사람들이 중요 참고인이에요."

라파엘이 로라 선배와 소라가 짊어지고 있는 남자들을 가리켰다.

"아, 고맙습니다. 그럼 일단 그 남자들은 저희가 맡지요. 여러분들은 마차로 지부까지 가주세요."

그러면서 타일러 씨가 남자들을 맡아 준 덕분에 우리는 각자의 마차를 타고 지부로 향했다.

올 때와 마찬가지로 마차는 사이러스, 마리아, 라파엘 팀과 나, 소라, 로라 선배 팀으로 나뉘었다.

"대단한 무게의 남자도 아니었는데 계속 짊어지고 있었더니 약간 피곤하네요."

소라가 어깨를 돌리며 말했다.

"나는 아직 더할 수 있는데."

로라 선배가 탄탄한 알통을 보여주며 말했다.

마차는 올 때와 마찬가지로 금방 지부에 도착했다.

몸이 안 좋은 마리아는 휴게실에서 쉬라고 하고, 다른 멤버들은 어제와 똑같은 방으로 안내를 받았다.

숲을 탐색하고 드래곤을 퇴치할 때까지 그럭저럭 시간이 걸려서 벌써 점심때가 훌쩍 지난 시간이었다. 내 배가 합창을 했다.

그러자 어제 과자를 들고 왔던 여성이 또 과자를 가져다주었다.

"배가 고프시죠. 과자라도 드세요."

그렇게 권해서 그 자리에서 고맙게 와구와구 받아먹었다.

전병 맛있다. 설탕 과자는 피곤한 몸에 잘 받네.

내가 먹는 모습을 보고 자극을 받은 건지, 아니면 다들 배가 고픈 건지, 나 정도는 아니라도 다들 과자를 집었다.

"그러면 숲에서 일어났던 일에 대해 말할게."

사이러스가 입을 열고는 아까 있었던 일을(어둠의 마력에 관한 건 자세한 내용은 얼버무리며) 타일러 씨에게 설명했다.

과연 우수한 사이러스. 정리가 완벽하다. 다만 도중에 맞춰보는 느낌으로 몇 번 이쪽을 돌아보길래, 나도 이러저러하다고 요점을 정리해서 이야기했다.

특히 사라와 접한 건 나와 라파엘뿐이라서 그 부분을 자세히 물어보았다. 다만, '사라가 사라진 이유는 모르겠다'라며 이야기가 흘러갔다. 라파엘이 그렇게 말했기 때문이다.

사실 물어보는 편이 좋을 것도 같지만, 라파엘의 옆얼굴이 아직 아무것도 묻지 말라고 말하는 것 같아서 아무 말도 할 수 없었다.

그렇게 사이러스가 원만하게 자리를 정리해준 덕분에 그리 긴 시간은 걸리지 않고 보고가 끝났다. 그래서 오늘은 이대로 신세를 지고 있는 사이러스의 본가인 영주의 저택으로 돌아가기로 했다.

마차에 탈 때는 마리아도 일어설 수 있게 됐지만, 사이러스가 너무 과보호라서 아직도 공주님처럼 안아서 옮겼다.

여태까지 '같은 마차에 탈 수 없다'라고 말하던 남자가 마치 딴 사람 같았다.

이윽고 영주의 저택에 도착할 무렵에는 바깥이 오렌지빛으로 물들었다.

저택에 도착한 뒤에도 사이러스는 방까지 마리아를 공주님처럼 안아서 옮겨서 저택 사람들을 꽤 놀라게 했다. 다만, 하루 씨는 놀라기만 한 게 아니라 슬픈 표정을 짓고 있다는 걸 나는 목격했다.

저택에 들어가자 욕망에 충실한 배가 꼬르륵꼬르륵 저녁밥을 요청했다.

"과자를 그렇게나 먹었는데."

옆에 있던 소라가 폭소했지만 과자와 밥은 별개다. 점심밥을 먹지 못한 배에 과자만 그만큼 먹는다 해도 내 배는 도저히 만족하지 못한다.

"식사는 벌써 준비되어 있습니다."

내 배의 합주를 알아차린 저택 사용인이 말했다.

점심을 안 먹기도 해서, 저녁은 흰 쌀밥과 된장국이 굶주린 몸을 채워주었다.

어제는 된장국을 너무 많이 먹어서 화장실로 달려갔으니 오늘은 그 부분은 삼가려고 했는데……. 여태까지 줄곧 고대하던 일식에 대한 요구 플러스 배고픔 상태로 인해 자제하지 못하고 역시나 더 먹고 말았다.

오늘은 다들 너무 지쳐서 일찌감치 각자의 방으로 돌아갔다.

마리아는 몸 상태를 고려해서 가벼운 저녁을 방으로 가져다주었다고 했다.

여기 돌아왔을 때는 안색도 상당히 좋아져 있었고, 밥도 먹었다는 말을 듣고 안심했다.

나도 피곤해서 곧바로 자려고 했는데, 된장국을 너무 많이 더 먹는 바람에 화장실에 가고 싶어졌다. 완전히 어제와 똑같은 잘못을 되풀이했다.

하지만 된장국은 여기서밖에 먹지 못한다. 그렇게 생각하면 화장실을 왕복하는 것도 맛있는 것을 위해서라면 어쩔 수 없는 일이라고 생각하기로 했다.

그리고 돌아오는 길에 또 그 테라스를 지나쳤다. 오늘은 마리아의 상태가 안 좋으니까 사이러스와 마리아는 없을 거라는 생각에 눈길을 돌렸는데 다른 사람이 서 있었다.

"라파엘."

내가 말을 걸자 갈색 머리를 바람에 날리며 서 있던 라파엘이 뒤를 돌아보았다.

"카타리나 씨, 오늘은 피곤한 것 같아서 바로 잠들었을 거라고 생각했는데, 안 자고 있었어?"

그 질문에 나는 솔직하게 대답했다.

"그게, 된장국을 너무 많이 먹어서 화장실에 가고 싶어졌거든."

내 말을 들은 라파엘은 눈을 끔뻑거리다가 쿡쿡 즐겁게 웃었다.

"카타리나 씨답네."

"라파엘은 어쩐 일이야?"

"나는 잠깐 바람을 쐬고 싶어서."

그렇게 말하는 라파엘의 얼굴이 어쩐지 슬퍼 보였다. 사라를 생각하고 있는 걸까?

신경이 쓰였지만, 아직 마음을 정리하는 중일지도 모르니 물어보지는 않고 그저 가만히 옆에서 똑같이 바람을 쐬기로 했다. 그다지 차갑지 않은 바람이 기분 좋았다.

이렇게 바람을 쐬는 것도 좋은지 모른다. 된장국을 더 먹은 덕분에 좋은 걸 알았다.

멍하게 그런 생각을 하고 있었더니, 라파엘이 불쑥 입을 열었다.

"사라라고 불리던 그 흑발 여성에 대해서 잠시 얘기해도 될까?"

아직 말할 수 없을 거라고 생각했기 때문에 약간 놀랐다.

"라파엘이 말해도 된다고 생각했다면. 이제 괜찮아?"

"응, 이제 다른 사람들한테도 대충 이야기할 수 있을 것 같아. 하지만 제일 먼저 카타리나 씨가 들어줬으면 좋겠는데, 괜찮겠어?"

"나라도 괜찮다면 들려줘, 라파엘."

"그래, 나를 그 어둠에서 해방시켜준 사람에게 가장 먼저 말하고 싶어."

음, 나는 라파엘에게 아무것도 하지 않았는데……. 그런 생각을 했지만, 그런 말을 할 만한 분위기가 아니라서 고개만 끄덕였다.

"동굴에서 말했듯이 나와 그 사라라는 여성은 아는 사이는 아니야. 틀림없이 오늘이 첫 대면이지. 다만 나는 그녀를 본 적이 있어. 시리우스 디크의 기억 속에서."

"시리우스 디크라는 건 그, 디크 후작가의 외동아들인데 병으로 죽었다는?"

"맞아, 그 시리우스의 기억이 어둠의 마법으로 인해 나한테 옮겨졌거든. 그래서 나는 그가 본 것 느낀 것을 알고 있어. 그 기억 속에 사라라고 불리던 그 여성의 소녀 시절로 짐작되는 모습이 있어."

디크 후작 부인은 진짜 시리우스가 여명이 얼마 남지 않았다고 했을 때 라파엘을 그릇으로 삼아서 기억을 옮겼다.

실제로는 부인이 생각했던 것처럼 되지는 않았고, 라파엘은 라파엘인 채로 시리우스의 기억을 지닌 상태가 되었다고 들었지만, 그 기억 속 인물에 대해 들은 건 처음이다.

심지어 그게 사라라니.

"사라는 어둠의 마법 연구에 관여했다는 것 같던데, 그쪽 관련으로 상관이 있었다는 뜻이야?"

라나에게 들었던 사라의 성장 배경과 대조하며 물어보았지만, 라파엘은 고개를 저었다.

"아니, 그런 느낌은 아니었어. 그냥 우연히 만난 것 같았어."

라파엘은 그렇게 말하더니, 약간 쓸쓸한 얼굴을 했다.

"시리우스는 어머니가 의존하는 게 약간 지친 모양이라, 가끔 방에서 빠져나와 기분 전환을 했어. 그때 저 흑발 소녀와 만나서 가끔 교류했던 것 같아. 다른 아이들과 거의 관계를 맺지 못하는 환경이었던 시리우스에게는 소녀가 엄청 특별했는데, 그녀와 함께 있을 때만은 정말 즐겁다고 느낀 것 같아. 이 시간이 영원히 이어지면 좋겠다고 생각할 정도로. 하지만 시리우스의 병은 진행되었고 마침내 소녀에게는 갈 수 없게 되었지."

시리우스 디크의 어머니인 디크 후작 부인은 스스로를 돌이켜보지는 않고 밖에서 놀기만 하는 남편 대신 외동아들에게 매달려서 살았던 모양이다.

병에 걸리기도 했고 심하게 의존 당한 시리우스가 '피곤하다. 이제 편해지고 싶다'라고 생각하고 있었다는 이야기는 들었지만, 이렇게 사라로 짐작되는 소녀와 잠깐의 교류를 기대하고 있었다는 말을 듣자 가슴이 저릿하게 아팠다.

라파엘 또한 비슷한 느낌을 받은 것 같았다.

"시리우스 디크에 관해서는 그때의 기억을 보고 불쌍하다고 생각했지만, 그 여성을 보았을 때 소녀와 교류하던 기억이 표면으로 떠올라서 몹시 동요했어. 아아, 그렇지, 시리우스는 확실하게 살아 있었구나. 새삼 그런 느낌을 받았어. 시리우스에 관해서는 어쩐지 동화 속 인물처럼 생각하는 구석이 있어서 그렇게까지는 신경 쓴 적이 없었거든. 나는 이번에 처음으로 진정한 의미에서 시리우스가 불쌍하다고 생각했어."

그렇게 뜨문뜨문 이야기했다.

"나, 박정하지."

그러고는 라파엘은 자조적으로 웃었지만 나는 이렇게 말했다.

"절대 그렇지 않아. 라파엘은 엄청 다정해. 거의 관여한 적도 없는 아이를 생각해서 그렇게 눈물을 흘릴 수 있잖아."

"……눈물?"

라파엘은 자신이 눈물을 흘리고 있다는 것을 모르는 모양이었다. 뺨에 손을 대고는 눈물이 흐르고 있자 당황한 것 같았다.

"왜 이렇게 눈물이……."

계속해서 흘러나오는 눈물을 보며 멍하게 있는 라파엘이 어쩐지 애달파서, 나는 그를 꽉 끌어안고는 그의 등을 토닥토닥 두드렸다.

"울고 싶을 때는 실컷 우는 편이 후련해져."

그 말을 들은 라파엘은 조그맣게 쿡 웃고 나서 또다시 조용히 눈물을 흘리기 시작했다.

그가 눈물을 그칠 때까지 나는 등을 계속 토닥토닥 두드렸다.

잠시 후에 라파엘은 진정됐는지 겸연쩍은 듯 말했다.

"좀 미안하네. 카타리나 씨와 함께 있으면 저도 모르게 긴장이 풀리는 것 같아."

"앗, 사이러스 님도 그렇게 말했어. 농가의 아주머니 같은 느낌이라 긴장이 풀리는 모양이야."

참고로 요전에 세자르도 그렇게 말했다.

"농가의 아주머니라니……."

라파엘은 재밌다는 듯 쿡쿡 웃었다. 웃는 표정이라 다행이다.

한바탕 웃고 나서 라파엘이 말했다.

"응, 후련해졌어. 이제 다른 사람들한테도 잘 보고할 수 있을 것 같아. 오늘 내 멋대로 꾸며낸 보고를 올렸다는 것도 내일 제대로 사과하고 방금 했던 이야기를 할게. ……역시 카타리나 씨한테 말해서 다행이야. 고마워."

"아니, 나는 아무것도 안 했는데."

여기 마리아가 있었다면 뭔가 멋진 말을 할 수 있을지도 모르지만, 어쨌거나 악역 영애이기 때문에 좋은 말은 나오지 않았다.

"아니야. 엄청 도움이 됐어. 그리고 하나 더 있는데, 제대로 확인하고 나서 들어줬으면 하는 얘기도 있어. 그것도 다음에 들어줄 수 있을까?"

라파엘의 말에 나는 크게 고개를 끄덕였다.

"정말로 들어주는 것밖에 못 하지만."

"그걸로 충분해."

라파엘은 그렇게 말하고 나서 부드럽게 미소 지었다.

그러고 나서 라파엘과 헤어져 방에 돌아갔다.

이제 화장실은 괜찮은 것 같아서 침대에 뛰어들고는 곧바로 꿈나라로 갔다.

◆◆◆

"사라, 어쩐지 상태가 이상하던데."

눈앞에 있는 남자는 즐거운 듯 말하고 나서 안경 너머에서 눈을 가늘게 떴다. 그 눈이 늘 그렇듯 연구 대상을 바라보는 것과 똑같아서, 또 못된 버릇이 나온 것 같아서 귀찮아졌다.

"그랬던가."

나는 적당히 흘러 넘겼다.

내 태도가 마음에 들지 않았는지 남자는 약간 짜증스럽게 말했다.

"최근 들어 잘 안 풀리는 일이 너무 많지 않아? 이대로 가다간 연구에 지장을 초래할지도 몰라."

그 남자에게는 연구가 전부이고 목숨이나 윤리 같은 것은 나중의 나중 일이다.

연구가 잘되지 않는 것에 더 짜증을 느끼고, 다른 것에는 거의 관심이 없다. 실로 알기 쉬운 인물이다.

"이번 일은 물론이고 요전에 마리아 캠벨을 어떻게도 하지 못했던 일은 몹시 위험해. 다른 사람들의 기억은 위조할 수 있지만 그녀는 그렇게 할 수 없어. 이대로 가면 마리아 캠벨을 통해서 자신의 기억과 서로 다르다는 걸 눈치채는 자가 나타날 거고, 여태까지 위조했다는 게 들킬지도 몰라."

짜증스럽다는 듯이 머리를 쥐어뜯는 남자에게 나는 표표한 느낌으로 말했다.

"그 부분도 잘 움직이고 있으니 걱정 마시죠."

남자가 입꼬리를 내리며 입을 다물었다. 아마 나한테 말해도 어쩔 도리가 없다는 생각을 하고 있을 것이다. 정말 알기 쉬운 남자다.

"그럼 저는 보고할 게 있어서 실례하겠습니다."

나는 얼른 남자를 떠났다.

마리아 캠벨을 손에 넣는 데 실패하고 이번에는 어둠의 사역마를 늘리는 데 실패했다. 최근에는 정말로 '고용주'의 일이 잘 풀리지 않을 때가 많다. 그 남자 정도로 알기 쉽지는 않지만, 기분이 좋지는 않을 것이다.

하지만 나로서는 꽤 재밌어졌다. 잘되는 것보다 잘되지 않는 것에 안달복달하는 것이 단연코 재미있다. 위기 상황은 바라는 바다. 그게 더 즐거우니까.

아아, 이런 기분이 드는 건 실로 오랜만이다.

아내가 되었던 여자가 죄를 저질러서 체포됐을 때도, 그것 때문에 집을 잃었을 때도 전혀 마음이 움직이지 않았는데.

이대로 가면 조만간 그 아이를 만날 수 있을지도 모른다. 나를 보면 그 아이는 어떤 표정을 지을까. 기대된다.

제5장

마법성으로 돌아가자

드래곤을 퇴치한 다음 날, 라파엘은 사라에 관해 사이러스에게 보고했고, 사라가 자신을 알아보고 동요해서 달아났을 가능성이 있다고도 이야기했다. 나도 라파엘의 부탁을 받고 따라갔다.

"월트 군의 경력은 파악하고 있고 동요했다는 것도 이해했으니 딱히 책망하지는 않겠어. 하지만 중요한 정보를 바로 말하지 않고 얼버무린 점은 마법성의 직원으로서는 올바르지 않아. 앞으로는 조심하도록."

사이러스는 상사 같은 얼굴로 그렇게 말했다.

"네."

라파엘도 확실하게 대답했다.

그런 제대로 된 상사 사이러스는 어제 있었던 일을 한층 더 자세하게 정리해서 처리하고는 업무에 집중하는 한편.

"하룻밤 자고 나서 완전히 좋아졌어요. 어제는 감사합니다."

밝게 웃는 얼굴로 말하는 마리아를 아직 과보호 느낌으로 계속 걱정하는 바람에 마리아가 죄송스러워했다.

사이러스는 원래 남을 돌보려는 기질이 있다. 나한테도 이래저래 신경을 써준다.

하지만 젊은 여성은 대하기 어려워하는 데다 첫사랑이라는 이유도 있어서 마리아는 좀처럼 잘 상대하지 못했다.

그런데 어제 줄곧 공주님처럼 안아서 옮겼다는 점 등이 거친 치료법이 되어서 완전히 평범하게 대할 수 있게 된 것 같았다.

원래대로 남을 돌보려는 기질이 고개를 내밀어서 계속 마음을 쓰게 되었다. 이러면 듀이에게 대항할 수 있을지도 모르겠다는 생각이 들 정도의 기세다.

노력가인 데다 그다지 남에게 잘 의존하지 못하는 마리아도 바뀐 사이러스를 약간 의지하기 쉽게 느낀 건지, 자주 업무에서 가르침을 청하게 되었고, 같이 있는 모습을 많이 볼 수 있게 되었다.

곁에서 보면 두 사람은 무척 느낌이 좋아서 사이러스의 저택 사람들은 따뜻한 눈으로 두 사람을 지켜보고 있었다.

단, 두 사람을 보는 하루 씨의 얼굴만은 슬퍼 보여서 애달팠다.

하루 씨는 원래는 금방 살마에 돌아갈 예정이었지만.

"이번에 밭이 상당히 망가졌다고 들어서 복귀 자업 같은 걸 도우려 합니다. 신세를 진 걸 보답하고 싶어서요."

그러면서 한동안 머무른다고 했다.

나와 소라, 로라 선배 등 서류 업무를 잘하지 못하는 쪽도 그런 하루 씨와 함께 밭을 복귀하는 작업을 도왔다.

논밭은 밟혀서 엉망진창으로 망가진 상태를 다시 경작해야 했고, 동물이 뜯어 먹은 채소도 정리해 둬야만 했다.

게다가 시기적으로는 벼도 베야 하는 모양이라, 빅토와르 지구의 농가는 정말 고양이 손이라도 빌리고 싶을 정도로 바빴다.

그렇게 무척 힘든 상황인 건 잘 이해할 수 있지만, 오랜만에 밭일을 하는 데다 이번 생에서 처음으로 벼 베기를 돕는 내 마음은 무척 두근거렸다.

"오오, 카타리나, 솜씨가 좋은데."

벼 베기를 돕는 농가의 아저씨가 칭찬해줘서 저도 모르게 웃음이 났다.

"이것 참~ 그런가요."

전생에서 벼 베기에 동원됐던 경험이 지금 처음으로 도움이 됐다.

같이 돕고 있던 하루 씨도 엄청나게 칭찬해주었다.

"처음이라고는 생각할 수 없습니다. 정말 잘하시네요."

"에헤헤."

나는 콧대가 높아졌다.

참고로 하루 씨는 살마에서 벼를 벤 경험이 있어서 무척 잘한다.

"이걸 보니 다음 달의 채소 심기도 꼭 부탁하고 싶은데."

생글생글 웃으며 말하는 아저씨.

"후후, 맡겨주세요."

가슴을 활짝 펴며 대답했을 때였다.

"어이, 아무리 그래도 그때까지 있을 수는 없어. 마법성에 돌아가야 하잖아."

소라가 옆에서 날카롭게 지적했다.

"앗, 그랬지."

정신을 차린 나를 보고 아저씨는 아쉽다는 표정을 지었다.

"그렇구나. 카타리나는 마법성 사람이었군. 너무 동화돼서 저도 모르게 이 지방 아이처럼 생각해버렸네."

"죄송해요. 저도 너무 동화돼서 돌아가야 한다는 걸 완전히 잊어버리고 있었네요."

내가 그렇게 말하자 아저씨와 하루 씨는 웃었고, 소라는 어이가 없다는 표정을 지었다.

"아저씨~ 나중에 이거랑 이거 옮겨 버려도 돼?"

로라 선배가 볏단을 잔뜩 끌어안고 아저씨에게 물었다.

"어, 부탁할게, 로라 씨."

아저씨는 그렇게 대답하고 나서, 볏단을 척척 옮기는 로라 선배를 눈이 부신 듯 바라보았다.

"와~ 올해는 너희 덕분에 정말 살았어. 이곳에는 이제 늙은 사람뿐이고 젊은 사람이 없으니까 매일 하는 농작업도 힘들어졌거든."

아저씨가 그런 말을 했다.

전생에서도 시골에 젊은 사람이 부족한 게 문제였는데 이쪽도 똑같은 모양이다.

"여긴 녹음도 많고 밥도 맛있는 좋은 곳인데."

"오오, 카타리나, 그런 말을 해주다니 기쁘네. 나도 이곳은 마음에 들어. 젊었을 때야 아무것도 없는 시골이라 따분하다고 생각했지만, 막상 도시에 나가 보니 이곳이 그리워져서 돌아왔어. 여긴 자연이 풍요롭고 사람들도 평화로운 좋은 곳이거든."

"그러네요. 와보면 좋은 점도 알 수 있을 것 같은데, 뭔가 젊은 사람들이 와줄 만한 계기 같은 게 있다면."

으~음, 이럴 때야말로 전생의 지혜가 뭔가 도움이 되면 좋을 텐데. 전혀 생각이 나지 않는다.

"그렇다면 일단은 이곳의 식품을 더 널리 퍼뜨리면 어떨까요. 저는 여기 와서 살마풍 요리를 처음 먹었는데, 상당히 맛있어서 완전 푹 빠졌거든요. 일단은 이곳의 특산품을 만들고, 좋다는 것을 어필해 나가면 되지 않을까요."

우리의 대화를 들었는지 로라 선배가 새로운 볏단을 옮기면서 말했다.

"그래요. 저도 찬성이에요. 이곳의 요리를 더 어필해서 가능하면 왕도 쪽까지 퍼질 수 있게 해줬으면 좋겠어요!"

내 소망을 섞어서 말하자 아저씨는 눈을 끔뻑거리며 말했다.

"그렇구나. 나는 그런 걸 먹는 게 익숙하니까 그렇게까지 신경 쓴 적이 없었는데, 그러네. 다음에 농가 조합에서 얘기해 볼게."

그래서 잘되면 왕도에서도 일식을 먹을 수 있는 날이 올지도 모른다. 기대된다.

"그럼 오늘은 이 정도로 할까. 고마워. 다들 쌀을 처리하면 보내줄게."

"쌀. 햅쌀! 기대하고 있을게요!"

드디어 햅쌀을 먹을 수 있다니 엄청 기뻤다.

"아니, 서류 처리도 이제 끝날 무렵이고 복귀도 거의 끝났어. 내일이나 모레에는 마법성에 돌아가라고 하지 않을까."

하지만 소라가 그런 말을 해서 나는 절망했다.

"아니, 아직 결정된 건 아니야."

후배에게 약한 로라 선배가 그렇게 거들어 주었지만, 어쩐지 좋지 않은 예감이 샘솟았다.

"그렇군요. 이제 돌아가는군요. 여러분과 밭과 논에 들어가는 건 무척 즐거웠는데 쓸쓸해요."

하루 씨가 약간 눈을 내리며 말했다.

"하루 씨는 당분간 빅토와르에 있을 건가요?"

"글쎄요. 저도 조금 있으면 돌아가려고 해요. 가족들도 걱정할 것 같아서요."

"상당히 긴 여행이 되어 버렸으니까요."

"후후후, 정말로요……. 하지만 엄청 즐거웠어요."

"하루 씨, 괜찮으시면 또 왕도에 와주세요. 이번에는 제가 맛있는 식사를 대접할게요."

"정말이죠? 기대돼요!"

이렇게 해서 나는 하루 씨의 주소를 물어보았고 편지를 주고받기로 했다.

그런 대화를 나누고 영주의 저택으로 돌아오자, 슬프게도 소라의 예감이 적중해버렸다.

"오늘 서류 처리가 전부 끝났어. 복귀 작업도 안정됐다고 하니, 내일은 마법성에 돌아가도록 하지."

사이러스가 무정하게도 그렇게 선언해서 나는 마음속으로 오열했다. 햅쌀. 내 햅쌀이…….

그날 밤, 이쪽에서 먹는 마지막 저녁이다. 조금이라도 많이 일식을 먹어 두려고 밥과 된장국을 모두 더 먹었다.

이틀 연속으로 화장실에 뛰어간 뒤로는 조금 자숙했는데, 이게 마지막이라면 이제 자숙할 수는 없다.

여기 온 이후로 가장 많이 먹어서 옷의 배 부분이 빵빵해질 정도였다.

결과적으로 또 화장실로 달려갔다.

그리고 화장실에서 어찌어찌 볼일을 무사히 끝내고 돌아가는 도중에 사이러스가 하루 씨를 몰래 불러내는 현장을 우연히 마주쳤다.

장소는 예의 그 발코니였다. 이곳은 상당히 쓰임새가 좋은 건가?

그리고 왠지 항상 내가 화장실을 가는 타이밍이다. 아니, 어쩌면 매일 누군가가 이렇게 여기를 쓰고 있지만, 내가 화장실에 갈 때만 알아채는 건가?

달걀이 먼저인지 닭이 먼저인지 같은 생각을 하면서, 옆으로 지나가면 들킬 것 같아서 걸음을 멈췄다.

"하루 양, 그 파티에서 나는 마음에 둔 사람은 없다고 말했지만, 사실은 마음에 둔 사람이 있어. 그녀는 연인도 아니고 친밀한 관계도 아니지만, 그래도 나는 그녀 외에 다른 여성과는 약혼은 물론이고 결혼 같은 건 할 수 없을 것 같아."

사이러스는 하루 씨 쪽을 똑바로 바라보며 말했다. 정말 사이러스다운 말이었다. 그 말을 듣고 하루 씨가 말했다.

"……그런 것 같네요. 요 근래 사이러스를 보면서 그 마음이 누구를 향하고 있는지 알았어요."

나는 그 말을 듣고 역시나 싶었다. 그 쓸쓸해 보이는 눈은 모든 것을 알고 있었기 때문이다.

여기 오기 전날 밤은 마리아가 '사이러스의 취향을 물어보고 응원하겠다'라고 이야기했는데, 여기 온 뒤로 임무에 돌입하고 나서 바쁜 나머지 마리아는 잊어버린 모양이었다. 하루 씨도 거의 사이러스 쪽으로 가지 않고 두 사람을 쓸쓸한 듯이 바라보고 있었을 뿐이다. 하지만 당사자인 사이러스는.

"알고 있었다니!"

그러면서 자신의 마음이 들킬 거라고는 생각지도 못한 듯 깜짝 놀라 소리쳤다.

"네, 그래서 저는 안 된다는 걸 잘 알았어요. 그러니까……."

나는 거기서 하루 씨가 사이러스에게 원망의 말이라도 하려나 했다. 지난번에는 마음에 둔 사람은 없다고 했는데 거짓말을 했다거나. 하지만 하루 씨의 말은 달랐다.

"사이러스가 마음에 둔 사람과 맺어져서 행복해지기를 기도할게요."

의젓하게 하는 말은 지어낸 게 아니라 하루 씨의 본심 같았다. 그리고 하루 씨는 등을 쭉 펴고 내가 있는 곳과는 반대 방향으로 재빨리 달려갔다.

그 뒷모습은 무척 아름다웠지만, 가슴이 아팠다.

하루 씨는 분명 게임 II의 라이벌 캐릭터였을 것이다. 게임 I에서 메리가 마찬가지로, 주인공과 서로 끌리는 약혼자를 보며 두 사람의 행복을 바라면서 떠나는 이야기가 있었다. 그때는 그저 멋지다거나 멋있다고 생각했을 뿐이었다.

하지만 여기 있는 하루 씨는 실제로 살아 있는 사람이고, 그 마음은 만들어낸 것이 아니어서 무척 애달프고 슬픈 기분이 들었다.

발코니에서 바깥을 바라보는 듯한 사이러스의 뒷모습도 어쩐지 애달픔을 느끼고 있는 것처럼 보였다.

나는 어쩐지 숙연한 기분으로 방에 돌아와서 잠이 들었다.

다음 날, 우리는 돌아갈 준비를 끝내고 저택 정원으로 나왔다.

사이러스의 가족은 물론이고 지부의 타일러 씨도 배웅하러 와줬다. 하지만 하루 씨의 모습은 보이지 않았다.

나이를 알 수 없는 사이러스의 어머니가 넘칠 만큼 많은 선물을 준비해주었다.

일식 식재료와 과자를 보고 나는 몹시 기뻤지만, 양이 너무 많아서 마차에 다 실리지 않는 바람에 울면서 짐을 줄였다.

참고로 햅쌀은 시간에 맞추지 못했다. 다만 울 것 같은 표정을 짓는 나를 보고 어머니가 가능하다면 꼭 왕도로 보내 주겠다고 말씀해주셨다.

"고맙습니다, 사이러스 님의 어머니!"

끌어안을 것 같은 기세로 기뻐하는 나를 보고 어머니도 보기 좋게 웃으며 말했다.

"그렇게 기뻐해주다니 영광이야. 앞으로는 사이러스 앞으로 더 많이 이것저것 보낼 테니까 받아주렴."

그 말을 듣고 나도 뛰면서 기뻐했다. 다만, 사이러스는 미묘한 표정을 짓고 있었지만.

그렇게 모두의 배웅을 받으며 마차가 출발했다.

마차는 갈 때와는 달리 사이러스, 마리아, 라파엘 그리고 나, 로라 선배, 소라 팀으로 나눠서 탔다.

창밖을 바라보고 있었더니, 얼마간 달려간 곳에 있는 밭에서 크게 손을 흔들고 있는 여성이 보였다. 하루 씨였다. 나는 창문 밖으로 크게 소리쳤다.

"하루 씨, 안녕. 또 봐요."

그러고는 있는 힘껏 손을 흔들었다.

작아지는 하루 씨의 모습을 눈에 새기고 우리는 빅토와르에서의 임무를 끝냈다.

이렇게 해서 빅토와르를 출발한 다음 날, 태양이 머리 위로 올라올 무렵에 무사히 마법성에 도착했다.

미리 연락을 해두었기 때문인지, 오늘도 예의 그 멤버들이 마법성에서 우리가 돌아오기를 기다리고 있었다.

다들 이렇게 내가 장기 임무에서 돌아올 때면 시간을 맞춰서 기다려 줄 때가 많다. 모두 바쁠 텐데 이렇게 시간을 내주다니, 정말 좋은 친구들을 가져서 기쁘다.

"카타리나." "카타리나 님." "누나."

다들 우리가 무사히 돌아온 걸 기뻐했다.

나도 이번 드래곤 퇴치 이야기 등등을 꼭 말해주고 싶었지만.

"일단은 보고부터."

그러면서 사이러스가 나를 라나가 있는 곳으로 연행해 갔다.

"기다릴게요." "기다리고 있을게." "기다리고 있겠습니다." "기다리겠어."

도살장에 끌려가는 소처럼 연행되는 나를 모두 쓴웃음을 지으면서 배웅해주었다.

그렇게 늘 그렇듯 돌아온 뒤에 라나(상사)에게 보고하는 시간이 돌아왔다. 물론 이번에는 사이러스가 동행했기 때문에 이미 세부사항을 정리해서 전달해 두었다는 모양이라 무사히 돌아왔다는 인사 정도로 그쳤다.

하지만 라나는 다시 나타난 드래곤에 흥미진진한 기색이었다.

"어느 정도의 크기였고 무슨 색깔이고 어떻게 움직였는지——."

눈을 반짝이면서 연달아 질문을 해서 생각했던 것보다 시간이 걸렸다.

그리고 라나의 질문에서 해방될——기미가 전혀 보이지 않고, 질문이 끝이 없어서 사이러스가 "다들 피곤하니까 나머지는 내일"이라며 말을 잘랐다.

라나는 약간 풀이 죽은 기색이었는데 모두가 방에서 나갈 때 나에게 다가와서 몰래 말했다.

"조금 진정되면 지난번에 했던 이야기를 계속할 기회를 만들게."

취미에 너무 푹 빠져 있는 라나지만, 사건 때문에 마법성을 떠나기 전에 나눴던 대화는 기억해준 모양이다. 나는 고개를 확실하게 끄덕여 보이고 대답했다.

라나에게서 풀려나서 돌아오자 친구들이 말한 대로 기다리고 있었다.

게다가 방까지 빌려서 과자와 차까지 준비해 줘서 극진한 대접을 받았다.

임무가 끝나고 돌아왔으니 오늘은 이대로 일은 쉬어도 된다고 했다. 그래서 모두와 함께 그곳에서 차와 과자를 즐기기로 했다.

물론 모두에게도 일정이 있으니까 그리 길게 있을 수는 없지만.

"그래서 내가 이렇게 지팡이를 꾹 잡아당기면서 드래곤을 스르륵 스르륵 빨아들였어."

나는 그 드래곤을 퇴치한 이야기를 모두에게 들려주었다.

이곳에 있는 친구들은 모두 어둠의 마법이나 사역마에 관해 알고 있어서 이야기해도 괜찮으니까, 꼭 나의 싸움에 관해 들어주길 바랐다.

그래서 동굴에 나타난 드래곤과 그 드래곤을 지팡이로 빨아들이고, 도망치는 드래곤을 쫓아가는 과정을 손짓과 몸짓을 섞어 선명하게 설명해주었다.

"잠깐, 그건 정말인가요? 정말 위험한 짓을."

"아니, 그게 뭐야. 누나, 제대로 생각하고 행동하라고."

"어이, 진심이냐, 그거? 너는 여전히 대단하구나."

"어머, 카타리나 님, 그렇게 위험한 일을."

"대단하세요, 카타리나 님. 마치 동화 속 기사님 같아요."

"……무사해서 다행이야."

그런 식으로 다들 놀라거나 걱정하거나 감탄하는 등 다양한 반응을 보이며 들어주었다. 하지만 최종적으로는 어쩐지 피곤한 듯 기력이 다한 것 같은 얼굴을 했다.

휴 하고 큰 한숨 소리가 들린 뒤에 입을 연 사람은 디올드였다.

"출발하기 전에 그렇게나 위험이 없게 하라고, 무리하지 말라고 말했는데."

"누나의 마음속에 있는 무리라는 단어와 우리의 마음속에 있는 무리라는 단어는 다른지도 모르겠어."

"정말 그렇다니까. 이 녀석의 마음속에서는 드래곤에게 혼자서 도전하는 건 무리가 아닌 것 같아."

"카타리나 님, 정말로 무사해서 다행이에요."

"드래곤과 싸우는 카타리나 님…… 이 눈으로 직접 보고 싶었어요."

"소피아, 한층 더 귀찮아지니까 쓸데없는 말은 하지 말고."

다들(일부를 제외하고) 피곤한 목소리로 그렇게 말했다.

아무래도 드래곤과 대결한 것 때문에 걱정을 끼친 모양이다.

"있잖아, 그때는 어쩔 수가 없었어. 막 싸운다는 느낌이었고, 앗,

게다가 라파엘도 바람의 마법으로 엄호해줬단 말이야."
나는 허겁지겁 변명했다.
"잠깐만요. 마법으로 엄호했다는 게 무슨 뜻이죠? 위험했다는 뜻인가요? 아까 했던 얘기에는 그런 부분이 없었는데요."
이번에는 디올드가 한층 더 파고드는 결과로 이어졌다.
어쩔 수 없어서 마지막에 드래곤이 검은 연무를 뿜어내서 반격당할 뻔했다고 말하자, 모두의 얼굴이 훨씬 더 파리해졌다.
"그 이야기의 어디가 전혀 문제없이 임무를 끝냈다는 게 되는 거야……. 누나의 머릿속은 어떻게 되어 있는 거지."
"그러면서 전혀 위험은 없었다고 말할 수 있는 너의 태평스러움은 존경스러울 지경이군."
"드래곤은 검은 연무를 뿜어내는군요. 보고 싶어……가 아니라, 아무리 그래도 그건 위험해요, 카타리나 님."
"이런 소피아에게도 위험하다는 말을 들을 정도라는 것을 잘 생각하는 편이 좋겠어."
모두가 차례차례 그렇게 말했다.
"그, 걱정을 끼쳐서 미안합니다."
나는 그렇게 사과했지만 디올드가 검은 미소를 지으며 말했다.
"정말로 이 이상 무리를 해서 위험한 상황에 처할 것 같으면 방에 가둬버릴 겁니다."
그 말을 듣자 등줄기가 오싹해졌다.
"조심할게요."
나는 자세를 바로잡고 순순히 대답했다.
그 뒤로도 이런저런 설교를 들었지만, 요컨대 '마법성 임무인 건

이해하는 데다 어쩔 수 없지만, 위험한 일을 위험하다고 인식하지 않고 기쁘게 무용담처럼 이야기했다'라는 것이 몹시 틀려먹었다는 모양이었다.

즉 위험을 확실하게 인식하고 제대로 된 행동을 하라는 뜻이라고 한다. 다음에는 조심해야겠다.

드디어 모두의 설교가 끝나고, 나는 그러고 보니 아직 제대로 말하지 않았다는 생각이 들어서 자세를 바로잡고 말했다.

"제대로 말할게. 다들, 다녀왔어."

그러면서 고개를 숙였다.

"잘 다녀왔어(다녀오셨어요)."

모두들 눈웃음을 지으며 그렇게 대답했다.

응, 무사히 내가 있을 곳에 돌아올 수 있었다. 새삼스럽게 그런 생각이 들었다.

그리고 시작한 지 한 시간 정도 만에 차를 마시는 시간은 끝났다. 다들 이래저래 할 일도 있고 바쁘기 때문이다.

나도 키스와 함께 마차를 타고 클라에스가에 돌아가게 됐는데,

"왜 메리와 소피아가 카타리나와 같은 마차를 타고 가는 거죠?"

디올드가 입꼬리를 바들거리며 말했다.

"어머, 우리도 집에 돌아가니까 도중까지 같이 가는 거죠. 디올드 님은 아직 업무가 남았잖아요. 각자의 마차로 일하러 가시지요."

메리가 우아하게 미소 지으며 대답했다.

"그럼 저도 도중까지 같은 마차를 타고 일하러 가기로 하죠."

"어머, 마차에는 그렇게 많은 사람이 탈 수 없답니다."

"알겠습니다. 그럼, 키스, 내리세요."

"아니, 어째서 클라에스가로 돌아가는 마차에서 내가 내려야 하는 겁니까! 싫습니다."

"니콜 님, 앨런 님, 디올드 님은 혼자서 마차에 타는 게 쓸쓸한 것 같으니 꼭 같이 타도록 하세요."

"앗, 무슨 말을 하는 거야, 메리. 그런 일은 없어."

"그렇군, 디올드. 알았어. 나랑 같은 마차로 가지."

"잠깐, 아닙니다. 니콜, 아니, 앨런까지 왜 팔을 잡은 겁니까!"

"앨런 님, 그대로 데려가세요."

"……어, 알았어."

"앨런, 얼마나 훈련을 받은 겁니까. 잠깐만요. 카타리나는 내 약혼녀라고요."

그 말을 남기고 디올드는 끌려갔고, 나와 키스, 메리, 소피아를 태운 마차는 클라에스가를 향해 출발했다.

메리는 왠지 이겼다는 듯이 만족스러운 얼굴이었다.

마차 안에서 잠시 여행 이야기를 계속했지만, 모두와 만나서 긴장이 풀렸는지 어떤지, 마차의 진동에 졸음이 쏟아졌다.

나는 꾸벅거리기 시작했다.

"카타리나 님은 피곤하시니까요. 부디 제 어깨에 머리를 기대고 쉬세요."

메리가 그렇게 다정하게 말해줘서 나는 응석을 부리기로 했다.

마차에 흔들리며 늘 보는 사람들에게 둘러싸여서 나는 금방 얕은 잠에 빠졌다.

옅은 핑크색 벽, 물색 커버를 씌운 파이프 침대, 한가운데 검은 테이블. 이건 전생에서 친구였던 앗짱의 방이다. 그 꿈이다.

요전에 기념 파티에서도 꿈을 꿀 수 있었는데, 이런 단기간에 또 꿈을 볼 수 있다니 운이 좋다.

좋아, 이번 꿈에서도 뭔가 정보를 얻어내야지. 나는 눈을 부릅떴다.

이번에도 눈앞에는 게임 화면이 켜져 있었다.

화면에 나와 있는 건 사이러스였다. 오오, 마침 사이러스가 고향에서 돌아온 부분이니, 시의적절하다.

『제가 빛의 마법으로 무찌를게요.』

그러는 마리아에게 사이러스가 말했다.

『너에게 상처 하나 나지 않게끔 지켜내겠어.』

공략 대상답게 멋진 대사였다.

아무래도 전투 장면 같았다. 요전에 꿨던 세자르의 꿈과 겹치는 게 있다고 생각하고 있었을 때였다.

『너희 따위는 이 케르베로스가 흔적도 없이 없애 버릴걸.』

높다랗게 웃고 있는 카타리나가 나타났다.

설마 또 카타리나가 적인 건가!

『너희들, 해치워버려.』

카타리나가 또다시 악역 같은 대사를 내뱉자 화면에 드래곤이 나타났다.

앗, 이건 설마 요전에 쓰러뜨린 드래곤인가!

다른 점은 한 마리뿐이라는 것인데, 여기는 케르베로스(게임 속 포치의 이름)도 적이니까 숫자는 뭐 상관없나.

그리고 케르베로스와 드래곤이 마리아와 사이러스를 공격했고,

마리아가 빛의 마법을 쐈다.

아아, 이건 역시 요전에 있었던 그거다. 내 눈으로 막 보고 온 바로 그 광경이다.

그리고 현실에서도 봤듯이 마리아는 빛의 마법으로 드래곤과 케르베로스(라는 이름의 포치)를 쓰러뜨렸다.

심지어 그대로 악독한 카타리나는 체포되었다. 아마 이 뒤에 투옥되는 파멸 엔딩일 것이다.

아아, 이번에 빅토와르에서 있었던 임무가 바로 사이러스와의 이벤트였던 거구나. 그래서 카타리나를 붙잡아서 해피 엔딩이 되는 거였어.

"위험할 뻔했어~~."

그렇게 소리치며 화들짝 잠에서 깨자 메리와 소피아와 키스가 눈을 동그랗게 뜨고 나를 바라보았다.

"누나, 왜 그래?"

"카타리나 님, 괜찮으세요?"

"카타리나 님, 왜 그러세요?"

다들 걱정스럽게 물어보았다.

"아니, 그, 잠에 취해서."

나는 그렇게 얼버무렸다. 아니, 잠에 취한 건 거짓말이 아니다.

그보다…… 꿈대로라면 이번 임무는 카타리나의 파멸 엔딩 중 하나였던 것이다. 뒤늦게 알아채고 오싹해졌다.

위험하다. 최근 어둠의 일당 쪽에 정신이 팔려서 게임 속 파멸 플래그에 관해 생각하는 것을 소홀히 했다. 정말 위험한 일이다.

악역 영애 카타리나 클라에스에게는 아직도 파멸 플래그가 남아 있으니까 긴장해야 한다!

"좋아, 열심히 하자!"

그렇게 말하며 나는 주먹을 쥐었다.

"누나, 잘 모르겠지만, 오늘은 이만 쉬는 게 좋겠어."

"카타리나 님, 분명 꽤 지치셨을 거예요. 푹 쉬셔야죠."

"저도 빨리 주무시는 편이 좋다고 생각합니다."

그런 나를 보고 각자 걱정해주었다.

그리고 도중에 메리와 소피아와는 헤어지고, 저택으로 돌아온 나는 파멸 플래그에 대한 대책을 세우기 위해 회의를 열까 했지만…… 우선은 느긋하게 쉬기로 했다. 피곤한 머리로는 좋은 방법이 떠오르지 않기 때문이다. 회의는 머릿속이 개운해지면 그때 하도록 하자.

옷을 갈아입고 침대에 들어가자, 역시 모두가 말했듯 피곤했는지 순식간에 의식을 잃었다.

◆◆◆

멀리서 비명이 잔뜩 들려와서 나는 어둠 속에서 천천히 의식을 되찾았다.

주위를 둘러보니 완전히 모습이 달라져 있어서, 나름대로 시간이 흘렀다는 것을 짐작할 수 있었다.

그 후로 얼마나 시간이 흘렀을까. 내가 얼마나 잤지?

그리고 그건 어떻게 됐을까.

의식을 집중해서 몸을 구성했다.

그게 어떻게 됐는지, 저 비명은 무엇인지. 그것을 확인하기 위해서 나는 지상으로 돌아갔다.

그 사람과의 약속을 지키기 위해서.

* 제책 방식의 차이로 우측에서 좌측으로 읽어주시기 바랍니다.

음—
음——…
과일이지.
어렸을 때
자주 나와서
좋아졌어.
앨런 스티아트
반짝 반짝 반짝
고기.
힘이
나니까.
반짝 반짝 반짝…
니콜 아스카르트
홍차
입니다.
찻잎을
재배하다가
푹 빠져버렸죠.
메리 헌트
향신료가
듬뿍 든
매운 요리가
자극적이라
좋아요♡
소피아 아스카르트

★격무로 결석한 라파엘이 좋아하는 음식(음료)은 홍차와 홍차에 어울리는 과자입니다♡

후기

여러분 안녕하세요, 오랜만입니다. 야마구치 사토루라고 합니다. 『여성향 게임의 파멸 플래그박에 없는 악역 영애로 환생해버렸다…』도 14권이네요.

여기까지 올 수 있었던 것도 졸저(拙著)를 응원해주신 여러분 덕분입니다. 정말 감사합니다.

이번에는 이것저것 쓰고 있었더니 상당한 분량이 나와서 두꺼운 책이 되었습니다.

아마 일신사 문고 아이리스에서 아슬아슬할 정도일 것 같은데, 부디 마지막까지 읽어주신다면 기쁠 것 같습니다.

이번 이야기는 소르시에의 건국 기념 파티부터 시작되는 어느 공략 대상의 이벤트 같은 사건입니다.

소르시에의 건국 기념 파티를 무사히 끝낸 카타리나.

하지만 다음 날 마법성에 출근하자 숲의 동물들이 대량으로 논밭에 내려왔던 그 사건이 다시 발생했다는 것을 알게 된다.

그래서 카타리나와 마리아, 그리고 마법성 멤버들은 사건이 발생한 사이러스의 고향으로 향한다.

그곳에서 다시 조우한 것은?!

사이러스를 좋아하는 미녀도 등장!

카타리나는 동경하던 그것을 드디어……. 기타 등등 많은 이야기가 있습니다. 부디 잘 부탁드립니다.

이 책이 나오는 게 팔월이라고 하니, 그 무렵에는 분명 무척 더울 것 같습니다.

지금 시점에서도 상당히 더운데 이보다 더할지도 모른다고 상상하기만 해도 맥이 빠집니다.

충분히 수분을 취하고 건강에 유의하며 보냅시다!

마지막으로 항상 멋진 일러스트를 그려주시는 히다카 나미 님, 편집부 담당님, 또한 이 책을 출판하기에 힘을 빌려주신 모든 분들께 진심으로 감사드립니다.

여러분, 정말 감사합니다.

야마구치 사토루

NOVEL
PURPLE

여성향 게임의 파멸 플래그밖에 없는 악역 영애로 환생해버렸다… 14

2025년 11월 25일 제1판 제1쇄 인쇄
2025년 11월 30일 제1판 제1쇄 발행

지음 / 야마구치 사토루
일러스트 / 히다카 나미
번역 / 임이지

발행인 / 오태엽
편집팀장 / 이수춘
편집담당 / 이예솔
라이츠담당 / 이은선, 박경진, 정선주, 신주은, 신윤미
전략마케팅팀 / 김정훈, 이강희, 정누리, 김재철
제작담당 / 박석주

발행처 / (주)서울미디어코믹스
등록일 / 2018년 3월 12일
등록번호 / 제 2018-000021
주소 / 서울특별시 용산구 만리재로 192

인쇄처 / (주)한산프린팅

ISBN : 979-11-428-0378-9
ISBN : 979-11-6403-438-3 (세트)